撩夫好忙 上

文創風 668

七寶珠 著

目錄

序文

七寶珠

寫作之於我，應該是從小的夢想吧。

我算是喜歡讀書的人，看的書很雜，且速度很快。

還記得上小學時，到圖書館借書，基本上是兩天一本，且厚度很厚，連圖書館的阿姨都問我怎麼看書看得這麼快，是真看完了嗎？

上高中的時候，在上課時看周立波的《暴風驟雨》，只花一天就看完了。同學不相信，我直接找了其中一段背出來。

父親那時常說，只要有書，我在豬窩裡拱個地都能看。還記得考試前，同學們都是學習到晚上十一、二點；而我，在晚上十點後，父母都睡了，我裝模作樣地看的不是課本，而是小說。

在那段應該加緊念書的日子裡，我讀完了金庸的《倚天屠龍記》、《鹿鼎記》，還有古龍的幾本小說。上了大學有了生活費，就開始買書，像是文學期刊《收穫》。

後來看網路文學，也有將近七年的時間。看書總會讓我心情放鬆、愉悅。

可能因為書看得多，因而我的作文一直都很好。國中在全區的作文比賽中得了第一名，在大學期間也是校報的編輯，也曾在報紙上發表過「豆腐塊」，也當槍手寫過一篇短篇。

開始工作後，在職場上浮沈，突然有一天厭倦了工作上的各種瑣事，厭倦每天重複著朝九晚五的日子。於是我任性地辭職，離開了服務八年的公司，也沒有再去找新的工作。

我終於下定決心，開始寫網路文學，然後完成了第一本小說。

一個陽光明媚的中午，我收到編輯告知，這本書被狗屋出版社看中，即將發行繁體版，我內心狂喜。對我來說，這是對我最好的肯定與禮物。

人生總在不經意間遇到你的貴人，能讓你充滿力量地前行。在這裡，我要感謝編輯大大，因為她的推薦，讓這本書有了出版的機會。

我還要感謝狗屋出版社的編輯老師們選中這本書，圓了我寫作上的第一個夢想。謝謝老師們給予的修正和指導，辛苦了！

當然還要感謝看這本書的讀者，謝謝您能購買這本書，謝謝您能耐心地看完這段文字。

如果這本書能帶給您閱讀上的快樂，那也會是我最大的快樂。

第一章　穿越

「真是太美了！」鮑岩抬頭看著天空。

豔陽高照，晴空萬里，如無暇的藍寶石般清澈透亮，只一眼便讓人感覺舒心朗懷，神清氣爽。

這樣的美景如果用相機拍下來，發到社群媒體上，說不定還會爆紅。

想到這裡，鮑岩不禁自嘲地笑了笑。可她回不去了……

來到這個世界有一個多月了，這裡的環境比起她原來居住城市的霧霾、工業污染，有著天壤之別，讓她心裡有了那麼一點撿到紅包的感覺。

除此之外，在穿越過來前，她的前男友們都說過，她的行為舉止和她的名字「鮑岩」一樣，不帶一絲女性的溫柔，反而像男子一樣硬氣、強勢，讓人受不了。

不過如今她有了一個古典雅致的名字——柳嫣。

雖然柳嫣穿著村姑的粗布衣裳，仍無法掩蓋十五歲少女含苞待放的醉人芬芳。

眉如遠山，目含秋水，還有那一身如凝脂般白嫩細滑的肌膚，是三十五歲的鮑岩敷多少面膜、打多少美白針也未曾有過的。

另外讓鮑岩更覺驚喜的是，原主的身材竟是如此之好，胸前是兩個白嫩的大桃子，形狀優美挺立，再配上她的細腰翹臀，簡直可以用性感來形容了。

「咳咳咳……」

屋裡傳來男子劇烈的咳嗽聲，鮑岩忙用手中的燒火棍捅了捅院裡泥火爐中的柴火；爐子上熬著藥，是給屋裡她這古代的老爹——柳成源的。

說起這個老爹，鮑岩按照腦子裡原主的記憶總結了下，就是一句話：十年河西，十年河東。

這裡是大齊朝，她住的地方是永平府清遠縣牛頭村，柳姓是牛頭村坐地的大戶，村長和村中的祠堂都是柳家人的。她爹柳成源是家中的老來子，上面有三個姊姊，就這麼一個么兒，自然是全家寵大，一點活兒都沒做過。

不過這柳成源倒長了顆讀書的腦袋，十歲考上童生，十五歲成了秀才，是牛頭村和柳氏一族百年來的第一位；再加上他容貌不俗，面如冠玉，唇紅齒白，自有一股文雅的讀書人氣質，一點也不像莊戶人家出身。

於是，這少年秀才的美名就傳了出去。

永平府一位致仕的朝廷大員看上了他，招為女婿。十七歲成親；十八歲當爹，有了女兒柳嫣；二十二歲中了舉人，一切都是順風順水，前途似錦。

可就在柳嫣六歲時，柳成源的岳父捲進一樁朝廷謀逆舊案裡，雖然他人已經辭官歸鄉，死罪雖免，但活罪難逃，全家財產充公，流放的流放、坐牢的坐牢。

柳成源雖然只是女婿，但也被連坐處罰，免了功名，成了白身，自此不能再參加科舉，絕了做官的路。

經過這一遭，全家的生計只靠柳成源在街上擺攤，給人代筆寫信或寫狀子為生。

好在柳成源風光時，三個姊姊都借了光，皆還記著弟弟的好，暗中周濟，讓他們一家勉強餬口。

不過柳嫣的母親就沒那麼幸運了。她原是一個官宦家的大小姐，生活一下子發生天翻地覆的變化，刺激太大，很快便病倒了。

在病榻上纏綿一年多，還是不幸去世。

柳成源的父母被大姊和二姊接到千里之外的京州，永平府就只剩下柳嫣父女兩人。如此一點一點地熬日子，把柳嫣這個從小也是錦衣玉食的嬌小姐，熬成一個什麼家務活都會做的窮丫頭。

本來生活都已慢慢歸於平靜，誰知一個多月前，柳成源在街上替人寫狀子，那狀子告的是金州一個趙姓惡霸欺男霸女的事。這趙惡霸在金州沒人敢惹，永平府雖歸金州所管轄，但柳成源並不瞭解其中底細，不知怎麼來了正義感，許是看告狀的人太可憐，於是就幫了忙。

沒想到這事被趙惡霸知道了，直接派人到永平府把柳成源的攤子給砸了，人也打成重傷。

這還是柳成源借了他曾經是舉人的名聲，因此對方下手便顧忌了些，否則鬧不好，就直接打死在街頭了。

之後對方還放話，只要在永平府的街頭看到柳成源一次，就打一次。

柳嫣沒辦法，只得找了清遠縣的三姑姑，弄了一輛牛車，拉了柳成源和一點家當，回到牛頭村。

由於柳嫣母親生病時，家裡實在沒錢，便把牛頭村的祖地和祖宅都賣了給她治病，如今只剩下一個小院和兩間土坯草房。

還好牛頭村的柳家族長看他們父女可憐，派人幫他們收拾了下，才勉強有了個棲身之地。

可沒想到隔幾天，柳嫣就出事了！

她被人發現暈倒在牛頭村後面的牛頭山，身上衣衫不整，頭上磕了個大口子，血流不止。

柳嫣被村民救回家，高燒昏迷了幾日，方才清醒，可是身體裡面卻換了人。

鮑岩真不知道這是上天在眷顧她，還是在戲弄她？借屍還魂回了古代，成了一個美貌的十五歲小姑娘，但是家裡一窮二白，還帶著這麼一個病殃殃的老爹。

不過，既然已經回不去了，那就把自己當做柳嫣，忘掉鮑岩這個名字吧。

柳嫣拿了一塊抹布，墊著手，從泥爐上端起熬藥的砂鍋，把藥湯倒在地上的大碗公裡，小心翼翼地端著藥碗走進東廂房。

土炕上，柳成源蓋著一床破被，半靠在枕頭上。

「爹，喝藥了。」柳嫣把手中的藥碗放在炕沿邊，爬上炕，將柳成源扶起，讓他倚在炕頭。又拿了枕頭墊在後面，讓他靠得舒服些，接著端起藥碗，舀了一勺，用嘴吹了吹，餵到柳成源嘴邊。

柳成源喝了幾口藥，眼眶就紅了。

……又來了。柳嫣看柳成源要哭不哭的樣子，已由最初的驚訝、著急，到如今的無奈和習以為常。

一個三十多歲的大男人，一天至少哭三遍，按照柳嫣最初的推測，這是輕度抑鬱症的表現。

不過現在看來，柳嫣覺得根本就是這爹的哭點太低，書讀多了，一天到晚傷春悲秋。

「爹，您又怎麼了？」身為孝順的閨女，柳嫣還是得出聲安慰。

「嫣兒，是爹無能啊，連累妳病剛好，還得伺候我……」說著，柳成源的眼淚就流了下來。

柳嫣摸了摸頭上纏著的紗布。原主的體質不錯，頭上磕了那麼大一個口子，半個多月就結了疤。

原主才十五歲，在她原來的世界裡，只是個國中生，可自從她接手在這裡挑水、洗衣、做飯的活兒，很快便上手，可見原主是做習慣的。

她這爹的話倒真沒說錯。

「爹，我的病都好了，您就不用擔心了。您好好吃藥，快點痊癒，不用我再伺候不就行了？」

「嗚嗚……傷筋動骨一百天，我一點都動不得，這又得了風寒，還得花錢喝藥，咱們哪有錢……」

柳嫣看柳成源傷心的樣子，那眼淚一串串地流，認命地嘆了口氣，從袖口裡拿出帕子給他擦了擦。

「爹，前兩天三姑不是給咱們送來些吃的？麵和米都有呢，三姑給的五十個銅板也沒花多少，這藥都是山上的蒲公英草熬的，不花錢，我等會兒再去採一些，您就不要再胡思亂想，快把藥喝了，涼了就不好了。」

柳成源聽了這話，才止住眼淚，乖乖地喝起藥來。

「喲，阿嫣給妳爹餵藥呢！」門口傳來一句大嗓門。

柳嫣不得不回頭，眉眼淡淡。「錢嬸子來了。」

錢寡婦笑著走了進來，到了炕邊，劈手奪過柳嫣手中的藥碗。

「阿嫣，嬸子來幫妳餵吧。我家的春花在院子外面等妳呢，妳們一起上山，挖點野菜，晚上嬸子給你們烙野菜餅吃！」

柳嫣被錢寡婦一屁股從炕沿邊擠到了地上，看著空空如也的雙手，不禁翻了個白眼。

這錢寡婦對柳成源的心思，她如何不知？

不過這事還得怪柳成源。一個三十多歲的男人，長得像小鮮肉一樣，一張臉粉粉嫩嫩，還沒留鬚，身上還帶著讀書人的風流勁兒。

她第一眼看到時，以為他只有二十多歲，是柳嫣的哥哥呢。

也難怪這錢寡婦會動了春心。

不過這錢寡婦就住在她家隔壁，她撞破頭臥床這十幾天，都是人家在盡心照顧他們父女，不然她也不會這麼快康復。

做人得有感恩的心，不能一下子就把事做絕了。

柳嫣瞪了一眼炕上的柳成源。罪魁禍首有點心虛，不敢看自己的閨女，低下了頭。

柳嫣嘴角扯出一絲笑容。「那就麻煩錢嬸子了。」

「不麻煩，阿嫣就是客氣，咱一家人不說兩家話！」錢寡婦咧著大嘴笑道。

這話是真的不能接了。柳嫣只能對柳成源道：「爹，我上山了，您吃過藥就躺著吧！」

「妳小心一點，前天剛下過雨，山上還挺濕滑的，記得早點回來！」柳成源忙細細叮囑。

不管怎麼樣，這個爹還是很疼女兒的。

柳嫣點了點頭。「爹，我知道了，我一會兒就回來。」

「阿嫣，妳就放心吧，有嬸子在，一定會照顧好妳爹的！柳大哥，你也不用擔心，有我們家春花幫著阿嫣呢！」錢寡婦又冒出一句。

柳嫣朝她點了頭，出了房門，想了想，把堂屋的門也打開，對東廂房喊道：「爹，我想起來了，昨兒個村長說等會兒要過來看您，屋門和院門我都給您開著了，您也別睡著了！」

她可不放心把這個爹單獨留給錢寡婦，這麼做是提醒這兩人。

柳嫣到了院子裡，找了鐮刀和竹筐，剛把竹筐揹到背上，就聽見院門口傳來錢寡婦的女兒春花不耐煩的聲音。

「還不快點！每次都等妳一個人，磨磨蹭蹭的，還當自己是大小姐呢！」

柳嫣出了院門，看著站在路邊的錢春花。她和她娘長得像一個模子刻出來的，都是個頭不高、圓滾滾的身材，胸大、屁股大，一張胖乎乎的大圓臉，顴骨上帶著曬斑，一看就是做慣地裡活的。

錢春花看柳嫣出來了，狠狠地瞪了她一眼，對身旁兩個小姑娘一努嘴。「走吧！」說完邁開步就往前走，也沒等柳嫣。

柳嫣跟在她們身後，走了一段距離，就聽一個小姑娘問錢春花。「春花，妳怎麼走那麼快，不等等那個柳嫣了？」

「等她幹什麼？如果不是我娘非得讓我帶著她，我才懶得理她呢。妳瞅她走路的樣子，不知道的還以為她唱戲呢！」錢春花的語氣裡充滿不屑與厭惡。

旁邊的小姑娘回頭看了柳嫣一眼，見柳嫣低著頭，好像沒有聽見錢春花的話，便放下心來，快走了幾步，與錢春花嘀咕起來，發出一陣笑聲。

柳嫣故意慢下腳步。這錢春花不喜她，是因為她娘錢寡婦對她們父女異常熱心，在村裡有了閒話，讓錢春花覺得很沒面子。

但她也不是很喜歡這對母女倆，原因無它，因為她相信一句話——「相由心生」。

每當她看到錢寡婦母女那黑眼珠少、白眼仁多的三角眼，總是打從心底覺得不舒服。還有，錢寡婦死去的丈夫在牛頭村是有名的老實人，聽說活著的時候，錢寡婦一直都看不上他，一個大老爺們竟被錢寡婦打得嗷嗷哭。

錢寡婦沒兒子，只生了三個姑娘。錢寡婦的丈夫死後，前兩個閨女被錢寡婦嫁給鰥夫當了後娘，實際上就是賣了換銀子。

而柳嫣親眼目睹的是，前兩天錢寡婦母女倆與東頭柳大寶家的婆娘爭吵的一幕。明明是錢家的雞叨了柳大寶家菜園子的菜，柳大寶的婆娘用笤帚打了雞幾下，錢寡婦母女倆就不依了，撒潑打滾，說柳大寶家欺負她們孤兒寡母，把她們家的雞打得下不出蛋了。

最後還是族長過來阻止了這場鬧劇，協調了半天，柳大寶家賠了錢寡婦十顆雞蛋才了事。

這結果讓柳嫣目瞪口呆，也把這事和柳成源說了。倒不是她擔心柳成源會怎樣，畢竟錢寡婦和柳嫣的娘是天差地別。

她只是給柳成源提個醒，這錢寡婦自從丈夫過世後，聽說也有幾段露水姻緣未成，但是如今盯上了柳成源，要真把柳成源給壓了，那就甩不開了，這樣的母女還是敬而遠之的好。

所以當她病好後，特意讓她三姑去謝謝錢寡婦，還給了錢，她本人見到錢寡婦也是十分客氣，就是希望能拉開距離。

誰知架不住錢寡婦的熱情和決心，一天幾遍往她家跑。沒有一輩子防賊的，這事等柳成源病好後，還得想辦法解決。

柳嫣低頭想著心事，再抬頭，已經到了牛頭山的山腳下，錢春花幾個人都走得不見人影了。

柳嫣也不著急，一個人小心翼翼地往山上走。

第二章　初見

牛頭山山高林密，古木參天，午後的陽光從樹葉間灑下斑駁的光影，一片靜謐。

這「靠山吃山、靠水吃水」的古話果然沒錯，柳嫣很快就在幾棵樹根下找到了新鮮的蘑菇，還有能食用的野菜和蒲公英藥草。

她一邊走，一邊用鐮刀挖，又撿了些枯樹枝，不久，揹著的竹筐就裝了一半。

到了半山腰，柳嫣放下竹筐，坐在大石上休息一會兒。

只休息不到片刻，柳嫣就覺得胸口發悶，一股莫名的淚意湧上眼角。

……她這是怎麼了？

柳嫣站起身，順了順胸口，人卻不由自主地往東邊走去。

她沿著小徑走了一會兒，眼前豁然是一道土坡。她又往前走了兩步，才發現這裡原來是十幾米高的山崖，崖下是雜草叢生的山谷。

柳嫣站在山崖邊，山風將她的衣角吹得獵獵作響。

她心中有股憤怒的情緒越來越強烈，難以抑制，她可以肯定，這股憤怒和剛才的委屈是來自原主體內的感受。

難道原主曾在這裡遭遇過什麼令她氣憤難當的事情？

思索間，柳嫣的腦子裡好像有道聲音在說：跳下去、跳下去……

她不由得往前挪了一小步，左腳已經懸空一半。

一陣猛烈的山風吹來，柳嫣的身子被吹得一晃，差點掉下山崖。

她嚇得一下子清醒過來！

她怎麼忽然昏頭了？還是保命要緊，趕快往回撤吧！

突然，她感到腰間一緊，有一隻手臂摟住了她，接著她便騰空而起。

柳嫣驚得不敢亂動，一抬頭，便是四目相對。

映入她眼簾的是一雙如濯的雙眸，眼神深邃明亮，在見到她臉蛋的一瞬間，那雙眼裡便如煙火綻放，越發璀璨。

柳嫣怔住了，她就像落入一片清澈的深潭，方才暴躁、憤恨的情緒，瞬間消失在其中。彷彿只要被這雙眼睛注視著，一生就再無難過和心酸。

待她回過神來，雙腳已經踩在了地上。

柳嫣沒由來地感到心跳加快，只覺得那人放在她腰上的手臂如烙鐵，帶著灼熱的溫度，讓她的皮膚都燃燒起來。

柳嫣不禁扭了扭腰，想離那火源遠一些。

隨著她的微動，那手臂也鬆開了，柳嫣乘機往後退了一步，仔細打量起面前的人。

男人穿著一身靛青色的細布褂子，身材高大，寬肩窄腰，眉目軒朗，鼻梁英挺。

……不過，這下巴上怎麼留了一把黑黢黢、亂糟糟的大鬍子，遮住了嘴和半張臉。

真是可惜了，這張臉上半部是男神吳彥祖，下半部是取經沙和尚。

在柳嫣略帶探究和放肆的目光裡，面前的臉龐慢慢脹紅。

柳嫣這才反應過來，按照古代男女授受不親的傳統，她剛才被一個不認識的男人給抱住，她的表現應該是滿面通紅、大聲尖叫或是直接暈倒，而不是這般的冷靜和若無其事。

那自己此刻該怎麼辦？

好像上面的行為，現在做都有些晚了……

不過，這深山老林、四處無人的，自己和一個身強體壯、武功高強的男人單獨在一起，怎麼看都有點不安全。

柳嫣這時才想到這點，忙又往後退了一步，拉開與面前男子的距離。

男子似乎也看出柳嫣的警覺和畏懼，忙拱手施禮。「這位姑娘，在下剛才並無冒犯之意，只不過我剛剛經過時，看到姑娘站在山崖邊有些不安全，所以自作主張把姑娘帶了下來，請姑娘不要怪罪。」

態度還不錯，一副正人君子的架勢。

柳嫣的心放鬆一些，忙斂袖施禮。「沒關係，是我自己不小心，多謝壯士了。」

對面的男子忙擺手。「姑娘不必客氣。」

他猶疑片刻，很是小心翼翼的問了一句。「姑娘是山下牛頭村的人嗎？可是姓柳？」

一上來就問姑娘的姓？這可是不合禮數的事，但眼前的男人神態也不像什麼登徒子要唐突佳人。

那他打聽這個要做什麼？

柳嫣腦子裡瞬間閃過一個匪夷所思的念頭——難道他要按照古代的規矩，碰一下就要對自己負責？

所以現在問自己的名字，是要上門提親？

這就有點扯遠了吧……她連嫁人這種事都沒想過呢。

柳嫣心中著急，不想回答，又怕這男子一直糾纏。

她咬著唇，抬起眼，微微點了點頭。

那男子聽了她的話，面色激動，上前一步，手抬了起來，竟像是要來摸她的頭，嘴裡道：「我是小……」

柳嫣被他的樣子嚇了一跳，忙躲開他的手，道：「這位壯士，我……我要回家了！」

說完，她一低頭，邁開腿，落荒而逃，也沒管那男子的手停在半空中還沒放下來，有些呆愣愣地立在那裡……

柳嫣回到大石邊，揹起竹筐，拿著鐮刀，往山下快步走去。

她的心怦怦跳得厲害，走出一段距離，猶豫再猶豫，終於忍不住回頭。

只見那男子仍站在半山腰，身邊竟還牽了一匹黑馬。他手拿著韁繩，直直地望著她。

他顯然沒料到柳嫣會突然回頭，彼此的視線猝不及防在空中交會。

在之後的歲月裡，柳嫣一直都清楚記得他們對視的這一剎那，記得他的目光如羽毛般輕掃過她的臉頰，讓她的心深深感受到其中飽含的溫暖和柔情。

柳嫣有些回不過神來，直到她看見男子收回目光，紅著臉，不敢再看她時，她才驚覺地回過頭，忙加快腳步下山，最後乾脆小跑起來。

到了山腳下，她穩下心神，猶豫了下，還是回頭張望一眼，已經不見那男子的蹤影。柳嫣不禁怔了怔，慢慢轉回頭，看著路邊的小草，扯了扯嘴角。還是趕快回家吧，也不知道那錢寡婦怎麼纏磨自己那個爹呢！想到這裡，柳嫣長長吐出一口氣，快步往家裡走。

剛走到村口，她就看見柳秋杏手裡拿著鐮刀和筐，風風火火地往牛頭山走。

秋杏比柳嫣小一歲，說來也算是柳嫣的救命恩人，因為就是她第一個發現柳嫣受傷暈倒在山上，也是她找來村民將柳嫣抬回家的。

柳嫣臥床養病期間，秋杏和她娘也拿了雞蛋過來看望過，秋杏自己也過來陪她好幾次；再加上秋杏家和柳嫣家又都是牛頭村柳家一個老祖宗分出來的，柳嫣病好後，就和秋杏很是親近。

「妳怎麼這麼快就回來了？」秋杏看見柳嫣，笑著跑了過來。

「我趕著回來給我爹做飯。妳這是要上山去？」柳嫣也笑著迎上前。

「去山上割些豬草，俺剛才去妳家找妳，妳爹說妳和錢春花上山了。」秋杏語氣明顯有些不樂意。

秋杏的娘和錢寡婦是村裡的死對頭，兩個都是潑辣貨，一年不知幹多少仗，互有勝負，連帶秋杏和錢春花也是彼此看不上。而且秉承著給錢寡婦添堵的原則，有關錢寡婦的一切傳聞，都是秋杏告訴柳嫣的。

柳嫣看秋杏雖然有些管不住嘴，愛說些是非，但和她幾番接觸，倒是覺得比錢寡婦母女強上許多。

秋杏見柳嫣明顯和她比錢春花親近，當然高興了，為了氣錢春花，她沒事就往柳嫣身邊湊。柳嫣從她嘴裡也瞭解不少村裡的八卦，就當多了一雙順風耳。

「順路罷了，我沒跟她們一起走，妳看，我不是自己回來了？」柳嫣看秋杏有些不高興，便解釋道。

「嗯，這還差不多！」秋杏露出笑，又神秘兮兮的湊到柳嫣身邊，小聲道：「妳還是離她們娘倆遠一點吧，俺剛才去妳家找妳，妳猜俺看到了什麼？」

「看到什麼？」柳嫣一挑眉。

「哼，那個騷貨錢寡婦正在摸妳爹的手呢，見俺進去，她還不高興！呸！」秋杏往地上啐了一口。「真是不要臉！妳爹好歹中過舉人，能看上她？她也不撒泡尿照照自己！」

「也許是不小心碰了一下手……我知道了，那我先回家了！」柳嫣表面雲淡風輕，心裡也是有些不舒服。

「行，妳趕快回家吧！俺告訴妳，妳真得防著些，那錢寡婦是真不要臉的，如今村裡都在傳她要給妳當後娘呢！」秋杏看柳嫣還是有些不在乎的樣子，便又心急火燎地加上一句。

「我知道了，妳自己上山小心一點！」柳嫣叮囑秋杏一句，連忙往家裡趕。

還沒走近自家門口，她就看見院門前站了一堆人。她走近一看，是一群婦人在圍著挑擔的貨郎選頭花，其中叫得最起勁的就是錢寡婦。
柳嫣見錢寡婦沒在她家，這才鬆了一口氣。
她手裡沒錢，也買不了什麼東西，就不跟著這幫人湊熱鬧了。
柳嫣一隻腳剛邁進自家院門，就聽見姓張的年輕貨郎叫她。「柳姑娘，等一下，這花給妳！」
柳嫣扭頭，那貨郎幾步走來，將一朵粉紅色的大絨花塞到她手裡，又紅著臉回到擔子前。
柳嫣看著手裡碗口大的絨花一愣。她並沒有想買頭花啊。
她剛要開口問貨郎，就見他如同做賊一般不敢看她。
柳嫣這才反應過來。這是送給她的！
看來古代的小夥子也挺直接的。這可是她在這個世界收到的第一份男子送的禮物，倒真有些小驚喜。
只是這粉紅花戴在頭上，不就成了雞冠了？這審美觀她可接受不了。況且她和這貨郎也就是幾天前買了日用品，說過兩句話而已，就這樣收了一個不熟悉的人的禮物，給了人家希望，實在是不妥當。
柳嫣想到這裡，就想把花退回去。
這時就聽村東頭的李大嬸酸溜溜地道：「喲，俺說大兄弟，俺買了你那麼多東西，讓你便宜一文錢你都不肯，這麼好看的頭花說送人就送人，還是年輕漂亮好啊！」說著衝柳嫣翻了一個白眼。

「大姊，妳說啥呢！這是柳姑娘上次訂的，錢都給了，俺今天是給她送過來！」貨郎忙紅著臉解釋。「好了、好了，大姊妳說便宜一文就一文吧！」

「喲，不是窮得都揭不開鍋嗎，怎麼還有錢買頭花？」李大嬸還是有些不依不饒。

……得了，如果今天把頭花還回去，在她們這幫人嘴裡，就不知道傳成什麼樣了，等這貨郎下次來再給他錢，或是把東西退了吧。

柳嫣收回手，也沒理這些人的話，就要往院裡走。

「誒誒，這人是誰呀？」

「這馬好威風啊，妳認識嗎？」

「不認識！」

身後傳來婦人七嘴八舌的聲音，柳嫣心念一動，連忙回頭，就見不遠處，在山上的那個男子坐在黑色駿馬上，逆光而立。

午後燦爛的陽光灑在他寬厚挺直的背上，一身青衣的他，沐浴在一團金色的光暈裡，更顯得威風凜凜，氣勢不凡。

柳嫣見他深沈的目光如電般掃了眼她手中的絨花，彷彿自己的手心被刺了一下，險些都拿不住花。

男子並沒有多作停留，一抖韁繩，身下的黑馬往前一縱，須臾間便跑遠了。

柳嫣看了眼他的背影，抿了抿嘴，才低頭進了院子。

第三章 相認

柳嫣剛把竹筐和鐮刀放在屋簷下，東廂房裡便傳來柳成源的聲音。

「嫣兒，是妳回來了嗎？」

「爹，我回來了！」柳嫣揚聲對屋裡說了一句。

她先回到自己的西廂房，找了塊布把大絨花包好，塞到炕洞裡。這個還得等下次還給貨郎呢。

她又用雞毛撢子撢了撢身上的土，才去了東廂房。

「怎麼這麼快就回來了？沒什麼事吧？」柳成源看柳嫣進來，關心問道。

「我在村口碰見秋杏了。」柳嫣答非所問的回了一句，便拿眼看著柳成源。

柳成源迎著柳嫣的目光，神色變得有些尷尬起來，眼神躲躲閃閃，不吱聲了。

柳嫣看柳成源脹紅了臉皮，想來秋杏說的是真的。

不過今後的路如何走，她現在心裡還沒數，今天也不是談這些事的好時機，便笑了笑。

「爹，您餓了吧，我這就去做飯。」

這地方的窮人一天只吃兩頓飯，現在的時間等於下午三、四點，也該吃晚飯了。

「妳錢嬸子說，等會兒給咱家送些野菜餅子來。」柳成源沒眼力地接了一句。

「別人家的飯比你閨女做的好吃？」柳嫣冷著臉反問一句。怎麼也得讓柳成源明白她對錢寡婦的態度。

「沒有、沒有！」柳成源看著柳嫣不悅的神色，忙把頭搖得跟波浪鼓似的。「我就是……就是怕累著妳，而且這……這也是她主動要送的嘛！」柳成源小聲地解釋了一句。

「吃人家的嘴軟，拿人家的手短。爹，您讀了這麼多書，不會不知道這個道理吧？」柳嫣瞥了父親一眼。「之前錢嬸子照顧我們，我也是心懷感謝，還讓三姑給她送了錢和吃的，她也收下了，如今我的傷也快好，有些事還是注意點好，不然就該有人說閒話了。」

「村裡有人說閒話了嗎？」柳成源也不傻，從她的話中也聽出點意思來。

「有。」柳嫣直視父親，扔出一句。「說您要給我找後娘了，就是錢寡婦。」

「啊？這……這是胡說八道！」柳成源急得一下子坐了起來，頓時覺得肋下和手臂一痛，又跌回到炕上。

他也顧不得疼了，用沒有受傷的手拉住柳嫣的衣襟。「女兒呀，這可是造謠，爹沒有這種心思，妳別聽這幫人嚼舌根，他們都是、都是……放屁！妳可要相信爹啊！」

柳成源急得都說了粗話，眼眶也跟著紅了。

柳成源這麼著急也是有原因的。他如今是打從心底害怕柳嫣生氣，因為他總覺得柳嫣自從這次病好後，就有些變了。

原來的女兒雖然能幹，但性格卻是內向、膽小，和他一樣動不動就愛掉眼淚，那時候他們父女兩個有事沒事就常常抱頭痛哭。

可如今的女兒，沒掉過一滴眼淚，好像一下子長大了，讓他覺得身上多了一股勁兒。

他無法形容這種感覺，可每當他看著女兒的眼睛時，總覺得似乎會看透他心中所想，讓他有一種小時候面對教書先生的感覺。

柳嫣看柳成源真急了，忙輕輕拍了拍他的手。「爹，您別著急，我當然相信您了，您是我爹，您要是真想給我找後娘，早就找了，哪會等到現在？」

柳成源聽了柳嫣的話，連忙點頭。「對呀，嫣兒，就是這個道理。妳娘去世時，爹跟她發過誓的，一定會照顧好妳，不會讓別的女人進門欺負妳。」

「爹，您別著急了，其實就是村裡人瞎說。可是，爹，我覺得錢嬸子老來咱們家，真的容易讓人說閒話，咱們還是應該與她們家拉開些距離好，省得讓人誤會你和錢嬸子的關係。」柳嫣這是乘機給柳成源敲警鐘呢。

柳成源忙點頭表決心。「爹知道，爹就是覺得之前妳生病時，錢嬸子幫了不少忙，得念著人家的好，所以多說幾句話，這回爹知道了，爹……爹一定離她遠著些！」

柳嫣安慰柳成源。「我就知道我爹讀了這麼多年書，哪能不明白這種君子之道？好了，爹，我去做飯了。」

柳嫣到了堂屋後面的灶間，看看櫃子裡還有半袋子米，想了想，用燒火棍捅開了灶膛，生了火，往鍋裡倒了水，淘了米，洗了剛才在山上採的野菜，一起放到鍋中，準備煮野菜粥。

她拿著燒火棍挑了挑灶膛裡的柴火，讓空氣流通，火才能燒得更旺些。

蓋著鍋蓋的大鍋裡傳來咕嘟咕嘟的聲響，米香和野菜的清香隨著熱氣冒了出來。

「柳叔是住在這裡嗎？」關著的院門外傳來青年男子的聲音。

「嫣兒，外面好像有人！」柳成源在屋裡也聽到了。

「知道了，我去看看！」柳嫣覺得這聲音好像有些耳熟，連忙起身，走到院子。

透過破爛的院門，柳嫣看到靛青色的衣角，心猛地一跳。

她猶豫著打開了院門，那在山上遇見的男子又赫然出現在她的眼前。他黑沈的眼睛在看到她的那一瞬，笑意掩飾不住地露了出來。

柳嫣的心跳得更快了。她堵在門口道：「你、你怎麼找到這裡來的？你有什麼事嗎？」

「這是柳成源柳叔家吧？我找柳叔。」男子的嘴被下巴上亂糟糟的鬍子擋住了，但聲音中的愉悅與期待，柳嫣還是聽得出來。

「你找我爹幹什麼？」柳嫣壓低了聲音，有些警惕地看著男子。這人不會真因為碰了她的腰而來提親吧？她才剛來這古代，一點也沒想過嫁人啊！

「誰在外面呢？」屋裡傳來柳成源的聲音。

柳嫣看男子抬起頭就要回話，連忙回頭搶了一句。「爹，沒事，就是來問路的！」

「你快走吧！」柳嫣轉頭，乾巴巴地對男子擠出一句。「剛才謝謝你在山上幫了我，但我們家窮，沒錢，我也拿不出什麼來報答你，我、我也不想嫁人，你……你走吧！」

柳嫣知道自己這話說得有些沒良心，但比起讓她跟一個陌生男子以身相許，她還是決定當一回「白眼狼」。

「報答我？嫁人？」男子下巴的鬍鬚抖了抖，柳嫣猜他是在笑。

「你、你碰了我這裡，我不介意的，你一看就是大英雄，也一定不是施恩圖報的人，是吧？」柳嫣胡亂地指了指自己的腰，看著男子。

這男子看上去武功很高，肯定是惹不起的，那就先把高帽給他戴上，拿話噎住他。

男子低下頭，明亮的眼睛看著柳嫣如花的面容。在他帶著笑意的目光下，柳嫣的面頰慢慢熱了起來。

其實也不怪柳嫣會這麼想，因為以她如今這副容貌，的確有讓人一見傾心的本錢。如果是在她原來的世界，當個明星絕對沒問題，追她的男人肯定如過江之鯽。

而且眼前的男子身上帶著正氣凜然、不怒自威的氣場，看上去還有些刻板嚴肅，就像古裝電視劇裡的一派掌門人，是忠義至上、恪守禮教的君子大俠。

這樣的人為了所謂的男女授受不親的清規，想娶她或納她為妾，也不是不可能吧？

柳嫣堅定了腦中的想法，努力壓下心中的羞怯，皮笑肉不笑地道：「壯士，天色不早了，你去忙吧，我就不耽誤你了。」說著便用雙手掩了柴門。

誰知這門關了一半就關不上了，柳嫣眼睜睜的看著男子蓄著大鬍的臉上像是帶著微笑，用一根手指倚住了門，另一隻手輕柔地拿開她的手臂。

然後他大步進了院子，一直朝屋裡走去。

這、這不成了私闖民宅了嗎？

柳嫣把門隨手一關，追了上去，嘴裡著急地叫道：「站住！你、你這個人，怎麼能隨便進別人家的屋，這可是犯法的！」

男子像沒有聽到柳嫣的話一般，逕自進了堂屋。

柳嫣氣得一咬唇，跟著進了堂屋，從灶台邊拿起燒火棍。這個人如果敢瞎說，她就死活不認帳，然後拿燒火棍亂打一氣趕他走，看他這副大俠模樣，肯定是不會還手打女人的。

誰知她剛追到東廂房門邊，就見炕上的柳成源勉強半撐起身子，神色有些激動地看著男子。「你……你是？」

男子一步跨到炕邊，單膝跪下。「柳叔，我是小山，我回來了！」

「小山？你是小山？你還活著？」柳成源掙扎著要坐起身，想好好看看眼前的男子。

男子看柳成源身上綁著繃帶，忙站起身坐到炕沿邊，用手扶起柳成源，聲音有些微顫。「柳叔，是我，我還活著，你好好看看我這裡！」說完用手指了指自己的右耳垂。

柳成源顫巍巍地伸出沒有受傷的左手，輕輕摸了摸他耳垂上的紅痣，眼眶一紅，眼淚便流了下來。

他一把抱著男子的肩，大哭起來。「小山啊，真是你呀！你回來了，叔還能活著見到你，真好啊！」

柳成源一哭起來，那是淚如雨下，男子連忙勸慰，可柳成源的淚卻是止也止不住。

男子也明顯有些動容，低聲勸了一會兒。

但看柳成源還是鼻涕一把、淚一把地哭個不停，實在有些沒有辦法，忙回頭看向柳嫣。

只見柳嫣纖細的身子隨意地倚靠在門框上，手裡還拎著根燒火棍。

男子的眉頭微微皺了皺。嫣兒就這麼靜靜的看著他和柳叔重逢的場景，眼中流露的竟是一個旁觀者見到此情此景時的觸動與感懷，這與他無數次在心中幻想跟嫣兒重逢的情景完全不一樣。

十多年未見，她不像柳叔這樣激動，難道嫣兒已經忘記他了？

柳嫣看男子回頭直直盯著她的臉，目光中似在探求什麼，忍不住哼了一聲。

這人分明認識她爹，可是他剛才卻不說，讓她以為他是來求親的，鬧了一個大笑話。看來他實際上可不像他的外表那麼忠厚。

男子見柳嫣抬頭望向房梁，就是不看他，只好清咳了一聲。

柳嫣眼角餘光看著男子望著她，眼中帶著無奈，還有點可憐兮兮求幫助的意味，又見她爹實在哭得慘兮兮，只得走到炕邊，從袖子裡拿出手帕，給他擦了擦臉。

「爹，既然是故人回來了，應該高興才是，怎麼還哭起來了？」

「嗚嗚，爹就是高興，高興……」柳成源一邊說，一邊抽噎。

「高興就該笑。爹，別哭了，您和這位……這位小山大叔聊會兒吧！」

「小山大叔？嫣兒啊，妳弄錯了，這是妳小山哥！」柳成源紅著眼睛看著柳嫣，無奈地道。

小山哥？柳嫣的眼睛瞬間瞪圓了。

對了，他剛才好像叫自己的爹為柳叔，不過這大鬍子的造型，怎麼看都比柳成源的年紀還大。

「小山」這兩個字，應該是他的小名吧？這是親近之人才能叫的，她和他可還沒有那麼熟。

柳嫣自覺叫不出口，只好略帶尷尬地朝這位小山哥笑了笑。

「嫣兒，妳想不起妳小山哥了？妳小時候和他是最要好的！」柳成源有些著急的看著柳嫣。

柳嫣忙從原主的記憶中調取有關這小山哥的資料，可是腦子裡一片空白，她努力去想，就覺得太陽穴一疼，額頭傷口處像被針扎一般。她嘶了一聲，忙用手捂住傷口上纏著的布條。

柳成源看柳嫣疼痛難當的樣子，忙叫道：「別想了、別想了，省得頭又疼了。」說完，又對那小山抽噎道：「嫣兒前些日子在山上撞破了頭，養了很長一段時間，以前很多事都想不起來，她不是故意忘記你的。」

第四章 初談

那小山有些怔怔地看著柳嫣。「妳頭上圍著的那個不是頭飾？」

柳嫣放在布條上的手指動了動。她愛美，頭上裹著傷口的布有兩層，裡面那層是白布，外面那層是秋杏給她的一條碎花布，她用針縫在一起，綁在頭上，額頭部分用頭髮蓋住，兩側就像固定頭髮用的髮帶，看上去新穎漂亮。

她第一回戴出去時，還引得村裡的小姑娘羨慕不已。

「她的傷口還沒完全好，之前她磕了那麼大一塊，血呀，流的滿身都是！」說著柳成源的淚又滴了下來。

「哎呀，爹，我這不是都快好了嘛！您別哭了，好好說話！」柳嫣忙阻止柳成源繼續傷心下去。

「就算好了也會留疤啊，妳一個小姑娘家，臉上有那麼一塊疤，怎麼也不好看！」柳成源還是很難受。

「過一段時間疤就會淡了，而且有頭髮擋著，看不出來，您就不用瞎擔心了。」

柳嫣朝那小山哥略帶歉意的一笑。「如今就是原來的事情和人都記不住了。」

「沒關係，慢慢養著，以後興許能想起來。」小山哥盯著柳嫣的額頭，放在身側的手握成了拳。

「什麼味道？」柳嫣的鼻子嗅了嗅。「哎呀，鍋裡的粥糊了！」

柳嫣顧不得身邊這兩人了，立刻衝到灶台邊，用抹布墊著手，揭開鍋蓋，一股熱氣撲面而來。

柳嫣一閉眼，往後退了一步，用手搧了搧，拿大勺舀了一勺水，倒進鍋裡，再用勺子攪著鍋裡的粥。

今天這粥只做了自己和爹的分，也不知道這小山哥是否要留在家裡吃飯？不管怎麼樣，面子上也得留一留。

可萬一這小山哥不客氣留下來怎麼辦？還要做點什麼好？家裡也沒什麼像樣的吃食了。

柳嫣心裡正為難著，背後突然傳來一句。「妳和柳叔晚上就吃這個嗎？」

柳嫣一激靈，回頭看時，才發現那個小山哥不知何時立在她身後，看著鍋裡的粥。

「啊？對，晚上……晚上吃這個。」柳嫣看他盯著鍋裡半糊的菜粥，有些不好意思了。

那小山哥垂下眼瞼，從旁邊拿起燒火棍，在地上描出兩個字。「我記得我離開柳家時，妳已經跟夫人學識字了。這兩個字，妳應該認識吧？」

柳嫣隨著他的筆劃，緩緩唸道：「穆……廷。」

隨著柳嫣低柔的嗓音，穆廷的名字從她玫瑰花瓣般的粉唇中吐出來，變得酥酥軟軟的，從未有過的好聽。

一絲異樣的感覺激得穆廷身上的寒毛都豎了起來。

他忍不住拿手搓了下胳膊，吸了一口氣。「這是我如今的名字。」

柳嫣笑笑。「好名字，那……我就叫你穆大哥吧！」這個稱呼她還是能叫出口的。

說著伸頭向東廂房望了一眼，見柳成源靠牆坐著，也沒注意堂屋的情形，兀自在那抹眼淚呢。

「我看柳叔哭了半天，想給他倒碗水。」穆廷解釋了自己出來的原因。

柳嫣聽了忙拿了一個大碗，從瓦罐裡倒了水，遞給穆廷，壓低聲音道：「那就麻煩穆大哥陪陪我爹吧。他這一陣子受傷出不了門，在家也是悶壞了。還有，穆大哥，今天在牛頭山上你幫我的事，就不要和我爹說了，我怕會嚇到他，以後不讓我上山了。」

柳嫣覺得，還是把山上的事從兩人之間抹去比較好。

穆廷伸手接過大碗，手指不小心從柳嫣的手背上劃過，他立刻屏住呼吸，努力穩住自己的手臂，才沒讓水灑出來。

他低頭，看到她如水的雙眸正看著自己，他視線掠過她粉嫩的臉，停在她的左耳垂、讓他這些年無數次夢見的那顆紅痣上。

柳嫣看穆廷只是看著她，卻沒有反應，忙又叫了一聲。「穆大哥，好嗎？」

穆廷被這聲「穆大哥」叫得神魂歸了位，忙點頭。「妳、妳放心吧，我不會說的。」說完拿著碗，連忙轉身回屋。

穆廷伺候柳成源喝了水，放下碗時，手指在袖下不禁揉搓了一下。柳嫣手背肌膚如絲綢般的觸感，還停留在他的指腹間，讓他整個手掌都有些酥麻。

「小山，你不是在軍營嗎，何時回來的？怎麼找到這裡來了？」柳成源不哭了，方想起來有很多話要問穆廷。

「柳叔，我不當兵了，昨天回來的，我去原來的柳府找你們，沒有找到，今天我回村見了族長，知道您也回來住了，就過來看您。」穆廷簡單解釋了幾句。

「穆大哥，今天不知道你過來，也沒弄什麼好吃的，不知道你愛吃什麼，我現在給你做？」柳嫣進了屋，打斷兩人的話，對穆廷客氣了兩句。

「我不吃了，天色也不早，我還得回城，這就走了。」穆廷從炕邊站起身。他剛才看過，那鍋裡的野菜粥，只勉強夠眼前的兩個人吃。

「怎麼能不吃飯就走？你快坐下，我還有很多話要和你說呢！」柳成源著急道。他是打從心底不願穆廷走的。

「柳叔，我城裡還有事情，您放心，我明天早上再過來看您。」穆廷忙低下身，安撫眼睛又紅了的柳成源。

「好了，爹，穆大哥這不是有事嘛，您就讓他先回去吧，不然天黑了，路也不好走。」柳嫣忙也跟著勸。

「小山子，那你明天一定要來啊，叔等你！」柳成源拉住穆廷的手，再三叮囑。

「柳叔，您放心吧，我一定過來。」穆廷連連點頭，一再保證。

柳嫣把穆廷送到院門口。穆廷的大黑馬連韁繩也沒栓，就立在牆邊，低頭啃著牆根的雜草。

不遠處，有幾個孩子圍著，興奮地指指點點，卻不敢上前；還有些男女探頭探腦地從自家院門和圍牆上往這邊看。

柳嫣裝作沒看見這些八卦的目光，瞅著大黑馬，見牠全身的毛髮亮得像黑緞子一般，眼睛明亮有神，體態健美，四肢有力，不由得誇了一句。「這馬兒真漂亮！」

就見那馬兒好像聽明白柳嫣在誇牠，上前幾步，低低地叫了聲，前腿弓下，矮著身子，竟似在邀請她上馬。

柳嫣不禁驚喜地笑了，拿手輕輕撫摸馬鬃。「真乖！」

穆廷也忍不住笑了。這麼多年來，好像只有她一個人這麼誇獎脾性不太好的黑玉。

穆廷抬起手，也摸了摸馬頭。「不錯，還記得你的主人。」

主人？柳嫣抬頭看著穆廷，水潤明眸中帶著疑惑。

「牠是妳小時候養的馬，後來妳把牠送給了我。」穆廷心中微痛。她當真什麼都不記得了……

「真的啊？」柳嫣心中也有些感懷。她穿越前也養過一匹馬，而且她的馬術在她原來的朋友圈裡，算是最好的一個。

柳嫣伸手摟住了馬頭，笑道：「你很厲害，這麼多年竟然還記得我。對了，牠叫什麼名字？」

「黑玉。不過妳那時喜歡叫牠小黑。」穆廷看著柳嫣如花的笑顏，舊日的時光彷彿穿過那笑容，又回到了眼前。

不過，周圍這麼多人豎著耳朵在聽他們兩個說話，對柳嫣這未出閣的小姑娘還是不太好。

想到這，穆廷不得不翻身上馬。「明天我再帶牠來看妳，我走了。」

他拽了轀繩，馬前行了兩步，他到底還是不捨，忍不住回頭叮囑了一句。「明天一早我就會過來。」

說完才放開馬蹄，往村口而去。

柳嫣看穆廷走遠了，進了院子，剛要關門，就見錢寡婦手裡拿著大碗，裡面放著幾張野菜餅子，擠到門邊。「哎，阿嫣，別關門，來嚐嚐嬸子做的餅子！」

柳嫣就聽隔壁院子傳來錢春花狠狠啐了一口的聲音，還隱約說了一句。「不要臉！」

柳嫣暗中用力拿身子抵住門。「謝謝錢嬸子，我家剛才都吃過飯了，這餅子您就拿回去吧！」

「哎呀，跟嬸子客氣什麼？俺告訴妳，這餅子，嬸子烙得可好吃呢，妳爹剛才還說要嚐嚐呢！」錢寡婦像沒聽見隔壁自家女兒發出的動靜，涎著一張大餅臉就要往門裡擠。

這人是吃什麼長大的，怎麼有這麼大的力氣？柳嫣被錢寡婦擠得一個趔趄，差點沒跌坐在地。

在原來的世界裡，她可是練過防身的空手道，竟然抵不過一個農婦，心裡不禁也生出點火氣來。

錢寡婦擠進了門就往堂屋走，柳嫣幾步趕上前攔住她的去路，沈下臉道：「錢嬸子，我爹剛剛喝了藥，已經睡下了。您的心意我領了，我也有些累，想早點休息，今天就不招待您了。」

「睡了？我剛才在院子裡還聽見他和妳家的客人說話的聲音呢！俺可是好心好意給你們送餅子的，這做人可不能沒良心，瞎說話！」錢寡婦厚嘴唇一撇，竟是有些不高興。

柳嫣看她端著的菜餅子，焦黃酥脆，倒是用了心，便壓了壓心中的火氣，客氣道：「錢嬸子，謝謝您想著我家，不過我爹今天見了故人，話說多了，累了，這會兒是真睡了，這餅子您還是自己留著吃吧！」

錢寡婦哪裡肯聽柳嫣的話？捨了面皮，伸直脖子，大聲叫道：「他柳叔，我給你送餅子來了！」

說完腰一扭，肩膀向前一頂，就要往屋裡闖。

柳嫣經歷過剛才錢寡婦頂門那一下，心裡已有準備，這時見她撞過來，腳一用力，身子往旁微側，躲開了。

錢寡婦一下子頂空，圓滾滾的身子失去平衡，往前面倒了下去。

柳嫣一把拽住她的胳膊。「嬸子，小心！」

錢寡婦差點摔個狗吃屎，手裡的碗掉到地上，野菜餅子滾了一地。

柳嫣嘴裡可惜道：「錢嬸子，您走路也太不小心，您看這麼好的餅子都髒了，不能吃了。」

錢寡婦本想柳嫣那小身板是經不起她用力一撞，肯定會摔倒，她也算乘機教訓這個不知好歹，老是礙眼、壞事的小蹄子。沒想到柳嫣靈活地躲開，她自己倒是偷雞不成蝕把米。

錢寡婦是無禮也要攪三分的人，何曾吃過這樣的虧？氣得拿手指著柳嫣就要撒潑。

柳嫣才不怕她呢，看著錢寡婦，故作驚訝。「錢嬸子，您指著我幹什麼？」

錢寡婦看著柳嫣一臉無辜的樣子，心裡更是惱火，尖聲叫道：「俺好心好意給……」

「噓！我爹還在睡覺呢，錢嬸子您小聲點，可別吵到他。」柳嫣壓低聲音，朝錢寡婦猛擺手。

「妳……」錢寡婦嘴裡的話像被人掐了脖子，再也擠不出來，只憋得她一張大餅臉通紅。

是呀，柳成源就在屋裡，如果聽見自己和他寶貝閨女吵架，肯定是向著他閨女的，且自己吵架的模樣被他看到，肯定會嚇壞他，要是把他給嚇跑，自己前面的努力不就全泡湯了？

看來今天怎麼樣也得忍了！

「好，俺小聲點，小聲點……」錢寡婦忍著氣，咬著牙，壓低了聲音。

不過餅子已經掉在地上，沾了灰，是送不出去了，她也就沒理由進人家屋裡。

今天這虧她是吃了，不過等她嫁給柳成源，成了柳嫣的後娘，看她怎麼收拾這個小蹄子！

錢寡婦心裡恨恨，臉上卻還要擠出幾分笑。「這餅子也不能吃了，那俺就不進去，明天俺再來。」

柳嫣看錢寡婦瞪著三角眼，鼓著腮幫子，明明很生氣，卻還要努力咧嘴露出笑，整個面部表情扭曲，很是滑稽。

柳嫣咬唇忍笑，彎下腰，撿起地上的碗和菜餅子。

這年頭日子不好過，浪費糧食可是天大的罪過。

柳嫣微笑著對錢寡婦道：「錢嬸子，這餅子也別浪費了，您拿回去餵雞吧！」

錢寡婦是莊稼人，更是心疼糧食，一把奪過來，嘴裡嘀咕道：「真是造孽，這麼好的餅子，就是給狗吃，也會對俺搖搖尾巴，叫兩聲吧！」

這是指桑罵槐說柳嫣不如狗呢。柳嫣懶得理她，走到院門口，一副送完客就要關門落鎖的架勢。

錢寡婦嘴上占了些便宜，心裡才舒坦，擰著粗腰，磨蹭著出了柳家。

柳嫣待錢寡婦出去，便關上門，從裡面栓上門栓。

第五章 往事

柳嫣進了屋，洗了手，在東廂房炕上放上小飯桌，從鍋裡盛了兩碗粥，端進來放到桌上。

她伺候柳成源擦了手和臉，便拿起勺，先餵他吃飯。

柳成源適才將外面的動靜聽得一清二楚，可他看著柳嫣的臉色，卻不敢問一句。

柳嫣對剛才柳成源的表現還是挺滿意的，她對錢寡婦說父親睡了，父親就一聲都沒出。

「爹，您也聽到了，剛才錢嬸子要進屋，我沒讓她進，以後對她就是這樣了。」柳嫣交代了一句。

「這些事妳自己看著辦，爹怎樣都好。」柳成源連忙表明態度。他與女兒絕對是一條心。

柳嫣笑道：「嗯，爹，您放心，這些事我會處理好的。」

柳嫣見柳成源吃了幾口便搖頭不吃了，勸道：「爹，今天的粥有些糊了，不好吃，但您還是得吃一點，要不都該沒體力了。」

「爹不是覺得難吃，就是整天躺著不動，也不餓。」柳成源是真沒胃口。

「就算是這樣也得吃飯，要不您的病怎能好得快？來，怎麼也得喝半碗。」柳嫣又餵了柳成源幾口。

待柳成源吃過飯，柳嫣才拿起碗喝粥。她的年齡正是長身體的時候，早就餓了。

柳成源看柳嫣吃得香甜，忍不住笑了。「妳慢點吃，這吃飯講究的是細嚼慢嚥！」

「我知道了。對了，今天來的小山到底是誰？爹，您給我講講唄。」柳嫣對這個穆廷挺好奇的。

「誒！」柳成源心疼地摸了摸柳嫣的額頭。「也不知道妳什麼時候才能想起以前的事……」

「想不起來就想不起來吧，反正我身邊也沒什麼大事，而且有爹您在，有什麼事，您講給我聽就行了。」柳嫣狀似毫不在意。

其實她也實在沒法在意，身體裡面的人都換了，記憶因此缺失，也是無可奈何的事。

柳成源這才收起笑容，眼睛望著空中虛無的一點，嘆息道：「白駒過隙啊，一晃這麼多年了……這小山也是咱牛頭村的人，但他家是之後才搬來的，不姓柳，姓穆。他爺爺和妳爺爺原本認識，兩家關係很好，爹小時候有次在山上被蛇咬，要不是小山他爹給我吸毒血、敷草藥，救治得當，爹可能早就死了。

「可惜啊！十多年前，不知咱們牛頭村怎麼惹了牛頭山的山神發怒，連降了十幾天的大雨，山搖地動，山上滾下來長龍似的泥漿，把山腳下的十幾戶人家都給埋了！」

柳嫣聽到這裡，不由得放下碗。這應該是暴雨引起的土石流，在現代，這種自然災害的破壞力都相當驚人，更何況是在古代？

柳成源看柳嫣面露不忍之色，又嘆了口氣。「這山神發怒，咱們凡人哪能抵得過？這些家的人全被埋在裡面，連屍骨都找不到！」
「那這個小山哥怎麼活過來了？」
「他哪是活過來的。他那時七歲，正是頑皮的時候，那天把他爹的什麼寶貝東西摔壞了，怕他爹揍他，就跑到咱們家躲著，這才逃過一劫，只能說他運氣好一些。」
「這也算是好命了。」柳嫣感嘆。
「這有什麼好命的。」柳成源搖了搖頭。「一家老老小小十幾口都死了，就剩他一個，成了孤兒，他大病了一場，病好了以後，連性格都變得沈默寡言。那時咱家日子不錯，爹剛中了秀才，妳爺爺念著他爺爺的好，又看他一個半大孩子挺可憐的，就收養了他。後來爹和妳娘成親，就把他也帶進城了。
「這小子是個有主意的人，他那時跟著我，也認些字，讀了幾本書，我看他做事俐落，人也挺機靈，便和妳娘商量，讓他跟著妳外公家的管事學些東西，以後當個小管事，或是做咱家鋪子的掌櫃。」
柳嫣聽到這裡，點了點頭。看來爹對這個穆廷是真不錯，把他當親人看待。
「那他後來怎麼離開咱家了？是咱家遭難時走的嗎？」如果是這個原因，這人的人品就不怎麼樣了。
「不是的，小山是忠義之人！這事得從裴老將軍說起……」柳成源忙搖頭。「嫣兒，咱們永平府可是風水寶地，人傑地靈的，出了不少能人，其中最有名的，就是曾經被稱為大齊朝戰神的裴老將軍。這裴老將軍帶領他的裴家軍保疆衛民，打了無數勝仗，立下赫赫戰功，那英雄事蹟是幾天幾夜都說不完！」

柳成源講到這一段，眼睛都亮了。

柳嫣忙打斷他。「這和小山哥有什麼關係？」

「怎麼沒關係？那年裴老將軍回鄉祭祖，當時整個永平府一片轟動，裴老將軍帶著他的衛隊進城時，那是人山人海，老百姓都想親眼目睹裴老將軍的風采。小山也去看了，不知怎麼就上了心，後來裴老將軍去看望妳外公，我便也帶著他去了妳外公家。」

「這麼有名的大將軍去看望我外公？」柳嫣驚詫不已。

「這有什麼驚訝的？妳外公曾經做過太子太傅，教過皇子讀書，他和裴老將軍一直是好朋友。」

太子太傅？這可是大官啊！柳嫣瞪圓了眼睛。這麼說來，原主也曾是名門之後。

柳成源看著柳嫣的表情，心中微疼。如果不是岳父出了事，他的嫣兒此刻應該是錦衣玉食的大家閨秀，哪裡要受這麼些苦、遭這麼多罪？

「爹，您接著往下講啊！」柳嫣看柳成源怔怔地不說話，便拉了拉他的袖子。

柳成源回過神來。「講到哪了？哦，對，那天裴老將軍去妳外公家，還吃了飯、喝了酒，爹一直跟著作陪。後來裴老將軍要走了，都上了馬，小山這小子不知從哪裡蹦了出來，跪在裴老將軍馬前，請裴老將軍收下他，他要做裴家軍的士兵。」

「喲，那時他多大？」柳嫣忙問道。

「十二歲。裴老將軍看他有些年幼，本不想收他，就要騎馬離開，可是這小山打了兩聲口哨，裴老將軍的戰馬聽了，就不走了，站在那裡，怎麼催都不動彈，裴老將軍這才驚覺小山有些能耐；再加上妳外公替他說了兩句好話，裴老將軍就收了他當馬童。三天後，他就跟著裴老將軍走了，離開咱們家和永平府。」

隨著自己的敘述，許多被塵封的記憶，又出現在柳成源的腦海中。

在朦朧中，他看見自己考中秀才時，整個牛頭村大擺三天的流水席，還有父母和姊姊們臉上歡喜的笑容；看見了他成親那日，掀開妻子頭上的紅蓋頭，她嬌美如花的羞澀面龐；還看見了他中舉的消息傳來，一向嚴肅的岳父臉上，露出難以掩飾的欣慰和愉悅。

前塵往事，悲歡離合，一幕幕彷彿就在眼前，讓他不禁心痛難耐。

柳嫣本來聽的是興趣盎然，此刻見柳成源停住，忙要催他繼續講，突然就看見一顆晶瑩的淚珠從柳成源眼角滑落，沿著他的臉頰，滴落到他淡青色的裡衣上。

柳嫣不禁怔住了。柳成源因為各種小事情哭過很多次，讓她早就對他的淚產生免疫力，覺得他像個孩子，只會用哭鬧來宣洩他的情緒，是成年人懦弱、幼稚的表現。

可今天這滴無聲的淚，卻讓她的心跟著不由得一痛。

她對那其中飽含的悲哀與難過感同身受，就如同她穿越到這古代，終於有一刻認知到她成了另外一個人，與她原來的親人天人永隔時，那種撕心裂肺的悲慟。

柳嫣靜默了一瞬，壓下眼中的淚意，伸出手，拉住柳成源的手。「爹，別哭了，您還有我呢，我會永遠陪著您的。」

「嗯，爹知道，爹的嫣兒是最乖、最貼心的好孩子！」柳成源閉了閉眼睛，止住了眼中的淚。

他的身邊還有嫣兒，女兒永遠都是他心中最後的溫暖與牽掛。

柳嫣伺候因再見故人而心力交瘁的柳成源睡下，直到他睡熟了，才輕輕把自己的手從柳成源的掌心中抽出來，躡手躡腳地回到自己的房間。

一回到屋裡，柳嫣就覺得自己的身體像被抽了筋一般，沒了力氣，整個人攤在炕上。她放空腦子，不讓自己再去想那些難過的事情。

休息了一會兒，她又爬了起來。

這古代，最讓她難以安心的是醫療條件。在沒有抗生素的世界，一點小風寒就能要了一個人的命。

她可不覺得萬一在這裡死掉，老天爺還會給她機會，讓她再穿越一次，所以還是好好鍛鍊自己的身體，提高抵抗力吧！

因房間的面積太小，沒辦法施展身手練習空手道，柳嫣便在炕上鋪上一層被褥，開始作瑜伽。

練了大約半個時辰，從窗紙透進來的光線，柳嫣估計大約六點多了，便從炕上下來，到灶間燒了半鍋水。

現在是春末夏初時節，日頭變長了，這會兒還有些夕陽的光，得趁著這點亮光，趕快把活兒幹了，要不等到太陽下山，屋裡黑漆漆一片，什麼都看不清楚。

雖說家裡有一盞油燈，但她可捨不得費油點燃。

不一會兒，鍋裡的水便燒開了。柳嫣熄了灶膛裡的火，往瓦罐裡舀了一些熱水留作喝的，又拿了一大一小兩個舊木盆裝了熱水，兌了些涼水，端到自己屋裡。

她解開衣裳，用小木盆裡的水清洗私處，大木盆裡的水則用來擦身子。

柳嫣一邊擦，一邊在心中感嘆。

作為一個曾經一天要洗兩次澡、名下每一處房產裡都配有義大利頂級浴缸的潔癖女子，如今淪落到每晚只能拿著一塊粗布手巾，用簡陋的木盆簡單擦一擦。

她的心願就是能擁有一個可以泡澡的大木桶！但這落差委實有點大……

不過，每當此刻，她就會好好欣賞自己白瑩瑩的胸脯，用那兩顆漂亮的大桃子來平衡一下自己的情緒。

這就叫有失必有得，符合萬物守恆定律。

柳嫣擦完身子，又忍不住拿手揉捏了下胸前凝脂般的肌膚。那皮膚嬌嫩，輕輕一按，就能泛起一道紅印子。

她不禁恍惚地想，也不知道以後這曼妙玲瓏的身子，會便宜了哪個有福氣的臭男人！

忽然，她的腦子閃過一張大鬍子臉，心裡一激靈。她這是太長時間沒談戀愛，開始懷春了？

還是趕快睡覺吧，不要再想這些亂七八糟的事。

柳嫣穿好裡衣，把木盆裡的水潑到院裡。收拾完，天已經完全黑了下來。

空中升起一彎半弦月，今晚不見星星，月光不顯，村子裡家家戶戶熄了燈火，萬籟俱寂，偶爾有幾聲雞鳴狗叫傳來。

柳嫣鋪好了被褥，鑽進被窩。

如今她和這裡的人一樣，是標準的日出而作，日落而息。

她翻了一個身。現在這個時間，在她原來的城市，夜生活才剛拉開序幕呢。

得！也別想這些了，那個穆廷說明天還要過來，她得早點起來收拾收拾，還是趕快睡吧！

柳嫣如今的年紀，正是貪睡長身體的時候。自從來到這裡，原來總是失眠的她，一直睡得非常好，跟小豬一般。

不過今天許是受了柳成源情緒的影響，難得有些睡不安穩。

夢境似幻似空，如霧如煙。

她好像來到一個青草依依的山坡，看到四歲的小柳嫣。

「小山哥哥，我也要騎馬！」小柳嫣噘著嘴，雙手拽著男孩子的衣袖搖晃著。

「嫣兒，妳還小，等妳再大些才能騎。」男孩子耐心地安撫著小柳嫣。

「不嘛，我就要騎！你看小黑多乖啊，牠一定不會把我摔下去的！」小柳嫣眼巴巴地看著男孩。「小山哥哥，好嘛……」

「不行，夫人知道了會罵妳，我也會受罰的。」男孩子換了說法，還是沒有答應。

小柳嫣轉了轉黑溜溜的大眼睛，不服氣道：「我娘才不會說我，也不會罰你，娘那天也騎馬了呢！」

「嫣兒，不許瞎說，夫人不會騎馬的。」男孩語氣變得嚴肅。

「我才沒瞎說呢！」小柳嫣奶聲奶氣地爭辯道：「是我爹抱著我娘，他們兩個騎一匹馬，我看到的！」

倏地，小柳嫣的眼睛一亮。「小山哥哥，你也抱著我一塊騎馬，像我爹娘一樣，不就行了嗎？」

男孩終於拗不過小柳嫣，把她抱到小黑馬身上，他也翻身上馬，把小柳嫣小心翼翼地摟在身前。

「小山哥哥，讓小黑跑快點……小山哥哥，讓小黑往那邊跑……」滿山坡是小柳嫣歡快的笑聲，如銀鈴般悅人心尖。

「小山哥哥，下回你還要帶我來騎馬！」小柳嫣被男孩抱下小黑馬時，還是意猶未盡。她對男孩子豎起大拇指。「小山哥哥，你的馬騎得真好！我覺得你比我爹騎得還好！」

男孩子被柳嫣誇得有些不好意思，撓了撓頭。「我的騎術一般，我爺爺才厲害，他當年在一個大馬場養馬，那些馬都聽他的話！」

小柳嫣上來拉了男孩的手。「小山哥哥，可我就是覺得你最厲害。小山哥哥，我好喜歡你，我要你一直陪著我！」

「嗯，我會一直陪著妳的！」男孩鄭重地點了點頭。

「那我們許同心結，誰也不能耍賴皮！」小柳嫣狡黠地眨了眨水靈靈的大眼睛。

男孩覺得自己的年紀已經不適合玩這種小孩子的遊戲，本想拒絕，但看著小柳嫣黑白分明的大眼睛，嘴裡卻不由得應了一句。「好！」

小柳嫣笑了，從頭上揪下一根柔軟黑亮的髮絲，男孩也從頭上揪了根頭髮，遞給小柳嫣。

小柳嫣白嫩的小手將兩根髮絲合攏，靈巧地綰成一個同心結，開心地舉起。「小山哥哥，你看，我們同髮同心，永不分離！」

男孩看著小柳嫣手中的同心結，也笑了。「同髮同心，永不分離！」

第六章 再見

「嫣兒、嫣兒，天亮了，該起來了！」柳嫣被東廂房柳成源的聲音叫醒了。

她擁著被坐起身，迷迷糊糊間，腦子裡還全是小柳嫣的聲音。

「小山哥哥，幫我放風箏！」

「小山哥哥，我要餵馬！」

「小山哥哥，我走累了，你來揹我！」

「小山哥哥，我要吃這個，你餵我！」

……小山哥哥、小山哥哥，什麼都是小山哥哥！這兩人難道從小是連體嬰嗎？真是受不了！

柳嫣用雙手使勁抓了抓頭，讓自己清醒過來。

「嫣兒，妳醒了沒？」柳成源又在叫。

「爹，我起來了！」柳嫣高聲回了一句，穿好衣服，攏了頭髮，下了地。

她到屋外取了馬桶，進了東廂房，放在炕邊，小心地攙扶柳成源下地，讓他坐在馬桶上，接著回到自己屋裡，整理炕上的被褥。

柳嫣原本有一只銅鏡，不過用的時間長了，也沒打磨，如今一照，連模糊都稱不上，基本上就是一個銅塊，被她扔在箱子裡。

反正她天生麗質，怎麼打扮都好看，照不照鏡子都無所謂了。

柳嫣也不會梳什麼繁複的髮髻，只隨手綰了個桃心髻，用木簪子插好。

「嫣兒，爹好了！」

「來了！」

柳嫣把柳成源扶上炕，打開窗戶，接著把馬桶拎出去，放到院門外。

這馬桶裡是天然的農家肥料，她家沒有地，用不上，就被對門柳三叔家要去施肥了，他家人每天早上都會過來拿。

有人替她倒馬桶、刷馬桶，柳嫣是巴不得的。

柳嫣回了屋，洗了手，用盆打了水，給柳成源洗漱。

提到刷牙，能在古代用上類似現代的牙刷，還有純中藥的「古牙膏」，柳嫣是十分開心的。其實那牙刷就是柳木棒一頭鑽了兩行毛孔，植上馬尾，當做刷毛，雖然簡陋，但總比沒有好；「古牙膏」則是用茯苓等中藥煮成，壓成粉末，加上青鹽，柳嫣用過，效果還真的不錯。

伺候完柳成源，柳嫣去了灶間，用昨天做飯留下來的淘米水洗臉。這裡的香胰子太貴，她買不起，這法子還是秋杏告訴她，別說洗出的小臉，皮膚還真的挺光滑的。

至於抹臉的護膚品，也是秋杏教她弄的。到牛頭山採一種叫「紅花嬌」的草，用淘米水泡上兩、三天，再用布袋絞了，留下汁水，用來抹臉，很是滋潤。

等收拾完，便該做早飯了。

柳嫣站在灶間，嘆了口氣。她都不知道該做什麼好了，巧婦難為無米之炊，不能總是喝野菜粥吧？

這些日子，柳嫣才真正明白「窮得揭不開鍋」這句話的涵義。

還有那個穆廷，昨天說一早就要過來，還得留點吃食招待他，真是愁死人……說曹操，曹操就到了。

門口傳來穆廷醇厚的聲音。「柳叔，我來了！」

「嫣兒，快去開門，好像是小山到了！」柳成源連聲喚道。

這人來得真早啊，雖然她今天比平時晚起，但看穆廷到的時間，他應該是永平府剛開城門就出來了。

柳嫣快步走到院門口，打開院門，就見穆廷腰身挺直，站在外頭。

他嘴上像雜草般的大鬍子竟然修剪了！雖然沒有全部剃掉，還剩上唇和下顎的整齊短髯，但露出了嘴唇和腮部的線條。

真的好帥啊，而且看上去年輕了許多。

穆廷見柳嫣看著他的臉不說話，一雙眼睛冒著光，忍不住有些不好意思的摸了摸自己的臉。

昨天他回城後，騎著馬走著，腦子裡不斷回想他和柳嫣、柳叔見面的情形。

他仔細琢磨著柳嫣說的每一句話。

他知道自己去了軍營這麼多年，和一幫糙漢子們摸打滾爬，出生入死，模樣變化很大；

加上柳嫣失去小時候的記憶，不認識他是正常的。

不過她竟然會叫他小山大叔？

他看上去有那麼老嗎？

他以往幾乎沒怎麼關注過自己的容貌，很少照鏡子，如今自己是什麼模樣，他腦中也沒什麼概念。

穆廷環顧四周，見路邊有一間茶寮，便下了馬。

店小二眼尖，看到穆廷走過來，忙迎上來笑道：「客官，裡面請！」說著就要上來牽馬。

穆廷擺了擺手。「小二，給我一碗茶就行了，我急著趕路。」

「好嘞！」店小二轉身用肩上的抹布撣了撣桌面上的灰，從櫃檯上拿過一個大茶碗，倒上黃澄澄的茶湯，放到桌上。「客官，您請了！」

「小二。」穆廷猶豫再猶豫，還是叫道。

「客官，您有事請說。」店小二整日給各色客人端茶送水，早就練就一雙火眼金睛，面前的男子氣勢不凡，絕對不是尋常老百姓，忙咧著大嘴，恭敬笑道。

「小二，你看我多大年紀？」穆廷臉有些紅，但還是問出了口。

這……怎麼問了這麼個問題？店小二額頭冒出三條黑線，偷眼打量了下眼前的人，見穆廷一臉鄭重模樣，不像是拿他尋開心。

那他該怎麼回答？

瞧這客官體態和舉止倒不是年紀很大，不過這滿臉的鬍子，這是故意讓別人覺得他成熟？

「客官……今年有四十了？」店小二拿眼覷著穆廷。

他竟然看上去真的這麼老？穆廷心一涼。

店小二見穆廷微變了臉色，心裡呸了自己一句。這是說錯話了！

他忙又把話往回圓。「不過，瞧您這英武不凡的氣度，是真年輕，也就三十上下吧……」小二拉著長音，看著穆廷的表情，準備這話茬該往哪裡落？

這整日迎來送往的店小二都說他有三十多歲，看來柳嫣叫他一聲叔也是正常。

穆廷抑住心中的鬱悶，從懷裡掏出三個銅板，扔到桌上。「小二，這是茶錢。」

說完，也沒喝那碗茶水，轉身上馬走了。

小二一臉驚訝。喲，這一碗茶可不值三個銅板，這是賞給他的？

不過看那客官走時面色不悅，那他說的話到底有沒有合這客官的心意？

真是年年都能遇到怪人，今年更是多啊！

穆廷一路快馬奔回永安城，回到自己的住處，安排下面的兄弟去把明天需要的東西備好，他自己則找了面鏡子照了照，尋思了會兒，終於去了街角的修面鋪子。

今天一早前來的路上，他時不時就摸一下自己的臉。

昨天晚上，他的那幫兄弟看到他剃鬚的模樣，最多是驚訝地打量他幾眼，畢竟都是大老爺們，沒人關心這個，也沒有人說好或不好，他也不好意思問。

如今見柳嫣也不說話，就那麼看著他，穆廷就覺得有些沒底氣和不自在了，竟忐忑起來。

柳嫣見穆廷的臉慢慢有些脹紅，才發覺自己剛才犯了花癡，竟然一直盯著人家看，也有些不好意思，忙笑道：「穆大哥，早啊！」

「早……早！」穆廷也忙笑著回答。

他一笑，露出一排整齊潔白的牙齒。

柳嫣覺得自己被那笑容晃了一下，忍不住把心裡話給說了出來。「真帥啊！」

「阿嫣，妳說什麼？」柳嫣的聲音雖低，但是穆廷耳力過人，一下子就聽到了。

「啊？我、我說穆大哥今天真有精神！」柳嫣沒想到自己脫口而出，忙掩飾補了一句。

「哦，是嗎？」穆廷覺得自己從見到柳嫣後，懸著的心終於放下了。

「是啊，穆大哥，你今天真的看起來年輕、精神很多！」柳嫣還使勁地點了點頭，表示自己是真心誇獎。

「哦！」穆廷覺得今天衣服穿得有些多，要不臉怎麼會燙的這麼厲害？

他不敢再看柳嫣，忙轉移話題。「柳叔起來了嗎？」

「起來了。」

「那好，我去看看柳叔。」穆廷回頭吩咐道：「你們幾個先到院子裡把車上的東西卸下，按我昨天說的做。」

「是！」整齊劃一的聲音震得柳嫣耳膜嗡了一聲。

她這才注意到，穆廷身後停著兩輛大馬車，上面裝著滿滿當當的物品。

除了趕車的車夫外，還有四個牽著馬的漢子，個個高大幹練，雙目炯炯，腰間都掛著刀。

這……這是要幹什麼？

「咱們先進去看看柳叔吧！」穆廷對柳嫣示意了下，進了院子。

柳嫣忙跟著他去了東廂房。

「小山，你來了！」柳成源見到穆廷，高興地忙要坐起身。

「柳叔，您慢點！」穆廷上前一步，扶柳成源坐好。

「你來的這麼早，吃過飯了嗎？」柳成源看時辰，也知道穆廷出來得挺早，忙關心地問。

「我吃過了，你們吃了嗎？」

「我……我今天起晚了，還沒做呢！」柳嫣有些不好意思。

「那正好，我出城前吃的是老鄭家的包子，就給你們帶來一些。柳叔，我記得您那時常常讓我去買他家的包子呢！」穆廷從懷裡掏出一塊布，裡面裹著的是裝著包子的油包。

「老鄭家的包子？」柳成源又驚又喜地看著穆廷手裡的油包。

「嗯！」穆廷看著柳成源歡喜的樣子，覺得有些難過。這包子在原來的柳府，不過是尋常的吃食，可如今他們父女倆卻像見到寶貝一般，這些年他們一定遭了不少罪。

「嫣兒，快去拿碗，這是妳小時候最喜歡吃的老鄭家包子！」柳成源高興地叫柳嫣。

柳嫣忙把小飯桌放到炕上，到灶間拿了碗筷。

她從穆廷手裡接過油包，油包竟然還是熱的。

柳嫣一愣，抬眼看了看穆廷。這人還真體貼，不過這包子的溫度放在懷裡，也是有些燙人的。

柳嫣把包子倒進碗裡，只覺一股香氣縈繞鼻端，五臟六腑都被它滋潤了，不由得咽了一大口口水。

對面的柳成源也深深吸了一口氣。

「柳叔，你們先吃，我帶了幾個兄弟過來，準備把這房子和院子修一修，我出去看看。」

穆廷看著他們父女兩人盯著包子的模樣，心中酸澀難耐，便與柳成源說了一句，拔腿出了屋子。

柳成源和柳嫣的注意力都放在包子上，穆廷說什麼，兩人都沒聽清楚。

直到穆廷要跨出房門，柳成源的兩隻眼睛才從那六個大包子上拔出來，望著穆廷的後背道：「啊！小山，你剛才說什麼？你要去哪？」

「我出去一下，你們快趁熱吃吧。」穆廷沒回頭，直接回了一句。

「爹，先吃包子吧，這四個給你。」柳嫣管不了別的了，她拿了兩個包子放在自己碗裡，又拿了一個放在柳成源手裡。

「爹吃不了那麼多，吃兩個就行，剩下的妳吃。」柳成源看柳嫣把包子都給自己，忙說道。

「哎，爹，先吃吧，等會兒涼了就不好吃了。」

柳嫣可沒空再說話，她看著手裡胖乎乎的大包子，只覺得它是那麼的玉雪可愛。

從她穿越到這裡後，還沒吃過肉呢，包子更已經成為記憶中的美食，何況從早上到現在她還沒吃飯，早就餓了。

如果此時有面鏡子放在她面前，柳嫣覺得裡面照到自己的眼睛一定是綠的。

柳嫣低頭，小心翼翼地咬了一大口包子，頓時腦中只有四個大紅字——太好吃了！皮薄、餡大、汁多、肉香，人間美味不過如此。

柳嫣想起周星星電影裡的一句經典臺詞，改一下就是她現在的心情寫照：「曾經有一個包子放在我的面前，我沒有珍惜，等我失去的時候，我才追悔莫及。如今它又出現在我的面前，我才知道，原來能吃上一口，是多麼的幸福啊！」

而且一定要配上「愛你一萬年」的背景音樂。

柳嫣三口就吃掉一個包子，抬頭看了柳成源一眼，見她爹更是兩口便吞掉一個大包子。

柳嫣又拿了一個包子放在柳成源手裡。「爹，這老鄭家的包子真好吃！」

「他家是永平府的老字號，祖傳三代了。小時候，妳和妳娘都喜歡吃他家的包子，咱家隔三差五就會去買回來。」柳成源說著，又紅了眼睛。

柳嫣看著碗裡的包子，知道柳成源這是觸景生情了。「爹，先吃飯吧，穆大哥帶了人來，等會兒還得忙活呢！」

「好、好，不說這個，吃飯、吃飯！不過，嫣兒，這兩個包子爹吃不了，妳吃吧！」柳成源指了指碗裡的包子。

「爹，咱倆就別讓了，一共六個，你三個，我三個。」柳嫣拿起一個包子，咬了一大口，鼓著腮幫子朝他笑道。

「好、好！」柳成源拿手背擦了擦眼，看著柳嫣吃得香甜的樣子，也笑著點了點頭。

這老鄭家的包子，比柳嫣的手還大，分量十足，三個包子下肚，父女兩個是難得吃了一頓可心的飽飯。

第七章　治病

這時就聽門口傳來穆廷的聲音。「柳叔，你們吃完了嗎？」

「吃完了、吃完了！」柳成源忙應聲。

隨著話音，穆廷又走了進來，不過這回他右手拿了個箱子，左手拽了一名男子的衣領，像拎包裹一般，把那男子拎了進來。

「醒醒！」穆廷推了推那男子。

柳嫣見這男子二十歲上下，一身長衫，兩手抱在胸前，攏在袖子裡，閉著眼睛。

這人站著還在睡覺，是有多睏啊！

穆廷又推了男子一下，見他還不醒，便在他耳邊大聲叫了一句。「你的花開了！」

男子啊了一聲，眼睛立刻睜開，興奮地叫道：「花開了！花開了！在哪？在哪呢？」

柳嫣看他努力睜大惺忪的睡眼，搖頭四顧的滑稽樣子，忍不住噗哧笑了出來。

那男子一看環境，就知道自己上當了，指著穆廷，瞪眼怒道：「你這老穆，天沒亮便把我拉起來，如今還不讓我好好補一覺，你當老子沒有脾氣呢，你看我不給你下點藥，讓你……」

話未說完，聽到柳嫣的笑聲，眼睛一轉，定在柳嫣臉上，忽然一亮，也不睏了，不再理睬穆廷，朝柳嫣一拱手。「這位姑娘……」

穆廷一步站在那男子面前，擋住了他的視線。「你清醒清醒，先給柳叔看病！」

「哎，你別擋我，我還沒和這位姑娘說完話呢。好啊，我說你老穆昨天又刮鬍子、又買東西的，原來是這裡有個美貌的……」

他的話還未說完，就被穆廷用手捂住了嘴。他掙扎幾下，沒掙開，在穆廷警告的眼神下，不情願地眨了眨眼睛，穆廷才放開手。

男子哼了一聲，整理了下歪斜的衣服，從穆廷身前探出頭，衝柳嫣一笑。「姑娘，是妳不舒服要看病嗎？」

這是什麼意思？柳嫣抬頭看穆廷。

「柳叔，這位是我的同僚杜仲，醫術十分高明，今天我把他帶過來給您瞧病。」穆廷向柳家父女介紹了男子的身分。

「這是柳叔，你過來看看吧！」穆廷扒拉了下還在瞄著柳嫣的杜仲。

杜仲忙笑著向柳成源拱手施禮。「柳叔好！」

柳成源點頭回禮。「煩勞您了。」

「柳叔，不客氣。」杜仲擺手，轉頭看向柳嫣。「這位姑娘是？」

柳嫣看杜仲雖然舉止有些不拘小節，但人長得乾乾淨淨，眼神清澈，一張娃娃臉，笑起來嘴邊還有一個小酒窩，十分討喜，一點也不讓人感到厭惡。

而且他是穆廷帶過來的，看上去和穆廷的交情十分好，便微笑向他福了一禮。「煩勞杜大夫給家父看病，阿嫣在此多謝了。」

「阿嫣姑娘不必客氣！」杜仲正經回禮。

「好了，你快點吧！」穆廷知道杜仲的性格，他舉止隨心慣了，怕他說個沒完。

穆廷把手裡的藥箱放在炕上，柳嫣收拾了碗筷，穆廷上手幫她撤了飯桌。

杜仲坐在炕邊，態度立刻變了，沒了剛才隨意的模樣，很是莊重。他伸手拿過柳成源的手，給他號起脈來。

過了幾息，又換另一隻手，號了半盞茶的時間。

杜仲微微皺眉。「柳叔，你身上的傷，我也得看看。」

柳嫣連忙上前解開柳成源的衣襟，杜仲撩開裡衣，仔細瞧了瞧，又拿手摸了摸。「柳叔，您這是被誰打的，對方怎麼下手這麼重！」

「被人打的？」一旁的穆廷聞言，臉立刻沈了下來。

「嗯，右邊的肋骨和鎖骨都斷了，左腿骨也折了，這右手腕是被連打了數下斷裂的，明顯不想讓柳叔以後再寫字！」杜仲邊檢查邊說。

柳成源是讀書人，不能再寫字，就是斷了他的前途和生路。

「竟然如此歹毒！」隨著穆廷略帶怒氣的聲音，柳嫣感覺穆廷整個人的氣場都發生了變化。他面沈似水，嘴角下垂，一股軍營中鐵血戰士特有的凌厲肅殺之氣撲面而來。

空氣中的溫度好似冷了幾分。

「柳叔，是誰傷了你？」穆廷低頭問柳成源。

柳成源有些被穆廷嚴肅的樣子嚇到，囁嚅道：「是、是金州的趙天霸。」

「趙天霸？」穆廷迅速咀嚼了遍。回城得好好打聽打聽這個人。

「小山，我……我這手以後還能寫字嗎？不會真廢了吧？」柳成源問完，眼淚便跟著流下來。

柳嫣一見，忙上來安慰。「爹，您別哭，大夫不是來了嗎？您看，這杜神醫一來便把您的病症全說了出來，他一定能治好您的！」

穆廷一看柳成源哭了，也忙緩下語氣。「柳叔，不用哭，這杜仲是咱們大齊朝最有名的馬神醫的大弟子，有他在，一定會沒事的！」說著朝杜仲使了個眼色。

杜仲笑道：「柳叔，別哭，有我在，保您沒事！」

柳成源抬起淚眼。「杜神醫，您、您的師傅是先帝下旨御封『聖手神醫』的馬神醫？」

「是的，我是他的大弟子，人稱『閻王愁』。您身上的傷在我這就是小病了，就是得費些時日養著，您放心吧，絕對沒有問題的。」

「那就麻煩神醫了！」一旁站著的柳嫣替柳成源向杜仲行了一禮。

「不麻煩、不麻煩。來，柳叔，您躺下，我今天帶著藥呢，我好好給您診治診治。」

柳嫣扶柳成源躺下，杜仲從藥箱裡拿出繃帶和幾瓶藥，一邊給柳成源換藥，一邊告訴柳嫣需要注意的地方。

這神醫到底是不一般，柳嫣見杜仲的手法和他所說的一些事項，竟然和現代骨折的治療方法都吻合。

柳成源也覺得抹了杜仲的藥，傷口處立刻有清涼的感覺，疼痛都減輕不少。

杜仲解下柳成源骨折腿上的布條，看了固定用的夾板。「怎麼用了這麼厚的板子？這多不舒服！」

柳成源臉一紅。那時找不到適合的夾板，也沒錢買，是用鄰居給的廢門板湊合的。

杜仲是說者無心，他拿了板子隨手遞給穆廷。「弄薄些！」

柳嫣就見穆廷從懷裡掏出一把帶鞘的短劍，拔出劍身，接了夾板，立在炕邊。

一道寒光從柳嫣眼前劃過，夾板從上至下被劈成了二塊。

……這，廢門板做夾板是厚了，但實際的寬度也就是二公分左右，現在被穆廷一瞬間劈成不到一公分的厚度，就是現代的電鋸也沒這麼快、這麼精確啊！

柳嫣從炕上拿起木板。被劈開的表面整整齊齊，平滑的一點毛屑都沒有。

這樣杜仲還有些不滿意，又指了指。「那邊再削下去一些。」

穆廷按他的要求，手起劍落，如削豆腐一般，木屑紛紛落地。

柳嫣看得都有些呆了。

穆廷見她盯著自己手裡的短劍，一臉好奇，和她幼時看見新鮮玩意的表情一模一樣，便把劍遞了過去。「妳來試試。」

「給我試試？」柳嫣驚喜地看穆廷。

穆廷微微一笑。到底是大姑娘懂規矩了，如果是小時候，早就鬧著要玩了。

柳嫣拿過短劍，劍鋒閃著寒光，一看就鋒利無比。

穆廷拿了一塊木板，示意柳嫣動作。柳嫣拿起短劍向木板上用力一刺，就聽噗的一聲，短劍穿透木板，從後面露出了半截。

這是古代的兵刃？柳嫣心中讚嘆。這鋒利程度，就是現代工藝都未必比得上。

穆廷笑著給柳嫣解惑。「這是百年前鑄劍大師歐冶子所鑄的龍鱗劍（注），吹毛斷髮，削鐵如泥，因它劍身短，可以放在懷中貼身攜帶，又叫『懷藏劍』。」

柳嫣仔細端詳龍鱗劍。劍為雙面刃，劍柄飾龍頭，龍首高昂，劍身花紋畢露，宛如龍鱗一般，劍鞘上也雕刻同樣精美龍紋，果然是名家手筆。

一旁的杜仲眨了眨眼。這穆廷對阿嫣姑娘絕對不一般，這龍鱗劍是當年裴大將軍送給穆廷的，穆廷把它當做眼珠一樣看待，旁人根本連碰都碰不得，今天為了柳家父女，用這名劍削木板，現在又主動拿給小姑娘把玩！

哼，也是個重色輕友之徒！杜仲心中默默鄙夷。

杜仲給柳成源包紮好後，又向柳嫣道：「阿嫣姑娘，我將這幾瓶藥留下來，妳就按照我剛才教的，給柳叔外敷上藥就行，我再開張內服的藥方。我看柳叔還有些風寒症狀，妳給他按什麼方子吃的藥？」

柳嫣見他從給父親看病起，就有種專業醫者的風範，很不簡單，便忙道：「杜神醫，您就叫我阿嫣就好。我爹之前得了風寒，但沒找郎中看，只吃了些村裡人常用的蒲公英草熬的藥，就好了很多。」

「蒲公英草？沒聽說過……阿嫣，妳還有嗎？拿來我看看。」杜仲也沒見外，直接喚柳嫣為阿嫣。

柳嫣忙去堂屋抓了一把蒲公英草進來。「這藥草就長在後面的牛頭山上，村裡的人都拿它治風寒。」

杜仲揪起一根蒲公英草，放在嘴裡嚼了嚼。「嗯，不錯！」又拿在手裡仔細瞧了瞧。「有點意思，我倒是頭一次聽說這藥草。」

他兩眼放光。「阿嫣，這山遠嗎？」

「不遠，出了村口向西走一段就到了。」

「老穆，我要上山去看看！」杜仲心急難耐，向屋裡人拱了拱手，拔腿就走。

穆廷一把抓住他。「你給阿嫣看完再走！」又對柳家父女解釋了句。「他是個醫癡，看到好藥材，這就有些著急了。」

杜仲聞言不好意思了，朝柳嫣笑道：「阿嫣哪裡不舒服？別擔心，我是藥到病除的。」

「阿嫣，妳額頭上不是有傷嗎？讓杜仲看一看吧。」穆廷對柳嫣道。

柳嫣點了點頭。這杜仲醫術高明，讓他看看自己的傷口，當然是好事了。

柳嫣乖巧的坐在炕邊，解下頭上的布條，撩起頭髮，就見屋裡的三個男人齊齊倒吸了一口氣。

穆廷和杜仲是第一次見到柳嫣的傷口，沒料到她竟會受如此重的傷。

柳成源之前雖見過柳嫣的傷口，但柳嫣能下地後，就沒在他面前換過藥，她整日用布條裹著傷口，柳成源還以為她都快好了呢。

注：劍的描寫是借鑒古代十大名劍中的描述。

如今三人一看，那一指長的傷口，翻開的皮肉處沾著藥粉，雖然沒有化膿，且長了新肉，但仍是紅腫，看上去很是觸目驚心。

「妳這丫頭，妳不是說快好了嗎？」柳成源的聲音有些顫抖。

柳嫣不知該說什麼？她屋裡沒有鏡子，每次上藥時，都是照著水盆裡的水影處理的，大概能看清傷口的位置，但是紅腫的顏色卻是看不出來的。

而且她怕柳成源囉嗦，上藥時都躲著他。

如今見他們三個的模樣，就知道這傷口還是處理的不太好。

杜仲上前仔細地看了傷口。「阿嫣，妳這傷口上的是什麼藥？」

「也是山上的一種草藥，叫苦蓮，曬乾了，磨成粉。」

「幸虧這山上有幾樣好東西，要不這麼美的臉就得破相了，妳這心可真大！」杜仲感嘆了句。

她不是也沒好辦法嘛？倉廩實而知禮節，衣食足而知榮辱，窮得叮噹響，手中的錢連吃飯都不夠，這容貌上的事也顧不得太多了。

「杜仲，你快點治吧！」穆廷的臉色有些發白，在一旁略帶著急地催促道。

杜仲從藥箱裡翻揀幾個藥瓶，以及一個繫著繩子的布包出來。「阿嫣，妳的傷口有些紅腫，我要先清洗，剛開始會有些疼，妳忍著點，別動！」

杜仲打開布包，裡面縫著的小口袋依次放著銀針、銀剪等工具。

他取了銀鑷子，夾著棉花，蘸著藥酒，洗去柳嫣傷口上的粉末，輕聲道：「妳的體質很好，傷口就這樣簡單的處理，還癒合得不錯！」

杜仲一邊說話分散柳嫣的注意力，一邊用藥，但他們三個男人心裡都知道，不管杜仲的動作再怎麼迅速、輕柔，柳嫣的傷口都會被藥酒蟄得很痛……

真疼啊！藥酒剛剛碰到傷口上，柳嫣就疼得冒出了汗，她咬緊牙關，儘量穩住顫抖的身子。

杜仲看柳嫣強忍疼痛的樣子，心中不禁對這個看上去嬌嬌弱弱的女孩讚了一句。

等杜仲俐落地處理好傷口，回頭看身後的兩個男人。

柳成源自是不用說，當爹的是一臉心疼之色。

再瞧穆廷，就見他擰著眉頭，緊抿著唇，身子僵直的站在那裡。杜仲猜他袖子裡的手一定是緊緊握成拳頭，那揪心的模樣，與他平時泰山崩於前而色不變的氣勢完全不同。

穆廷見杜仲回頭對他促狹地笑，微瞪他一眼。「杜仲，阿嫣說她這次受傷後，之前的事都想不起來了，你看這該如何醫治？」

「哦，還有這種事？」杜仲忙翻柳嫣的眼皮看看，又拿手一邊輕輕摁了柳嫣的頭部，一邊問柳嫣的感覺。

放下手時，又問道：「妳如今可有迷糊或噁心等反應？」

柳嫣搖了搖頭。

杜仲對穆廷道：「沒什麼其他外傷，如今只能靜養著再看看了。」

「沒有什麼法子能讓她想起從前的事嗎？」穆廷清楚杜仲的醫術，但還是有些不死心地問。

「人的頭部裡面摸不到、看不著，很難醫治。她受了重傷，如今只是忘了些記憶，這都算是運氣不錯了。」杜仲實話實說。

杜仲給柳家父女看完病，就再也待不住，要上山去採些草藥回來。

第八章 相處

柳嫣陪他們兩個出了堂屋，來到院子裡，不禁驚呼出聲。

就在看病的一炷香時間，院子便煥然一新了！

地上用青石板從院門口到堂屋之間鋪出一條路，牆角處還挖了一個窄窄的排水溝，一直通到院外，原來破爛的院門也被換成嶄新的木板門。

算上車夫，穆廷一共帶來六個人，現在兩個人上了房，正在修繕屋頂，一人則站在下面往上扔瓦片給他們。

其他的三個人，一個在牆邊搭草棚，另外兩個正在和泥，準備修院牆。

穆廷用手指了兩個人，吩咐他們跟著杜仲上山，弄些柴火回來。

杜仲向柳嫣借她的鐮刀和竹筐，三個人上山去了。

柳嫣作為主人家，看著這些人幹得熱火朝天，她自己卻不知道該做什麼了。「穆大哥，我……我要做些什麼？」

穆廷見柳嫣眼巴巴地看著他，轉身去了外頭，等他再進來時，手裡竟拿著一把搖椅。

「阿嫣，妳去拿條被褥鋪在上面，我把柳叔抱出來曬曬太陽。」穆廷把搖椅放在屋簷下，笑著對柳嫣道。

「誒，我現在就去拿！」柳嫣驚喜的不知說什麼才好，忙跑進東廂房。「爹，穆大哥給您帶好東西來了！」

柳嫣拿被褥鋪好，弄得軟乎乎的，穆廷揹著柳成源出來，將他輕輕放在搖椅上。

柳成源坐在椅子上，不可置信地摸了摸椅子的扶手，抬頭看著穆廷。「小山啊，你記得嗎？咱們家原來就有這樣一張搖椅，嫣兒小時候就喜歡趴在上面曬太陽！」

「嗯，我記得。柳叔，有了搖椅，您就不用總在屋裡躺著了，天氣好時，您就出來曬曬太陽，對您的傷也有好處。」穆廷見柳成源眼眶又紅了，忙岔開話題。

「嗯，好、好！」柳成源這才看見院中還有外人，連忙用手擦了擦眼睛。

「穆大哥，現在還要做什麼？」柳嫣開心地笑道。

穆廷想了想，從外面馬車上又拿來一捆紙、一桶漿糊和兩把小刷子。「阿嫣，咱們把屋裡的窗紙換了吧！」

這簡直太好了！她家現在窗戶上的紙是又髒又破，邊角都已經裂開，遇到颳風天，總是外面大風呼呼，屋裡小風颼颼的。

柳嫣心裡對穆廷不禁又高看了一些。這人不但心細，而且做事穩妥、踏實，甚至面面俱到。

柳嫣跟隨拿著東西的穆廷回到東廂房，穆廷展開窗紙。「阿嫣，妳自己能糊窗紙吧？」

這……柳嫣半張著紅櫻桃似的小嘴，看著穆廷。她其實還真沒糊過，她原來的世界都是玻璃窗啊！

穆廷笑了。「還是我來吧，妳去拿剪刀來。」

柳嫣忙取了剪刀，穆廷比量窗戶的大小，用剪刀裁下一塊窗紙。

柳嫣看這窗紙是薄薄的粉色桃花紙，顏色很是鮮亮，但這麼薄不會破嗎？

她用手摸了摸。這材質竟有些像她曾經買過的油紙傘上的傘布，看來是防水且耐用的。

穆廷把窗戶上的舊窗紙揭了下來，讓柳嫣拿抹布把上面的灰擦乾淨後，便將漿糊往窗稜子上一層層地塗均勻，接著再把紙平整地貼在上面，用掌心壓實。

「穆大哥，這就好了？」穆廷幹活真是麻利。

「嗯，好了。」

「漿糊乾了，不會掉下來嗎？」柳嫣還是有些不放心。

穆廷有些好笑地看了她一眼。「妳原來窗上的舊窗紙這麼長時間都沒掉，這新窗紙就更不會掉了！」

柳嫣不由得噘了噘嘴。她不就問了一個蠢問題嘛，看把他笑的。

穆廷見柳嫣噘起嘴，忙斂了笑容。小時候柳嫣一噘嘴就是不開心了，必是要他來哄的。

穆廷有些小心翼翼。「阿嫣，妳屋子的窗紙我也裁好了，妳自己……」

「我怕弄不好，還是你幫我貼吧！」柳嫣實話實說。她怕自己第一次弄不好，窗紙再掉下來。

然而她這麼做，實際上是在邀請一名成年男子進她的臥房，在這古代是多不合規矩，甚至可以說是不成體統的行為，柳嫣腦中的現代思維是一點都沒意識到。

穆廷有些愣了愣，他仔細看了下柳嫣的表情，見她說得十分自然坦蕩，並沒有覺得她的話有什麼不妥。

一定是嫣兒沒了娘，柳叔又是個男人，在這方面很是粗心，沒有提點她注意這些小節上的事情。

穆廷心想，柳嫣如今大了，女孩子的閨房即便他這做兄長的，甚至是她爹柳成源，都是不好進去的。

可看著柳嫣小嘴微翹的模樣，這話不知怎麼就說不出口了。

還是先看看她對外人是否也這樣，然後再找機會慢慢教她吧！

穆廷透過半開的窗扇，看了看外面躺在搖椅上的柳成源，見他正興致勃勃地和他帶來的兄弟聊天，便穩了下心神。「好吧，那還是我來貼吧！」

穆廷跟著柳嫣去了西廂房。

屋子和東廂房一樣，看上去很是簡陋，但是收拾得乾乾淨淨。

炕上放著的被褥疊得整整齊齊，用繡著玉蘭花的粉布罩上；屋角的櫃子上放著一個草編的紮著沖天辮的女娃娃，憨態可愛。窗臺上的土瓶中，養了一捧牛頭山上不知名的野花，花開正豔。

幾樣簡單的陳設，都帶著女孩家細膩精巧的心思，房間中另有股淡淡的幽香，沁人心脾。

穆廷莫名的就覺得臉有些熱了，他不敢再多看，兩步跨到窗前，伸手去揭舊窗紙。

陽光從揭開的窗紙處照了進來，穆廷眼角餘光去看一旁站著的柳嫣，就見她細膩白皙的臉頰映著朝陽，嬌美的容顏如春天裡綻放的第一朵海棠花。

穆廷的耳根迅速發紅發燙，他忙收回目光，目不斜視地揭下舊窗紙，從柳嫣手中接過抹布，快速擦去窗稜上的灰塵。

柳嫣見穆廷刷漿糊的動作一下比一下快，臉越來越紅，鬢角竟然冒出了汗珠，心想，天氣也不熱啊，這是幹活幹熱了嗎？

柳嫣忙道：「穆大哥，要不你休息一會兒吧，看你頭上都冒汗了！」

隨著柳嫣的話，穆廷拿著刷子的手明顯抖了抖，他連忙道：「我沒事，不用休息。」

「那我去給你倒杯水吧！」

「不用、不用，幹完再說。」穆廷覺得自己在這房間有些待不下去了。柳嫣每一次的靠近，她身上飄來甜甜的清香，都讓他覺得嗓子發乾、頭有些發暈。

穆廷三下五除二地幹完活，說了一句「好了」，也沒再看柳嫣，轉身大步出了屋。

柳嫣看著他的背影，怎麼都覺得有點落荒而逃的意思。

她把剩下的窗紙、漿糊收好。有了這些，她還可以把房間的牆壁貼一貼，裝飾一下。

許是受到原主的影響，柳嫣如今覺得自己的舉止、喜好，愈來愈貼近十五歲的小姑娘，這粉嫩的桃花紙真是合了她的心意。

柳嫣心裡美著，哼著歌出了屋。

就見堂屋灶間，穆廷帶來的一位兄弟手裡拿著燒火棍，聽見她出來的動靜，扭頭一臉驚詫地看著她。

嗯？這人怎麼這麼盯著她？她有什麼不對勁嗎？

柳嫣拿手摸了摸臉，又低頭看了看自己的衣服，等再抬頭，那人已經低下頭了。

柳嫣不知道，這名叫胡老六的漢子，剛才心裡是多麼的驚訝！

他胡老六居然發現他們的老大——穆廷，這個恪守規矩禮數、從不近女色的千年鐵樹，竟然開花了！

老大背著旁人，和眼前這個什麼柳叔家的美貌小姑娘，竟然一起在閨房裡待了一盞茶的時間，還掩人耳目，一前一後的從閨房裡出來。

而且老大出來後，臉色通紅，連喝了兩大碗水；小姑娘這麼看也是小臉紅撲撲的，眼睛裡都帶著笑。

這兩個人……嘿嘿！肯定是在屋裡做了些不能言表、你儂我儂的歡喜事了！

胡老六心中的八卦之火是熊熊燃燒。

柳嫣看胡老六拿著燒火棍，忙道：「這位大哥，你要燒火嗎？還是我來吧！」

這位可能就是以後的大嫂了，若是讓她幹活，穆老大不得收拾他啊！

胡老六連忙擺手。「不用、不用，柳姑娘，妳叫我胡老六就行。這是穆老……是穆哥讓我又壘了個灶眼，我現在生火試試好不好用？」

柳嫣這才注意到，做飯的灶台不僅加寬、增加了灶眼，也重新用泥灰修整，兩個灶眼上還各放了一口嶄新的鐵鍋。

兩個灶眼、兩口鐵鍋！這樣做飯、做菜、燒水就可以分開，同時進行了，再也不用像以前，做完一樣才能做另外一樣。

柳嫣抬頭，還驚喜地見到灶間的橫梁上掛著風乾的臘腸、羊腿和魚乾，還有兩大塊豬肉、三隻雞，以及四條鮮魚。

柳嫣在胡老六眼神的示意下，又打開旁邊的櫃門，就見裡面放著米、麵、蔥、薑、蒜、油、鹽，還有一瓶清酒、一簍子雞蛋，以及各種時令的瓜果蔬菜。

「這些是穆哥吩咐我，昨天晚上買的！」胡老六在旁邊來了一句。

做了好事可不能不留名，穆老大這麼多年才動了春心，他這做兄弟的，怎麼也得在未來大嫂面前替老大美言幾句。

柳嫣可不知道這些穆廷帶來的人，已經把她當做穆廷未來的媳婦看待了。

她心中湧起的是陣陣感動。他能把昨天所有注意到的事情都想辦法給處理了，穆廷對他們父女兩個是真的很好、很用心。

她看向堂屋外，就見穆廷拿著鏟刀和抹子，正和泥修補院牆。

也不知柳成源說了什麼，院裡的幾個人哄堂大笑，穆廷的臉上也露出開懷的笑容。

像是察覺到柳嫣直視的目光，穆廷笑著扭頭看向堂屋。

柳嫣見他的目光掃來，下意識地低下頭躲開了。

咦，她怎麼還害羞上了？柳嫣對剛才自己的舉動有些訕訕。有什麼害羞的呢？

柳嫣抬起頭，就見胡老六正偷眼看著她，臉上是一副「果然如此，被我發現了」的表情。

柳嫣看得一愣。「胡大哥？」

「咳咳！」胡老六正覷著穆廷和柳嫣剛才的眉眼舉動，沒想到被柳嫣捉個正著，忙掩飾地把拳頭放在嘴邊咳了兩聲。「柳姑娘，我現在要生火做飯了，妳站遠點，別讓這刀呀、火呀，傷到妳。」

「做飯？哦，對，你們忙了這麼半天也該餓了，還是我來吧！」這胡大哥長得五大三粗的，看著就不像會做飯的樣子。

「不用、不用，還是我來吧，他們這幾個人的飯好做，不費勁，一會兒就做完了！」胡老六一邊說，一邊開始幹活。

他把泥火爐也點著，淘了米，用柳嫣家原來的破鐵鍋悶上了米飯。

然後就見他洗菜、切肉，那在砧板上紛飛的菜刀，看得柳嫣都驚住了。

只一會兒，一口鐵鍋裡就燉上了豬肉、白菜和粉絲；另一口鍋用來炒菜，有雞蛋炒瓜片、小雞燉蘑菇。

「胡大哥，你學過做飯？」這速度和手法一看就是專業的。

「嘿嘿，我原來在飯館做過灶上的學徒，後來在軍營中也是伙頭兵，就是管大家吃飯的。」

「你也是當兵的？那你們和穆大哥都是裴家軍的？」真沒想到這些人竟都是軍營出來的。

胡老六對這個問題卻沒有回答，只笑了笑。「柳姑娘，麻煩妳出去告訴大家一聲，再過一盞茶的時間就可以吃飯了。」

「好。」柳嫣應了一聲，出了堂屋。

這時院子已經都收拾好，屋頂換了新瓦片，院牆、房子的外牆也都修補完了。一面的院牆邊搭了棚子，棚頂鋪上防水的油紙和茅草，棚子下面一邊放了雞籠子，裡面養了一隻大母雞，另一邊竟是放了一盤石磨。

柳成源見柳嫣出來，忙笑道：「嫣兒，妳看，小山拿來的這些，以後咱們就可以自己磨豆漿、做豆腐了！」

柳嫣走到棚子裡，用手摸了摸石磨。她還是第一次見到這東西呢，就不知道怎麼用？像是猜測到柳嫣的想法一般，穆廷走過來，用手指了石磨上的磨眼。「把豆子放在這裡，加上水，然後拿把手按照這個方向推，豆漿就會從這裡的凹槽流出來，拿盆接著就可以了。這石磨的尺寸是最小的，妳試試用手推一推，能推動嗎？」

柳嫣拿手推了一圈。「推得動。謝謝你，穆大哥！」柳嫣是誠心誠意打從心裡感謝穆廷。

「哎，嫣兒，都是一家人，妳和小山客氣什麼！」柳成源聽到了，在後面不以為然地來了一句。

穆廷聽了，只瞅著柳嫣微笑。

柳嫣被他笑得有些不好意思。她爹這話說得，好像她在假客氣一般。

柳嫣跺了下腳，對柳成源皺了皺鼻子。「知道了，爹。」

第九章　擺席

此時，門外傳來一句大嗓門。「開門，我們回來了！」

穆廷忙去打開院門，柳嫣在他身後，就見穆廷的兩個兄弟，一人肩上扛了一根兩米多長、盆口粗細的大樹幹，後面跟著一群看熱鬧的人。

這哪裡是去山上撿柴火，這分明是伐樹吧！

「老三、老五，這半天你們怎麼才弄了這麼細的樹回來？」旁邊被稱為趙老四的大漢很是嫌棄地來了一句。

柳嫣眨了眨眼睛。這還細？都快趕上她腰粗了！

「還說呢，你說你買的斧頭，用幾下就蹦口了！」那叫老三的從後腰上拿下別著的斧頭，上面的斧刃的確蹦出了兩道口子。

「不行就不行，別找什麼由頭，我看你是把力氣都用在小翠花的身上了吧，被那娘們……」

趙老四調侃的話還未說完，就聽穆廷重重咳了一聲。

趙老四和旁邊哈哈大笑的另外三人被穆廷冷眼一掃，忙閉上嘴，不好意思的偷眼去看柳嫣。

這兩句黃腔對比現代世界的葷話都是小兒科，柳嫣本來當笑話聽的，不過被穆廷這麼一打斷，反而有些尷尬了。柳嫣只好配合地裝作聽不懂的樣子，做一朵純潔的小白花。

穆廷走上前。「把斧子給我。」

趙老四忙把斧子遞過去，穆廷把斧子在手裡掂了掂，挽起兩隻衣袖，露出半截古銅色的手臂。

他周身運氣，兩隻手臂上的肌肉便鼓了起來，彷彿蘊藏著雷霆之力，就見他手起斧落，只聽喀喀幾聲，兩根大樹幹被他各劈成了四截。

柳嫣在原來的世界曾是美術學院的高材生，也現場畫過許多男子的身體形象。

這一刻，她只覺得穆廷所迸發出的剛勁力量，充滿男性的力與美以及荷爾蒙，讓她恨不得上前扒了穆廷的衣服，去撫摸他身上飽滿的肌肉線條，讓他做自己的專屬模特兒，去雕塑一尊東方臉孔的大衛。

這種衝動，讓柳嫣覺得自己的血脈都有些賁張了。

穆廷一抬頭，就見柳嫣癡癡的看著他，她璀璨的目光像給他施了法術一般，讓他定住身形，動彈不得。

院子裡忽然詭異地安靜下來，趙老四幾人看著柳嫣盯著穆廷，一雙如水明眸波光瀲灩，而他們的老大整個人像沈浸在那盈盈的眼波中，一動不動。

趙老四幾人互相擠了擠眉眼。喲，怪不得呢，穆老大這幾天又是換衣服、又是刮鬍子的，突然注意起形象來，原來佳人如水，鐵漢也變繞指柔。

不過自古就是英雄配美人，美人自然也是愛英雄，穆老大能有這等豔福，倒是理所應當。

「飯好了，你們幾個吃不吃啊！」屋裡的胡老六叫了一句。

這嗓子如平地一聲雷，驚醒了呆立的柳嫣和穆廷，兩人幾乎同時調轉了頭。

穆廷微紅著臉，咳了一聲，指著地上劈好的木頭對趙老四道：「把這些放在棚子裡堆好，就去吃飯吧。對了，車上有幾罈酒，你們拿下來，取一罈喝了解渴吧！」

「好嘞！」趙老四幾個應了一聲。

柳成源坐在柳嫣身後，被擋住視線，沒看見柳嫣和穆廷剛才對視的一瞬，此刻叫道：「嫣兒，妳別站在那了，快收拾碗筷，讓這幾位小兄弟吃飯。」

柳嫣「啊」了一聲，也沒好意思看其他人，只抬眼看了天上的日頭，果然陽光有些猛烈，難怪她剛才身上一陣陣的燥熱。

柳嫣進了堂屋，找出所有的碗碟、筷子，也才湊夠四個人用。原來家裡只有她和柳成源吃飯，也沒有那麼多餐具。

柳嫣剛要去對門柳三叔家借，胡老六攔住她。「不用，這些就夠用了！」

夠用了？

趙老四等五個彪形大漢進了堂屋，原本狹窄的空間變得更加逼仄，柳嫣忙退到門口。

只見這六個人拿了四個碗盛飯，一個人扒拉一大口飯菜後，接著把碗筷遞給旁邊沒吃的人，那人同樣挾了一大口菜飯，然後再遞回來。

就這樣，六個人用了四副餐具，你來我往，默契十足，只一會兒，就把那滿滿一鍋飯和三道菜，吃得乾乾淨淨，一罈子老酒也喝得一滴不剩。

胡老六見大家都吃完了，開口趕人。「你們快出去吧，我還要繼續做菜呢！」

繼續做菜？是做給他們父女兩個吃的嗎？

柳嫣忙道：「胡大哥，你歇一會兒吧，我和我爹不餓。」

「是穆哥說要請什麼人吃飯，讓我趕快再做些。」胡老六來了一句。

請人吃飯？她怎麼不知道？柳嫣轉回頭去找穆廷，人沒在院裡。

柳嫣忙問柳成源。「爹，穆大哥呢？」

「小山去族長和里正家裡了，說是請這些人過來吃口飯，謝謝他們之前對我們的照顧。」

哦，謝謝族長他們的照顧倒是應該的，沒想到會是穆廷想到這點，並出面辦了這件事。

隔了一會兒，就見穆廷大步進了院。「柳叔、阿嫣，等會兒族長他們就會過來，你們還想請誰，我一併叫了來。」

柳嫣點了對門的柳三叔、秋杏家還有幾個對他們父女很是幫助的人家。「不過，穆大哥，家裡沒有大桌和那麼多碗筷。」

「沒關係，族長剛才說上柳三叔家拿就行，正好咱們也準備請他。」穆廷又吩咐趙老四等人。「老六留下，你們幾個就回去吧。杜仲怎麼還沒回來？」

「讓他下山，他不走，說是還要找些草藥。」

「那你們就到山上把他直接揪下來吧，要不今晚他都下不來了。」

五個人答應一聲，對躺椅上的柳成源一抱拳。「柳叔，我們走了！」

「不再坐一會兒，這就走了？」這幾個人說話、辦事十分爽朗俐落，柳成源很久沒這麼高興地聊過天，心裡真有幾分捨不得。

「柳叔，我們還有事，下回再來看您！」

「嫣兒，快去送一送！」

「柳姑娘不必客氣！」幾個人出了院子，俐落上了馬、趕了馬車，對送出來的柳嫣點點頭，便往牛頭山接杜仲去了。

這邊，穆廷去了對門的柳三叔家，搬了桌椅、拿了碗筷，又讓柳三叔幫忙去請其他人。只一會兒，里正、族長和族裡輩分比較高的叔伯都過來了。

因屋裡地方不夠，桌子便擺到院子裡，如此一來，院子裡滿滿當當的坐了一圈人。

在牛頭村，誰家發生芝麻大點的事，全村人都會立刻知道。今天穆廷來柳家，帶了那麼多人，還有兩輛馬車的東西來，這麼大陣仗，在牛頭村更是轟動的大事，一早在柳家門口看熱鬧的人不少。

族長和里正都知道了，但他們自矜身分，不好過來看，沒想到穆廷親自到家裡請他們到柳家來吃飯，這心裡當然是高興的。

胡老六手腳麻利，不久桌面上便擺上十道菜，有大盆裝的豬肉白菜燉粉絲；兩條鯉魚，一條紅燒，一條清蒸；滿滿的兩盤雞蛋炒角瓜，還有小雞燉豆角、油炒花生、爆炒地三鮮，以及兩道涼菜：黃瓜拌粉皮、水蘿蔔小蔥蘸醬。

另外還有幾罈杏花村的老酒，揭開蓋子便酒香四溢。

族長對坐在躺椅上、沒有上桌的柳成源感嘆道：「小源子，你還是有福的，你看小山子一回來就想著你，你以後就有依靠了！」

柳成源眼含著淚，連連點頭。「是啊、是啊！」

穆廷一看柳成源又要哭，忙向胡老六使了個眼色，胡老六起身給眾人碗裡倒上酒。「各位都是我的長輩，我穆哥不喝酒，我就替他敬各位一碗，謝謝大家對柳叔的照顧，我先乾為敬！」

胡老六一仰頭，一口乾了碗裡的酒。

眾人也齊齊舉碗。

這一喝上酒，再加上胡老六是個會熱絡氣氛的人，勸酒的花樣是層出不窮，只一會兒，桌上就歡聲笑語，一片熱鬧。

柳嫣是女兒家，沒有上桌，就搬了個小凳，坐在柳成源的躺椅邊。

她看著眼前熱熱鬧鬧的場面，就覺得整個院子一掃之前只有他們父女兩人時的冷清，多了煙火氣，變得生氣勃勃，讓她有種來古代後第一次過節的感覺。

她不由得看向穆廷，就見他坐在那裡看著大家說笑，他的碗裡裝的是白開水，竟真的一口酒都沒有喝。

里正算是村裡最大的官了，此時喝得臉都有些紅，舉著碗對穆廷道：「來，小山子，你說你這些年在軍營裡，怎麼連酒都不會喝？今天跟叔喝一口，練一練，這做男人的哪能不會喝酒！」

穆廷笑道：「叔，我是真不能喝。」

「那哪行？來，柳三寶，你給小山子倒上。小山子，你今天必須喝一口，不喝，就是不給你叔我面子！」里正仗著身分和輩分壓著穆廷喝。

柳嫣莫名地看得有些來氣。

穆廷仍笑著，但卻用手蓋住碗口，擋住柳三寶倒酒的手。

柳三寶的酒倒不下，有些不知所措的看看穆廷，又看了看里正。

里正覺得有些失面子，臉就沈了下來。

胡老六這時笑著站起來，摟住里正的肩，在他耳邊低聲道：「叔，我們穆哥是真沒有酒量，不能喝，而且他明天要去接永平府新來的大人，怕喝酒誤事！」

「大人？」里正對這兩個字還是挺敏感的，他晃了晃喝得有些迷糊的頭，仔細琢磨了下，終於反應過來，臉上立刻掛上笑容。「小山啊，你如今是在衙門做事了？」

穆廷淡然一笑。「就是一個小嘍囉罷了。」

「誒，小山，這能吃上皇家糧就是有能耐的。柳三寶，你還不把手撤回來，小山明天有大事，是不能喝酒的！」里正還是有幾分眼色的。

柳嫣看里正像玩變臉般換了面孔，心裡不由覺得好笑。

不過她這時才想起來，她和她爹只知道穆廷離開軍營，也沒問過他如今是做什麼的，現在看來是做了官差。

在座的人知道穆廷吃上皇糧了，這在牛頭村可是頭一分，大家都是不住口的誇獎，桌上的氣氛就更是熱烈了。

「哎喲，今兒我竟來晚了！」院門口傳來一聲誇張的尖細嗓音。

柳嫣一聽，不禁皺了下眉頭。

錢寡婦手裡拿著一條紅帕子，擰著粗腰，故意挪著小步，推開院門走了進來。

一進院，她捏著嗓子，一揮手裡的帕子。「今天俺一早就趕集去了，差點錯過柳大哥家這頓酒，幸虧趕回來了！」說著還用帕子掩住嘴，咯咯笑了兩聲。

怪不得今天一上午沒有聽見錢寡婦的動靜，原來是進縣城了。

柳嫣見她穿著荷粉色上衣、翠綠色裙子，頭上戴著一朵紫紅色的大絨花，描了眉，臉上抹著脂粉。那粉許是塗多了，臉像刷了一層白漿，兩腮上是兩塊紅胭脂，嘴上也塗了紅色的口脂，弄出個櫻桃小口的形狀，整張大臉是紅白分明，趕上唱戲的臉譜了。

而且她推門進來時，身上那廉價脂粉的刺鼻味道，隨風飄了進來，弄得柳嫣連打了三個噴嚏，忙用手摀住口鼻。

不過這錢寡婦肯定覺得，今天自己這副「精心打扮」的樣子是漂亮的，美滋滋地給在座的每個人拋了個媚眼。

到了柳成源這裡，卻故意噘了嘴，埋怨道：「柳大哥，家裡今天來客人，你昨晚怎不和俺說呢？俺要是知道，今天肯定不會出門了。你呀，老是怕耽誤俺外出的事，可俺們是一家人嘛，你家的事就是俺的事，下回可不許這樣，要不俺就生氣了！」

柳嫣見她尖著嗓子，做出嬌羞的模樣，只覺得身上一陣惡寒。

柳成源被她這番話鬧了個大紅臉，支支吾吾不知該說什麼好，尷尬得不行。

錢寡婦可不管柳家父女如何想，她正好走到穆廷身邊，頓時兩眼放光。「喲，這是小山子吧？哎呀，這模樣嬸子都不敢認了，你還記得嬸子吧？你小時候，俺還給過你餅子吃呢！」說著就用手去拍穆廷的肩膀。

穆廷一錯身子，錢寡婦的手頓時拍空。

錢寡婦也不在意，繼續咧著大嘴笑道：「小山子啊，你一看就是忠義的人，還想著你柳叔，聽說送了不少東西過來？哎呦，真是有心，嬸子替柳叔謝謝你！」

柳嫣見錢寡婦扭捏的作態，這話是說得越來越不像樣子了。

她這是見族長和里正都在，趁著人多，故意想坐實她和柳成源的謠言，把水攪渾，真是臉大的不知道姓什麼了！

第十章 教訓

柳嫣忍著怒氣站起身，待要開口，就見穆廷也從桌邊站起來，瞅都沒瞅錢寡婦，走到柳成源面前。

「柳叔，已經過了正午了，陽光也沒那麼好，我揹你進屋吧，明天再出來曬太陽。」

柳成源見錢寡婦的這番做派，羞得快要鑽地洞了，此時聽了穆廷的話，這是在給他解圍呢！

他是真沒臉在院子裡再坐下去，連忙點頭。「好、好，我進屋。」

剛趴在穆廷背上，就聽錢寡婦又招呼了句。「柳大哥，你進屋吧，外面有俺照應著呢！」

柳成源臊得身子一抖，連忙把臉埋在穆廷肩頭。

穆廷揹著柳成源進了東廂房，柳嫣也跟了進來。

這時又聽院子裡，錢寡婦好像在對胡老六說道：「這位大兄弟看著臉生，你是和小山子一起來的吧？別客氣，趕緊吃，俺告訴你啊，你柳叔父女倆有病時都是嬸子我伺候的，都是一家人，你別和嬸子見外，以後和小山子要常到家裡來玩啊！」

柳成源坐在炕上，看著柳嫣的臉色，急得都有些結巴。「嫣兒，我……我……」他說了半天也說不出一個字。

柳嫣看她爹現在也是徹底明白錢寡婦的居心了，便安慰了句。「行了，爹，您別著急，我出去把她打發了，以後咱就不和她家來往。」

柳成源連連點頭。「她……她不是講理人，今天客人多，妳小心別和她吵架。」

柳嫣扭頭對一旁站著、若有所思的穆廷道：「穆大哥，你幫我把堂屋梁上的羊腿拿下來。」

柳嫣拿著羊腿出了屋，就見錢寡婦站在族長身邊，手搭在明顯有些喝多的族長肩上揉捏著，邊揉邊笑，笑得圓潤身子上的兩個大胸脯亂顫。

這牛頭村的族長為人不錯，對他們父女還算照顧，但聽秋杏說就是有些貪杯，而且酒量一般，一喝就醉。

今日一看，果然沒說錯，人喝到失了態，竟不顧身分，和錢寡婦調笑上了。

柳嫣忍著怒氣，走到錢寡婦近前，聲音清清脆脆。「錢嬸子，謝謝之前您對我的照顧，這是一隻羊腿，您收好。今天是專門請一些叔叔、伯伯們過來，都是男賓，就不招待您了，以後我再做東，請村子裡的嬸子們過來，表示我的感謝。」

柳嫣的話說得很明白，可是架不住人家錢寡婦就是聽不懂啊。

錢寡婦一扭老腰，拉著長音。「啊呀——阿嫣！妳和嬸子客氣什麼，都是一家人，這羊腿留著給妳爹吃，它可是補氣又補身子的好東西！

「妳看族長這麼有精神，就是常吃羊肉大補的，是不是呀，族長？」說著拿手搖了搖族長的肩膀。

柳嫣壓不住火了，她臉一沈，正要對錢寡婦不客氣，就聽身旁的穆廷開口。

「這位錢嬸子，今天我來柳叔這裡，聽阿嫣說村裡人對柳叔很是照顧，所以擺了酒席熱鬧一下。您是柳叔家鄰居，這遠親不如近鄰，我在這替柳叔謝謝您對阿嫣的照顧，這羊腿您就收下吧！」

錢寡婦還要推卻，柳嫣忙高聲道：「錢嬸子，之前我三姑送您的錢和吃的，是我的心意，今天這羊腿，是穆大哥替我爹謝謝您的，您就拿回去吧！」

錢寡婦明白柳嫣話裡的意思了——之前妳既然已經收了柳家感謝的錢物，今天就不必在這立什麼牌坊、說什麼和人家感情深的話了。

這時就聽院外傳來嘰嘰喳喳的議論聲——

「喲，原來背地裡還收過柳家的錢。」

「真是的，柳家窮得啥樣了，還好意思要人家的錢！」

「就這樣還覥著臉一天到晚說和柳家好，真是沒見過這樣的，和人好，竟還收錢！」

錢寡婦眼神透過半掩的院門往外瞟，就見院子邊圍著不少看熱鬧的各家女人，都撇了嘴，臉上有些鄙夷。

尤其是她的死對頭秋杏娘，更是狠狠呸了一聲，大聲嚷道：「真是不要臉的貨，人家一群老爺們吃飯，就她臉皮厚，帶著一身騷氣往裡鑽。俺說秋杏他爹，你可躲遠點，別讓那騷貨蹭你一身味！」

院裡坐著的秋杏爹有些不好意思了。「哎，這娘們，你看說的……」說著朝外面吼了一句。「瞎說啥呢，還不趕快回家做飯去！」

「呸！」秋杏娘又大聲啐了一口，才擠出人群走了。

柳嫣冷著語氣，對錢寡婦道：「錢嬸子，那您也回家做飯吧，我就不耽誤您了，這個您拿著。」說著把手裡的羊腿往錢寡婦手裡一塞。

柳嫣這是直接攆人了！

錢寡婦心裡這個氣呀！妳想攆我，我偏不走，看妳能把我怎麼樣！

「阿嫣，妳瞅妳，上回的東西俺不要，妳三姑非得塞給俺，那錢俺都沒花，給妳攢著呢。這羊腿，俺更不能要，俺照顧你們父女，那是俺的情義，妳就甭客氣了。哎，妳看，族長的酒都沒了，來來，俺給族長倒上！」錢寡婦拿起酒壺。她是打定主意，捨了面皮也不走。

「喲，這位大嬸！」胡老六這時站起身，一把奪過錢寡婦手中的酒壺。「我們這些男人就是湊在一起喝個酒，高興一下，又不是喝什麼花酒，還讓人伺候，您在這裡，我們反而不自在了。您還是趕快走吧，里正大叔，您說是不是？」

胡老六對錢寡婦絲毫不客氣，他還是壓著火呢，要按他的脾氣，早就一腳把錢寡婦踹出門去。

里正可不像族長，腦子還是有些清醒的，這胡老六都把錢寡婦比作花酒席上陪客的粉頭，看來是真覺得煩了。

他再看穆廷，也是沈著臉。

里正哪能因為錢寡婦而得罪當官差的穆廷呢，他還指望能巴結上穆廷，以後讓他的小兒子進城謀個差事，便也不耐煩地對錢寡婦道：「老錢家的，我們男人喝酒，妳就不要跟著瞎摻合了，趕快回家吧！」

錢寡婦見里正也攆她了，她雖然不敢和里正回嘴，但心裡還是有些不甘。

她本來打算的很好，之前村裡有關她和柳成源的風言風語，其實都是她自己放出去的，很多都是她瞎編的。

今天正好是個機會，趁這個場合，把她編的話都給圓了，讓村裡人都相信她是柳成源相好的，是可以替柳成源主家事的人。等這種言論在村子裡傳開後，她再拿這些話去死纏那軟性子、好面子的柳成源，就不愁嫁不進柳家了。

可這如意算盤，竟被柳嫣這丫頭片子和這個小山子給打亂了。

如果就這麼被趕走，不僅失了面子，以後更是不好拿捏柳家父女了。

她忙去看族長，但族長已經喝得醉眼朦朧，坐都坐不穩，直接靠在柳三寶身上。

錢寡婦見指望不上族長替她說話，把心一橫，對穆廷訕笑道：「小山子啊，你看你這兄弟話說的，怎麼還攆人了？嬸子不就是這麼多年沒見到你，想和你多說兩句話，嬸子說完話就走。」

說著身子一晃，像沒站穩一般，挺著大胸脯就往穆廷身上倒。

你小山子既然敢壞老娘的好事，老娘也不能讓你好看！我看你怎麼辦？你要是扶我，我就說你摸我胸，占我便宜；你要是不扶我，就別怪老娘說你眼中沒有長輩，把我給摔著了。

不刮你一層皮，你就別想走！

旁邊的柳嫣看了心急。這錢寡婦真是不要臉到極點，竟然打算要賴上穆廷！她想上來推開錢寡婦，可事出突然，已經來不及，錢寡婦的胸脯就要貼上穆廷了。

錢寡婦覺得自己的身子已經碰到小山子的衣服，心中正要得意，忽然發覺穆廷身上迸發出一股強大的氣流，一下子把她向後推了一步。錢寡婦有些吃驚地站穩身子，連忙再往穆廷身上倒。

這一回，她明明看見她離穆廷的身子只有小拇指那麼近，可她卻再也倒不下去，彷彿面前有一道透明的牆，擋住她的路，她的額角都撞得有些痛了。

錢寡婦心中驚駭，可她還沒來得及反應，那牆又變成氣流，迎面壓了過來。她承受不住那氣流的衝力，一下子被頂得往後退了五、六步，身子失去平衡，一屁股坐到地上。

院門外頓時傳來哄笑聲。「快看，錢寡婦竟然倒著走路，還摔倒了，太好笑了！」

錢寡婦又氣又羞，忙要爬起來，可剛一起身，就覺得腰眼一痲，「哎喲」一聲，又跌坐回去。

「讓開、讓開，有什麼好看的？這晌午頭回家來，耳根就不清淨，光聽狗叫個沒完！」外面傳來錢春花的聲音，和她娘錢寡婦的嗓門是一模一樣。

到底是母女倆，秉性都是一樣的。

錢春花雖然討厭柳嫣，不喜她娘死纏著柳成源，但她剛才在自家院子裡聽見她娘在柳家嚎了一嗓子，好像是摔倒吃虧，讓別人看了笑話，她哪裡還能坐得住？

錢春花一把推開柳家院門，氣勢洶洶地進來，便看見她娘傻坐在地上，也沒人管。這是真吃虧了？錢春花小跑過去拽住她娘的胳膊，扯開嗓子。「娘，您怎麼了？這是誰呀，看咱們娘倆無依無靠的，竟敢這麼欺負人！」

錢寡婦坐在地上，藉著錢春花的話頭，目光惡狠狠地看向穆廷，就要撒潑。可當她看清穆廷的臉時，話便像被凍住一般，說不出口。

穆廷神色淡然，但他的目光就如同一把殺人不見血的刀，直刺錢寡婦。

錢寡婦被他看得渾身發冷，心都哆嗦成一團。這……這人的雙眼怎麼越看越像她去廟裡上香時，供奉過的閻羅王的眼睛呢？

那眼中彷彿帶著從地獄來的煞氣，讓她有種感覺，如果自己今天再糾纏下去，她未必就能活著走出這個院子。

錢春花不明所以，看她娘身子顫顫，嘴唇發抖，卻說不出一句話來，這可不符合她娘的風格。按照她們娘倆平時的配合，她娘這時應該拍大腿、拉哭腔訴委屈了。

錢春花順著她娘的眼神，看向了穆廷。「是你……欺負……我……」

不過等她看清穆廷的面容後，她尖利的聲音便越來越小，最後只張著嘴，愣愣地看著穆廷。

柳嫣就看錢春花圓圓的大臉竟然紅了，還帶了幾分害羞的表情。

錢春花沒想到竟會在柳家看到穆廷這等人物，她扭捏地碰了碰頭髮、拽了拽衣服，不吵也不鬧，一副規規矩矩、孝順女兒的模樣看著錢寡婦。「娘，您怎麼這麼不小心啊，別坐地上了，女兒扶您起來！」

柳嫣被錢春花嗲聲嗲氣、故作輕柔的聲音，弄得胳膊上都起了雞皮疙瘩，她忍不住在心裡翻了個白眼。

她家和錢寡婦家八字不合，這娘倆竟一起在她家發春。

錢春花拿捏著自認為最美的姿勢，扶起還在哆嗦的錢寡婦，低著頭，拿眼瞟著穆廷，羞答答地道：「娘，您看這裡都是村裡的叔叔、伯伯，我是女孩家，講究貞靜賢淑，在這不妥當，咱們還是快點回家吧！」

話雖這麼說，但她人卻不動，眼風掃著穆廷，紅著臉，抿著嘴笑。

柳嫣看著這母女倆，真的無言了……

這時胡老六走到她們面前，打著哈哈。「這位姑娘說得對，這天色不早，也該做飯了，妳們還是回家吧，二位慢走，我替柳叔送送妳們！」

說著，避嫌地各用兩根手指，分別捏了錢寡婦娘倆後脖頸處的外衣，往門口一送。

錢寡婦母女倆都是幹慣農活的，身上都有一把力氣，再加上她倆圓潤的身材，真要打起架來，尋常男子都未必是對手。

不過今天，她們被胡老六捏著脖領子推著往外走，想要掙扎，卻絲毫動彈不得。

她們駭然地發現，她們就像兩隻小雞似的，被身後的大漢拎著，然後見他用腳勾開院門，把她們扔了出去。

等到她倆站在柳家院門外，看著緊閉的大門時，還是有些不可置信。

她們就這樣被攆了出來？

旁邊傳來對門柳三寶家的笑聲。「喲，錢孀子，這怎麼捨得出來，不在裡面待著了？」

她家爺們柳三寶在裡面喝酒，她都只能在外面瞧著，反倒是這不要臉的錢寡婦，削尖了腦袋往裡鑽，這回讓人給轟出來了吧！

錢寡婦這麼厚的臉皮，聽了這話也覺得有些臊得慌，她有心回柳三寶的兩句，可她人還沒從剛才穆廷給她的驚嚇中緩過神來。

她要是在柳家門口鬧起來，那個小山子會不會出來收拾她？

而錢春花如今的心思全都在穆廷身上，春心氾濫，也沒注意柳三寶家的話。

柳三寶婆娘有些驚訝地看著錢寡婦娘倆。這太陽是打西邊出來了，這錢寡婦母女怎麼轉性，竟然沒回她的話？

這時就聽柳家院門一響，錢寡婦母女都是心一跳，忙看去，就見胡老六手裡拿了一個布口袋走出來，對門口站著的人群一拱手。「各位鄉親，這是柳叔讓我拿給大家的，謝謝大家對他們父女的照顧！」

說著，大手往口袋裡一撈，抓出一把糖果、瓜子和花生，低下身子，分給那些圍著他轉的孩子們。「各位鄉親，時辰不早了，大家都回去歇著吧，等下回再給大家帶吃的！」

外面圍著的人一看，這老柳家做事還是挺厚道，還給看熱鬧的人發吃的，那些花生和果脯竟是永平府原香齋的，他們這些鄉下莊戶人家，可是逢年過節才捨得買。

這些人得了好處都挺高興的，連忙道謝，也張羅著回家了。

胡老六發了一些，看還剩不到半袋，便對柳三寶家的笑道：「嬸子，這剩下的您就幫我發吧，我這就進院了。」

柳三寶婆娘忙笑道：「你快進去吧，這些嬸子來發，你就放心吧！」

胡老六連理都沒理錢寡婦母女，轉身進了院子。錢春花忍不住跟著上前，卻被胡老六迅速關上的院門差點撞到鼻子。

身後，柳三寶家的笑道：「她錢嬸子，俺剛才在外面聽，阿嫣給妳羊腿，妳都沒要，這些糖果什麼的，妳更是看不上吧？那俺就不分給妳家了。來，你們這幫小崽子們，跟嬸子走，給你們分糖去了！」

柳三寶家的帶著一群孩子和孩子娘們，去了她家的院子。

第十一章　夜宿

錢寡婦看柳家門口的人都散了，她們母女倆也不能再杵著，只好訕訕地回了家。

一進屋，錢春花就開口了。「娘，叫您別老去老柳家您就是不聽，今天鬧了這麼個笑話，連我都跟著您出醜，被攆了出來，以後讓別人怎麼看咱家！」

錢寡婦哪會不明白閨女的心思，她哼了一聲。「別人看咱家？妳說的別人是誰呀？妳小小年紀，竟跑到人家院子裡發浪，還有臉說妳老娘我，看我不揍妳這個小浪蹄子！」

說著抄起炕上的笤帚疙瘩，使勁抽了錢春花兩下。

錢春花邊躲邊嚷。「我怎麼了？我可沒像您那麼不要臉，往人屋裡鑽，我不就是瞅兩眼嘛，這都不行？」

「瞅？妳瞅妳那樣，還瞅呢，小山子是妳能瞅的人嗎？」

錢春花不服氣道：「怎麼就不能瞅？您看那個小山子給老柳家拿了多少東西，他應該是個有錢人吧，肯定比您今天帶我去清遠縣相看的那戶人家強！」

錢春花也是瞭解她娘的，這一提到錢，錢寡婦的手就停住了。

她和自己閨女這麼一鬧騰，也從剛才被穆廷嚇到的情緒裡緩了過來。

錢寡婦坐在炕頭琢磨。她剛才是中邪了嗎，怎麼會全身發冷，害怕成那樣？

一定是中邪了！錢寡婦忙下地，走到院中，雙手合十，向四面拜了拜，嘴裡念叨著。

「各位小鬼、大仙、菩薩啊……」

她拜了一通，進了屋，對錢春花道：「明天妳跟著我去廟裡上炷香，求個平安符。」

「好了，娘，別說明天的事，您說等會兒我再去隔壁看看好不好？」錢春花心裡惦記著穆廷，就有點待不住。

「就妳這模樣，妳心裡也沒個數，人家能看上妳？我看妳還是老老實實的嫁到清遠縣去吧！」錢寡婦心裡還是知道自己閨女的斤兩。

「我才不要嫁給一個瘸子呢！我長這模樣怎麼了，您不是說過，像柳嫣那樣長得好看的，也沒多少用處嗎？重要的是在被窩裡能伺候男人，把男人伺候高興了就行嘛！」錢春花完全沒看上今天相親的人家。那瘸子怎麼能和穆廷比？

錢寡婦被錢春花噎了一句，狠狠地瞪了她一眼。「妳一個黃花大閨女說這種話，也不臊得慌！」

錢春花翻了個白眼。「這有什麼！娘，您別說有的沒的了，您快幫我想想法子吧！」

錢春花對她娘勾搭男人的能耐還是挺佩服的。她死了爹，家裡沒男人頂著，她娘倆還能在牛頭村活得挺滋潤，全仗著她娘的這一手呢。

錢寡婦的三個女兒中，就錢春花的模樣、脾氣最像她，對這個女兒也算最好，如今她看錢春花一臉著急、眼巴巴的樣子，便道：「妳知道那個小山子可是在永平府做官差的，人家會找個村裡丫頭做媳婦嗎？」

「那我就給他當妾！他做官差，手裡的錢肯定也能養得起小的！」錢春花現在是什麼都不顧了。

「當小的？」錢寡婦心念一動。這倒也算是一條出路！

看那小山子的品貌和他如今的身分，女兒如果真能巴結上他，那她家的日子也就好過多了。

而且有小山子這樣的女婿做靠山，她要改嫁柳成源的事，說不定就能成了。就算嫁不了柳成源，至少也能嫁進城裡去找個好點的，離開這破山溝。

「妳不怕當小的，被正房欺負？」錢寡婦瞥了錢春花一眼，那意思是妳可別後悔，正房打罵小妾什麼的，都是平常事。

錢春花嗤了一聲。她對自己的體格還是很有信心，正房欺負她？誰能打得過誰還兩說呢！

錢寡婦看錢春花是真要試試，那她少不得要好好幫一把了。

「春花，妳過來，聽娘好好跟妳說。這世上的男人都是喜新厭舊的，沒一個例外，就是家裡的媳婦長得再怎麼美，他也總想著上外面去尋個新鮮的，要不怎麼有一句話叫『妻不如妾，妾不如偷』呢？而且晚上熄了燈，黑乎乎的，臉長得好不好看也看不清，沒什麼用，最重要的是憑那床上的功夫。」

「這男人身上那二兩賤肉，是最禁不起撩，妳給他伺候好了，他就舒服了。我看那小山子恐怕還是個沒經歷過女人的青瓜蛋子，妳就想辦法和他生米煮成熟飯，等他沾了妳的身子，然後……」

這邊錢寡婦是細細教女，隔壁柳嫣那頭，日頭都要下山了，院子裡的筵席才散去。

除了胡老六和穆廷，剩下的人都喝趴了，全被家裡人揹了回去。

柳嫣本來要收拾桌椅和碗筷，但對門柳三寶家的笑著說，這些家什都是她家的，讓她家兩個姑娘收拾就行。

柳嫣也就沒和她客氣。而胡老六因柳家地方小，就去柳三寶家借宿一晚，便一塊把東西帶過去了。

柳嫣關上院門，把院子的地掃了掃，天就黑了下來。

她進了堂屋，東廂房裡燃起穆廷帶來的蠟燭。

橘黃色的燭光搖曳著，穆廷就在那溫暖的燈影中，端著碗餵柳成源吃飯。

柳成源看柳嫣進來，便道：「嫣兒，快去洗手，小山把妳的飯都盛來了。」

柳嫣應了聲，洗過手。「穆大哥，碗給我，我來餵我爹吧。」

「妳先吃飯吧，飯菜涼了就不好吃，我來餵柳叔就行。」穆廷微笑著對柳嫣道。

柳嫣便不和穆廷客氣了，坐在飯桌另一邊，香香甜甜地吃起飯來。

這飯菜都是出鍋時，胡老六特地給他們父女兩個留的，一直在灶上熱著。柳嫣扒了一大口，只覺這胡老六的手藝是真不錯，比她做的好吃多了。

柳成源吃得差不多了，讓穆廷放下碗筷，感嘆道：「小山啊，今天讓你費心了，叔很久沒這麼開心過了！」

「柳叔，您和我還客氣什麼，這些都是我應該做的。」

「小山，剛才你在院子裡說你做了官差，我……我們是罪臣家眷，這樣往來，會不會連累你？是不是得遠著些才好？」

柳成源雖然心裡捨不得穆廷的好，但他不糊塗，他們如今的身分，和穆廷還是差得太遠。

「柳叔，您又胡思亂想了。這些年我一直都在找你們，好不容易找到，我如今還有些能力，怎麼能離開你們呢？」穆廷的聲音中也帶著些許感慨。

柳嫣聽了這話，不由得抬頭看向穆廷。

對面炕上，穆廷的臉被忽明忽暗的燭光染上一道暗黃色的光暈。他神色寧靜，說話間，目光看著柳嫣，清澈的眼睛中映照著燭火跳躍的光芒。

他一直都在找他們父女！

柳嫣的心怦然一動。她有種感覺，他這話就是特意說給她聽的。

兩人飛快地對視了一眼，柳嫣又低下了頭。

「柳叔，家裡出事的消息，是裴將軍告訴我的，我給家裡寫過信，但是一直沒有接到你們的回信。」

穆廷的話說得很簡單，可是當時的煎熬只有他自己清楚。

當他從裴將軍那裡得知柳成源的岳父——致仕的溫閣老，被人誣陷，抄了家、被判流放的事情後，他心中對柳家和柳嫣的惦記和焦慮，幾乎讓他夜夜難眠。

他求了裴將軍，用裴家軍的通信管道給柳成源寫了信，但信石沈大海。從此以後，他就再也沒有柳家人的任何音訊。

「小山，你剛走的那兩年，咱們是一直通著信的，嫣兒每次收到你的信可開心了，她那時還特地準備了個柳木匣子，按順序裝你的來信。家裡出事後，我們從自稱是裴家軍的人手裡收過你的信，但嫣兒外公不許我們回信。他說，溫家出事了，如果與裴家軍的人私下聯繫，怕連累裴將軍。」

穆廷仰起頭，眨了眨眼中泛起的淚意。「溫大人和裴將軍把彼此當做肝膽相照的知己，裴將軍一直在朝中斡旋溫大人的事情，可惜……」

可惜裴大將軍，大齊朝的一代戰神，不但沒有救出他的朋友，連自己也同樣被朝中的奸臣所害了。

「對了，小山，你怎麼會離開裴家軍了呢？年前，永平府都傳裴家軍打了敗仗，裴老將軍也身負重傷，說如今與大金朝的軍事要塞鐵水關，已經換了別人鎮守了。」

「嗯，去年和大金一戰，裴將軍的確受了傷，如今在一個安全的場所養傷呢。裴家軍中的一部分軍隊就地解散，官兵都回自己的原籍，我也就回了咱們永平府。」

談及裴家軍的事，柳嫣發現穆廷和胡老六的反應都是一樣，就是不願多提。

果然，穆廷換了話題。「柳叔，這些年你們是怎麼過的，怎麼又回這牛頭村了？」

「唉，能怎麼過？嫣兒外公出事後，我被奪了功名，嫣兒她娘就病了。我們去嫣兒她三姑的清遠縣住了兩年，嫣兒母親病逝後，我和嫣兒又回了永平府。後來因為寫狀子的事，被趙天霸打了，沒辦法，只能回了牛頭村。」

幾番往事讓柳成源唏噓不已。

「小山啊！這人哪，還是命。當年你離開柳家，我勸了你很久，不願你走，那一陣我和嫣兒她娘還準備讓你入我們柳家的宗祠，改了姓，做嫣兒的哥哥，以後幫著嫣兒管理柳家的店鋪。可你是十頭牛都拉不回來，鐵了心要去當兵，沒想到卻也躲開柳家和溫家的大難。所以說，這福禍所依，一切都是老天爺安排好的。」

讓穆廷改姓，認作義子，做柳嫣的哥哥？這些事是柳嫣穿越過來後第一次聽說。她又忍不住拿眼角餘光去看穆廷。

昏黃的光影中，穆廷微低著頭，表情晦暗不明。

「柳叔，不說這些了，不管怎樣，如今我回來了，咱們又在一起了。」穆廷微吁了一口氣，拍了拍情緒又明顯有些激動的柳成源的手。

「是啊，你能平平安安的回來，咱們又團聚了，這就是喜事！對了，小山，你成親了嗎？」柳成源是真把穆廷當作自家孩子一般關心。

柳嫣的耳朵豎了起來。

「我一直在軍營裡，還沒成親。」穆廷眼角餘光不由得瞥向柳嫣，就見柳嫣拿著筷子的手明顯頓了一下。

「還沒成親？你今年都二十四了吧？我在你這個年紀，嫣兒都六歲了。唉，你呀，一定是沒有人幫你張羅這些，你這次回來，務必得把這事放在心上，你們老穆家就剩你一根獨苗，還指望你傳宗接代呢！」

柳嫣頓時覺得，無論跨越多少時空，天下父母對子女婚姻的心思都是一樣的——一樣地著急催婚。

「柳叔，這事我心裡有數，您就不用操心了。」穆廷連忙打住柳成源的話題。

柳嫣嘴角上翹。這當孩子的也都是用這樣的話來敷衍父母的。

「你最好有數。你如今當了官差，也不能找門第太差的人家，一定要好好相看、相看。」

柳嫣覺得自己的爹和穆廷是真不見外，真心為他著急。不過婚姻大事，面對這場景，還有其他想法的小輩們，是能躲就躲，能跑就跑。

穆廷笑了笑，轉移話題。「柳叔，時辰不早，今天鬧了一天了，您也早點休息吧！」

「嫣兒還沒吃完飯呢，咱們再聊一會兒。」柳成源覺得自己的話還沒說完。

「爹，我吃完了，穆大哥今天忙了一天，你們都早點休息吧！」柳嫣忙道。這時候怎麼也得替穆廷掩護。

柳嫣站起身，收拾飯桌上的碗筷。

「我來吧。」穆廷從炕櫃上又拿來一根蠟燭點燃，從柳嫣手中接過碗筷，去了堂屋。

「放在灶上的盆裡就好，我等會兒洗。」柳嫣見穆廷躲出去，便也沒和他爭。

她用掛在桌角的抹布擦了桌子，把小桌從炕上拿下來放好，又給柳成源鋪好被褥，再從炕櫃中找出一套被褥和枕頭，鋪了給穆廷用。

但是還差一床被。柳嫣想了想，她屋裡有一床她夏季用的小薄被，只能拿過來給穆廷湊合用了。

柳嫣去了灶間，燭光下，穆廷正在那裡洗碗。

「穆大哥，你怎麼洗上了，還是我來吧！」柳嫣忙道。

「不用，妳別上手了，我都快洗好了。」穆廷低頭回了一句。

「阿嫣，妳把柳叔洗漱的盆子拿過來，我燒了熱水，等會兒給柳叔擦擦身子，洗個頭。」柳嫣是女孩子，照顧父親時，還是會有很多不方便的地方。

柳嫣真的不知該說什麼好了，穆廷想得如此周到，就是親兒子也不過如此。

「阿嫣，馬桶在哪？我先幫柳叔解手。」穆廷發覺身後的柳嫣沒有動靜，回頭看著她笑道。

「在外面呢，我去拿！」

柳嫣拎了馬桶進屋，穆廷已經洗好碗筷，放到櫃子裡。

他伸手接過，進了東廂房。

柳嫣站在灶間，鍋裡燒的水咕嚕咕嚕地冒泡，白色的熱氣從鍋蓋邊裊裊升起。

她看著白霧，腦子裡忽然閃過一個念頭。

當年柳成源對穆廷那麼好，想收他為義子，可為什麼沒有想過把柳嫣嫁給他呢？

「阿嫣，水開了吧！」穆廷從東廂房拎了馬桶出來，見柳嫣對著牆壁發呆，鍋裡的水呼呼冒著熱氣。

柳嫣一激靈，低頭一看，水都從鍋蓋邊溢了出來。恍惚間，她忘了這是熱水，伸手就去掀鍋蓋，一旁的穆廷急道：「小心！」

但還是晚了，柳嫣「呀」了一聲，手被水蒸氣狠狠燙了一下。

穆廷放下馬桶，一步跨了過來，抓起柳嫣的手腕。「燙到了吧？」

柳嫣的手背明顯紅了，穆廷忙往她的手背上吹了一大口氣，急道：「疼不疼？都怨我，剛才不該喊妳，自己來就好，這……這再拿涼水沖一下吧！」

柳嫣看著穆廷臉上難以掩飾的自責與心疼，只覺得手背上被燙到的地方倒沒什麼，反而是被他握住的手腕有些熱了。

穆廷抬頭，就見柳嫣怔怔地看著他不說話，他這才注意到自己的手托著柳嫣的手腕，她柔嫩的小手放在他的大掌中，襯著他古銅色的肌膚，更顯手指細長，白皙如脂。

「嫣兒，怎麼了？」屋裡的柳成源叫道。

「爹，沒什麼，我的手燙了一下。」柳嫣看著穆廷，嘴裡應了聲，把自己的手從穆廷的手中慢慢抽了出來。

她的手指可以清晰地感覺到他的掌心有些粗礪，指腹處有厚厚的繭子，可這大掌最讓人難以忽略的是，它蘊含的溫暖和力量。

「燙的厲害嗎？小山，你快給嫣兒看看！」柳成源著急地道。

穆廷看著柳嫣的小手一點點從他的手掌裡滑了出去，他忽然覺得自己的手掌空了，讓他有種焦躁的鬱悶，想衝動地重新拉住那隻纖纖玉手，仔細看個究竟。

「穆大哥，我爹叫你呢。」柳嫣看穆廷低頭看著她的手不吱聲，提醒了他一句。

「哦……哦！柳叔，沒事了，我拿水給阿嫣沖一沖！」穆廷如夢方醒，不敢再看柳嫣，回了柳成源，便從一旁的水缸裡舀了一勺水。

「不用了，穆大哥，只是被水氣熏了一下，現在不疼了。呀！鍋裡的水該燒乾了！」柳嫣忙道：「快，快先添些水！」

「阿嫣，妳站遠些，我來！」穆廷用身子擋住柳嫣，伸手去掀鍋蓋。

「哎，用抹布啊，你別燙了手！」

柳嫣看穆廷直接上手，想到自己剛燙了一下，他真是不汲取教訓。

不過當她看著穆廷像是一點也不覺得熱，穩穩當當的把鍋蓋拿下來時，嘴裡的話就被噎住了。

……這是鋼鐵手嗎？不怕燙？

穆廷往鍋裡添了幾勺水。「阿嫣，妳把柳叔的臉盆拿來，我往裡面倒水。」

「穆大哥，你不覺得燙手嗎？」柳嫣好奇得都想把穆廷的手拉過來仔細看看。

穆廷笑了。他當年練鐵砂掌用的沙子，可比這個熱得多。「沒事，我習慣了，不過妳以後可要小心，別再燙著了。」

穆廷端了水盆進屋，把柳成源扶到炕邊，頭朝外躺下，解了頭髮，把水盆放到矮凳上，給柳成源洗頭。

洗得差不多時，柳嫣又端了一盆水進來，幫忙穆廷把柳成源頭上的皂角沖乾淨，再拿乾淨的手巾，幫他擦拭頭上的水。

穆廷把髒水倒在院裡新挖的排水溝裡，換了新水進來，給柳成源擦身子，柳嫣到灶台邊，又燒了一鍋水，這是留給她自己和穆廷洗漱用的。

過了一會兒，穆廷端著水出來了。「阿嫣，柳叔弄好了，我讓他先睡了。」

「好。」柳嫣回到自己屋裡，拿了小薄被，對從屋外倒完水進來的穆廷歉意道：「穆大哥，沒有多餘的被子了，你就先蓋我的這床吧。有點薄，你晚上把衣服壓在上面，別著涼了。」

穆廷其實想說，他是當兵的，打仗時，以天為被，以地為床，今晚蓋不蓋被，其實都無所謂。

但看到柳嫣關心他的樣子，心就如同被溫泉水泡過一般，暖暖的，話就說不出口了。

柳嫣把被子拿進東廂房，看她爹已經躺好，便道：「爹，那您就睡吧。」

「嗯，嫣兒，妳也早點休息，累了一天了！」

柳嫣替柳成源掖了掖被角，輕輕地關上門。

「穆大哥，你就用我爹的盆子洗臉吧。」家裡也沒有別的盆子了。

「行。」穆廷從鍋裡舀了水，洗了幾把臉，站在一旁的柳嫣忙遞給他一條乾手巾。

穆廷擦了臉，柳嫣又拿了牙粉。「穆大哥，我這裡沒有多餘的牙刷，你就漱漱口吧。」

穆廷接過牙粉，抬眼間便看到，他和柳嫣兩人的身影被燭光拉得長長的，映在對面的牆上，親密地交疊在一起。

一瞬間，他竟有些恍惚，這樣的她和他多像是一家人。他是那今夜晚歸了的丈夫，而站在一旁、笑吟吟的她就是那賢慧的妻子，一直等著他歸家，服侍他洗漱。

這樣的溫馨，是他這麼多年軍旅生涯中從未有過的。

「穆大哥，你洗漱完也早點睡。」柳嫣貼心地加上一句。

「嗯，好。」穆廷被自己剛才的想法有些驚到了。他不敢再看、再想，點了點頭，匆忙地漱過口，回了房。

炕上，柳成源因在病中，精神頭還是不足，此時已經睡著了。

穆廷輕手輕腳地脫掉外衣，吹熄蠟燭，上了炕，平躺下來，把柳嫣的小薄被蓋在身上。

一股甜爽的清香從薄被上傳了過來，縈繞在穆廷鼻端。

穆廷忍不住深吸一口氣，那怡人的幽香便沁入他五臟六腑。

穆廷仔細分辨著。這香味不是今天錢寡婦身上的那種胭脂水粉味，而是甜甜的花果香，像極了當年柳府中，那棵海棠樹開花時隱隱的花香，還有花落結出來的海棠果的果香。

小時候，柳嫣身上便有股奶香和海棠花香混合在一起的甜糯香氣，尤其當她跑動和出汗時，那香味便愈發襲人。

這薄被上的香氣，和他今天上午進到柳嫣屋裡聞到的香味是一樣的，少了柳嫣小時候的奶香，更多了些清雅的花香。

……難道這就是軍營中，兄弟們說的女兒家的體香？

穆廷沒有成親，軍營中是有軍妓，可他從沒有像同袍那樣去找過。

但他對男女之事也不是完全不通，不打仗時，軍營中除了枯燥的練兵外就沒什麼娛樂，閒暇時，一幫大老爺們最喜歡做的就是談論女人。

他們提過女子的體香，說它是世間最好聞的味道，沒有任何香氣能與其相比。

如今看來，果然沒有說錯。穆廷只覺這香氣在他四肢百骸中遊走，讓他身上的血液都熱了，頭卻暈暈的，有些喘不過氣來。

……他這是怎麼了？

穆廷有心揭開被子涼快涼快，手臂卻沒有一絲力氣，抬都抬不起來。

而他的手指卻像有了自己的意識一般，放在被上，不自覺地撫摸著上面繡的海棠花。

土房並不隔音，門外傳來柳嫣的動靜。

穆廷忍不住側耳傾聽——柳嫣洗過臉、刷了牙，拿了兩盆水回了西廂房，關了門。

她這是要做什麼？

穆廷運氣凝神，西廂房裡傳來窸窸窣窣脫衣服的聲音。

她……她不只脫了外衣，她是要……

穆廷瞬間明瞭，心忽地一跳，如鐘鼓被猛敲了一下，幾乎要破膛而出。

他飛快地把面向西廂房方向躺著的頭轉向另一邊，像在躲避他聽到的一切，做賊心虛般的去看柳成源。

柳成源睡得沈沈的。

穆廷呼了一口氣，緊緊地閉上眼睛，在心中給自己下了命令——不能再聽了，還是趕快睡覺吧！

好在柳嫣已經把衣服全脫完，西廂房裡的聲音靜了幾息。穆廷的心終於穩了穩。

可只安靜了一會兒，那邊又傳來動靜，穆廷本不欲去聽，但耳朵卻不聽話。他聽見房裡面嘩嘩的撩水聲，還有柳嫣輕聲哼唱的小曲。

柳嫣在房中解了衣服。今天也算忙了一天，出了一身汗，得好好擦洗、擦洗，幸好穆廷帶了蠟燭來，不用再摸黑幹活了。

燭火給柳嫣如玉雕般的身子染上一層橘黃，更添豔麗。

此刻，柳嫣的心情是高興的。熱鬧了一天，家裡煥然一新，還給了錢寡婦一些教訓。最重要的是，身邊多了穆廷這樣真心實意對他們父女倆好的人，就好像苦日子中忽然加了一大勺糖，讓人心裡覺得甜甜的。

柳嫣往胸口上輕輕潑著水，忽然想起她穿越過來後聽過的一首山歌，便忍不住輕哼起來。「山高高那兒，野紅花兒開，林密密那兒，妹子上山來。豐胸細腰俏又白，惹得哥哥眼饞饞，花兒開了有人摘，哥哥要把妹兒牽……」

天黑入夜，柳嫣哼唱和撩水的聲音其實是極輕的，不過，在東廂房裡的穆廷，卻覺得這聲音如晴空的霹靂般傳到他的耳中，他想不聽都不行。

他如今自然明白柳嫣在做什麼。

聽著柳嫣的撩水聲和小調聲，他只覺得聲聲如魔音入耳，讓他全身都躁熱起來，一股血氣直向下腹衝去。

穆廷察覺到時，嚇得一下子坐起身！

……隔壁的女孩可是他一直當做親妹妹般疼愛的人啊。

穆廷狠咬了一下舌尖，讓自己的神智能清醒一些。

他將兩腿盤起，兩手分別置於雙膝上，手心向天，閉上眼睛，開始吐納運氣。

純正的童子氣息運行於身體之間，終於壓下焦躁的浮氣，不知過了多久，穆廷調息妥當，睜開了眼睛，眼中是一片清明。

月光透過窗縫照了進來，有一縷灑在他的手上。

他看著這如水寧靜的光影，往事不禁浮現在眼前。

當年，他再沒有了柳家人的消息後，也曾想過要離開裴家軍，回來找他們，可就像裴家軍老親衛隊長所說的，即便那時的他回來了，一個十幾歲、無根無基的少年能做什麼？他拿什麼讓柳家父女過上安穩日子，又有什麼能力來替他們遮風擋雨？

他狠下心留了下來，求了裴將軍。他不想再做馬童了，他要加入裴家軍的親衛隊，他要拜親衛隊中的武功高手為師，他要殺敵立功，他要快點長大，讓自己變得強大，才有能力來保護他想保護的人。

雖然他小時候跟著爺爺練過功，有些童子功的底子，但想加入裴家軍的親衛隊，又談何容易？

他從下定決心那日起，就開始了漫長、刻苦的練功時光。不知出了多少力、吃了多少苦、受了多少罪，後來整個親衛隊的人都叫他「武瘋子」。

他接受親衛隊的測驗，第一次出任務時，差點就被草原上的狼給吃了。當他的師父找到他時，他已變成一個血人，昏迷了近十天才醒過來。

從那之後，他才真正成為裴家軍的一員。

十年來，他經歷了無數次的生死之戰，是從屍山血海中殺了回來。

如此靜謐的夜晚，身邊是他一直惦記著的親人，這是他午夜夢迴時幻想過無數次的場景。

如今美夢成真，對於他這樣一個天煞孤星般的人，何嘗不是老天在憐他？

穆廷下地，把柳嫣給他的小薄被疊好放到椅子上，和衣躺在炕上。

耳畔是柳成源和柳嫣舒緩的呼吸聲，鼻端還有淡淡的清香。

穆廷只覺得自己的心從沒有如此安穩，他緩緩的閉上眼，進入夢鄉。

第十二章　暫別

「嫣兒，快醒醒，該起來了！」

柳嫣被柳成源略帶焦急的聲音給喚醒。

她一看窗外，已經是天光大亮！

柳嫣連忙下地，綰起頭髮，整理衣服，迅速從屋裡出來。

她進了東廂房。「爹，我起來了，我幫您洗漱！」

「哎，妳這孩子，小山都幫我弄好了，我們連早飯都吃完了。妳快去洗漱吧，別讓小山再看到妳蓬頭垢面的樣子，讓人笑話！」

他們竟起得這麼早？

柳嫣也不聽柳成源絮叨，忙到堂屋洗了臉、刷了牙。

一切收拾好後，她才去了院子，就見穆廷和胡老六正在劈柴，昨天的四個大樹幹被他們劈成一小截的柴火，整整齊齊地堆在院裡的棚子下。

柳嫣有些不好意思的走上前。「穆大哥、胡大哥，你們早。」

穆廷拿著斧子，回頭微笑。「早，阿嫣，妳回屋吧，我們在這劈柴，小心別弄到妳。飯在灶上熱著呢，我們也快做完了。」

柳嫣見自己也幫不上忙，便聽話的回了灶間，掀開鍋蓋，裡面熱著兩塊菜餅子和一碗粥。

吃完飯，穆廷和胡老六各抱了一捧柴火進來，在灶間角落擺好。「阿嫣，這些柴火應該夠妳用一段時間了。」

豈是一段時間，半年都夠了。

柳嫣忙捧了兩碗水，遞給穆廷二人。「來，快喝口水，忙了一早上了。」

穆廷和胡老六也沒客氣，端起大碗，一口氣喝了。

胡老六放下碗。「穆哥，我去對面把馬牽過來。」說著，從懷裡拿出一個布口袋遞給穆廷。

「去吧！」穆廷接過布口袋，點了點頭。

胡老六出了屋。因為柳嫣家院子小，他和穆廷的馬昨晚都放在對面柳三叔家。

穆廷和柳嫣進了東廂房。

「柳叔，我要走了。」穆廷坐在炕邊，輕聲和柳成源告辭。

「這……這就走了？這麼早，不再坐一會兒？叔還有話要和你說呢！」柳成源真是不捨得穆廷離開。

「衙門裡有些事，我得趕回去，十幾天後我再來看您。」穆廷怕柳成源難受，連忙解釋。

「誒，既然你有公事，叔就不留你了，不過辦差的時候要多小心，別受什麼傷。叔這沒什麼要緊事，你有時間再過來看我，還是衙門裡的事最重要。」柳成源還是能分清楚事情的輕重緩急，忙細細叮囑一番。

穆廷耐心地聽著，一一點頭稱是。

「嫣兒，妳替爹送送小山！」柳成源念叨完，吩咐柳嫣。

柳嫣陪穆廷出了東廂房，來到院中。

穆廷停下腳步，從懷裡掏出剛才胡老六給他的布口袋，遞給柳嫣，壓低聲音道：「阿嫣，這個妳拿著。」

柳嫣接過布口袋，有些分量，挺壓手的，她打開，裡面放了幾張紙還有四、五錠銀子。

柳嫣驚訝的抬眼看穆廷，穆廷示意她把那幾張紙拿出來。

柳嫣仔細看。……這是古代的銀票？

一共五張，每張一百兩……五百兩銀子！

柳嫣來到古代，手裡最多的就是三姑給的三十文銅錢，她哪裡見過這麼多錢。

「穆大哥，你……」柳嫣看著穆廷，說不出話了。

「阿嫣，這些錢是我的積蓄，妳拿著吧！」穆廷低聲道，這是怕屋裡的柳成源聽見。

「穆大哥，昨天已經非常感謝你了，你已經幫了我們這麼多，我……我怎麼還能要你的銀子？」這是穆廷的積蓄，她家就是再窮，也不能收啊。

柳嫣忙把布口袋往穆廷手裡塞。

穆廷伸出手臂擋住柳嫣的手，低下頭看著柳嫣的雙眼，輕柔道：「阿嫣，以後不用再和我說謝字了，妳和柳叔是我最親近的人，如今我有了些能力，就一定會好好照顧柳叔和妳的。妳放心，有我在，定不會讓你們再受別人的欺負。」

柳嫣看著穆廷黑亮的眼眸，裡面清晰地映出她的身影，她鼻頭一酸，淚意便湧了上來。她穿越來這古代，在社會的最底層苦苦掙扎，每天都在為生計發愁，沒有一天心裡是真正安穩的。

如今有這樣一個人給了她一大筆錢，讓她放心，承諾會好好照顧他們父女兩個，讓柳嫣覺得她不再孤單，不用再一個人承受所有的生活壓力。

面前的這個男子，就像他小名的「山」字，沈穩得讓人可以安心地依靠。

柳嫣抽了下鼻子。「謝……穆大哥，我知道了。」

穆廷看著柳嫣眼中的淚，心驀地一疼。這麼多年，她受了太多的苦了。

「阿嫣，這些錢妳留下，我剛才沒有給柳叔，是怕他亂花。」穆廷瞭解柳成源的性格，柳叔身上還帶著讀書人的清高和迂腐，定然不會收這筆錢。

不過穆廷也真不放心把錢給柳成源，因為柳成源不通庶務，錢給了他，也就不知道花到哪裡去了，相當於打水漂了。

「穆大哥，你經常在外面走動，比我和爹更需要用錢，這錢……我想我還是不能收的……」柳嫣還是推卻道。

「阿嫣，我在外面都是出公差，用的都是公家的錢，這些是我的俸祿攢下來的，只不過我的俸祿低了些，這些年就只有這點，放在我身上，說不定哪天就丟了，所以妳就留著吧，就當替我保管，咱們不用再推來推去了。」

前的誠心。

柳嫣看穆廷態度十分堅持，咬了下唇。如果自己再拒絕下去，反而是傷了他捧到自己面前的誠心。

「那好吧，穆大哥，這錢我收下了。先說好，是我替你保管的，你要用錢時，一定想著管我要。」柳嫣向穆廷認真道。

穆廷鬆了一口氣，舒心地笑了。「阿嫣，這就對了，錢妳收好，但該用時就用，我的俸祿雖然少，可也夠我們三個平時花銷。」

柳嫣笑著點了點頭，把布口袋放進懷裡，送穆廷出了院門。

胡老六正牽著兩匹馬在院門外等候。

穆廷正要回頭與柳嫣告辭，就聽隔壁院門一響，錢寡婦母女扭著腰走了出來。

這娘倆是一直在門後面盯著，準備堵人吧！

柳嫣看著錢春花，她穿了一套桃粉色的外裳，許是衣服有點小，緊緊地箍在身上，讓人第一眼看到的，除了她圓滾滾的腰，就是她身前鼓鼓囊囊的大胸脯，形狀被清晰地勾勒出來，就像兩顆被衣服壓著的大氣球。

再看錢春花頭上，戴了一朵大紅色的絨花，今日還特意抹了桂花油，許是這頭油抹多了，整個頭髮是油光錚亮。

柳嫣不厚道地想，這光滑勁兒，就是蒼蠅落在腦袋上都站不住，非得崴腳不可。

錢春花手裡端著個大碗，一馬當先地走到穆廷面前。

站在穆廷身邊的柳嫣被她頭上的桂花油味熏得，不由得又打了兩個噴嚏。

錢春花撇嘴，白了柳嫣一眼，嫌棄地把身子側了側，那意思是：妳柳嫣的噴噓可別把我碗裡的吃食弄髒了。

但錢春花面向穆廷時，那臉卻笑得就像開了花似的，見牙不見眼。

錢春花把碗向上一舉，羞答答地像獻寶一般。「穆大哥，你這麼早就要走啊，吃過早飯了嗎？這是我特地給你烙的雞蛋餅，放了五個雞蛋，可香了，你嚐嚐吧！」

嗯，是真的挺香的。柳嫣瞄了一眼。焦黃焦黃的，油看來也沒少放。

這錢寡婦母女倒深知抓住男人的心，首先要抓住男人的胃，都是上來先拿吃的哄人。

不過比起錢寡婦送她爹的野菜餅子，這當女兒的下的本錢可不小，五個雞蛋呢……

穆廷看著錢春花手裡都快捧到他臉上的大碗，他自然不能自降身分，搭理這個不明所以的女人。

穆廷沒接茬，人往後退了一步，神色淡然的把臉往旁邊側了側。

錢春花像沒看出他的冷淡似的，舉著碗跟著往前蹭了一步。

柳嫣一見，忙上前一步，夾在二人中間。

「春花，穆大哥已經吃過早飯了，他這就要急著趕路，這個雞蛋餅妳就拿回去吧！」柳嫣微笑道。

又是這個賤丫頭壞事！錢春花瞪了柳嫣一眼。「妳別擋著路，我和穆大哥說話呢！」

說完又咧著大嘴，笑著對穆廷道：「穆大哥，吃過飯也沒關係，要不這個帶在路上吃吧，永平府那麼遠，別半路上又餓了！」

穆廷卻像沒有聽到一般，示意胡老六上馬。

他轉過頭，對柳嫣輕聲道：「阿嫣，我走了，如果有什麼事，妳就到永平府衙門去找我；如果我不在，找胡老六這些人都行。」

「嗯。」柳嫣應了聲。錢寡婦母女在這，有什麼話都不好多說了。

穆廷看著柳嫣的情緒明顯有些低落，他真想拿手輕輕摸摸她的頭頂，像小時候那樣，安撫她心中的不快。

不過今時不同往日，穆廷的手在袖子裡使勁握了握拳，忍下了心中的悸動。

穆廷正待翻身上馬，那不死心的錢春花靈活地往前一拱，繞過柳嫣，伸手就去抓馬頭上的轡繩。

她是農家女，平時是不怕這些牲口的，嘴裡仍舊嬌柔地叫道：「穆大哥，這吃的你還是帶著吧，你什麼時候再過來？你喜歡吃什麼告訴我，我給你做，我做飯可香了呢！」

柳嫣本來因為穆廷要走了，心裡不自覺有些鬱悶和不捨，這時見錢春花一個小姑娘這不要臉的勁兒，不禁煩躁的有些火大。

這母女兩個都屬狗皮膏藥的嗎？這還有完沒完了！

她剛要開口奚落她兩句，就見黑玉一聲嘶叫，頭一擺，竟然躲開錢春花欲抓牠轡繩的手，身子向上一揚，前蹄飛起，就要去踢錢春花。

好有靈性和脾氣的馬啊！柳嫣在心裡為黑玉點了一個大大的讚。

穆廷忙拽住黑玉的轡繩，用手拍了拍牠的背，安撫住牠。

以黑玉的腿力，真要踢上去，錢春花非得吐血受傷不可。

錢春花已經被嚇得蹬蹬後退幾步，如果不是身後的錢寡婦扶住她，她差一點就跌坐到地上。

她驚駭地扭頭看著錢寡婦。「娘，這馬……」

這馬好嚇人啊，就像成了精一般，錢春花覺得，她竟然從這匹黑馬漂亮的大眼裡，看到牠對自己深深的嫌棄。

真是個不中用的死丫頭！錢寡婦也沒瞅閨女，一把奪過她手裡裝著雞蛋餅的碗。

哼，別再把碗摔地上，浪費了好東西。

錢寡婦拿著碗，朝穆廷笑道：「哎呀，小山子，你這就要走了，怎麼不多待一會兒呢？」

不管怎樣，都是一個村子的人，錢寡婦的年齡還比自己大，穆廷神色淡淡。「錢嬸子，我還有事，這就告辭了。」說著向錢寡婦拱了拱手，翻身上了馬。

「哎，你看你這急的。昨天你在家裡忙活了一天，都累壞了，春花一早就起來做飯，尋思給你弄點好吃的補一補，另外也替嬸子和他柳叔謝謝你，沒想到你這就要走了，以後常回來看看，嬸子和柳叔都歡迎你！」

這是昨天的教訓還不夠？柳嫣黑了臉。

穆廷看了柳嫣一眼，朝胡老六使了個眼色。

胡老六會意，催馬上前，從馬背上低下身子，對錢寡婦輕聲淡笑道：「錢嬸子，我和穆哥呢，都是從戰場上回來的，這手上的人命無數，對我們來說，殺個人和宰隻雞沒什麼區別。您記著，柳叔是柳叔，您是您，寡婦門前是非多，您還是離他們父女兩個遠一點，如果有什麼不好聽的傳出來，柳叔是好性子的人，我們哥倆脾氣可不好，到時候別再鬧出什麼事來。」

錢寡婦看著胡老六的笑，只覺得後背涼颼颼。

她不敢再看下去，轉頭對穆廷強笑道：「小山子啊，嬸子沒別的意思，就是覺得你人好，這年頭像你這麼念舊、有心的人太少了，嬸子是打從心底喜歡你這樣的人。」

穆廷理都不理她的瘋言瘋語，他也從馬背上低下身子，對柳嫣不捨地道：「阿嫣，我走了，妳和柳叔要多保重，我忙完後就會過來看你們的。」

身下的黑玉似乎也感知了主人的不捨，打了個響鼻，拿臉蹭了蹭柳嫣的頭頂。

柳嫣心裡不由一酸，她拿手輕輕摸了摸黑玉的臉，看著穆廷。「穆大哥，你路上小心，你……你早點回來！」

「嗯！」穆廷不敢再看柳嫣，他怕自己再看下去，會捨不得離開。

穆廷和胡老六催坐下馬，兩個人向村口而去。

柳嫣站在家門口，一直看著他們的身影漸漸變小，消失在路口。

穆廷待走到村口拐彎處時，忍不住回頭，就見柳嫣纖細的身子仍孤零零的站在院門口，晨風吹起她的長髮和衣角，就如那枝頭搖曳的海棠花，更加讓人憐惜。

他看不清她臉上的表情，眼前忽然閃過當年三、四歲的小柳嫣送他參軍時，也是這樣站在柳府門前目送他離去，他至今仍記得小柳嫣哭腫得像桃子般的眼睛，以及她臉上的淚。

「大哥，走吧，等接完汪大人，你就早點回來看他們！」胡老六看著穆廷駐馬難行的樣子，忍不住勸道。這鐵漢柔情，當真也是纏綿悱惻啊！

穆廷又深深看了一眼柳嫣，呼了一口氣。「走！」

兩匹馬風馳電掣般向永平府而去。

第十三章　日子

直到看不到穆廷的影子，柳嫣才有些無精打采地回了院子。

她先回到西廂房，把懷裡的布口袋掏出來，放進櫃子裡，東廂房的柳成源就叫道：「小山子兩個走了？」

「嗯，走了。」柳嫣回了一句，忽然覺得屋裡有些空得慌。「爹，您出去曬太陽嗎？」

「今天日頭不錯，我出去待一會兒也行。」柳成源在屋子裡也悶壞了。

柳嫣將搖椅拿到外面，鋪好被褥，去對門請了柳三叔家的大兒子將柳成源揹了出來。

她自己也沒進屋，把院子掃了掃。

正好柳三嬸過來串門子，柳嫣向她問了如何餵雞，柳三嬸又教她怎麼磨豆漿。

中午，柳嫣就用自己家的雞下的蛋，做了雞蛋餅，配著豆漿，營養又美味。

「嗯，嫣兒，妳這手藝進步了，這雞蛋餅做得真不錯！」柳成源笑著誇柳嫣。

「那當然。」柳嫣故做驕傲的揚起臉。「放了三個雞蛋呢！」

柳嫣又低頭看著圍在她腳邊的小母雞。「你呀，要好好的，多下蛋。對了，爹，是不是該給牠起個名字？」

「起名字？也好。」

「牠是咱家第一隻雞，那就叫牠初一吧。」柳嫣笑道，低頭看著初一。「你是第一隻，以後的就叫初二、初三、初四……」

「妳呀，起的這什麼名字！」柳成源笑著搖頭。

「這多好記呀！」柳嫣也笑。

「妳就會亂起名，當年妳外公送妳的那匹馬，名字多好聽啊——黑玉，可妳偏偏叫牠小黑。那馬也怪，別人叫牠小黑牠不理，就妳叫的小黑牠才聽。」

柳嫣想起剛才黑玉要踢錢春花的那一幕。「爹，穆大哥如今騎的馬就是小黑。」

「是嗎？這黑玉也在？」柳成源明顯又有些激動了。「這黑玉可是當年西域進貢給朝廷的名馬——黑龍馬的後代，是血統純正、日行千里的寶馬。妳外公好不容易得到，卻被妳看上了，鬧著要，就給了妳，後來小山子參軍，妳就把牠送給小山子了。」

「喲，我那時候還挺捨得的，把寶馬送人了。爹，我小時候和小山哥關係挺好的吧？」

「豈止是挺好，是非常好！」柳成源感慨道：「這人和人，都是緣分哪！

「小山子自從家人都過世後，性格就變得沈默寡言、死氣沈沈的，沒一個孩童應該有的活潑樣。我說過他多少回，人死不能復生，活著的人就得放開心胸，可是沒有用。不過，等到妳出生後，他就好了。」

「我出生後他就好了？」這是什麼意思？

「要不怎說是緣分呢。小山曾有過一弟一妹，妳和他妹妹是同月同日生的，他們老穆家人右耳垂都有一顆紅痣，而妳是左耳垂長了一顆紅痣。滿月那天，奶娘把妳抱出來，別人看妳、逗妳，妳都閉著眼睛，就是小山子到妳跟前時，妳就睜開了眼睛，還拿手握住他的手指，朝他咧嘴笑。

「一個剛足月的奶娃娃哪裡會笑？可是妳呀，就是對他笑了。」柳成源講到這段時，還是覺得有些不可思議。

柳嫣心中也是驚奇。是不是她爹說得有些誇張？或許就是小柳嫣打個哈欠，這幫大人就以為是笑了？

「從那以後，小山子就把妳當成親妹妹一般地疼，人也有活潑勁了。妳呢，也怪了，就是喜歡小山子，有時妳哭，誰都哄不好，就得小山子來哄。當時柳府的人都說，家裡對妳最好的，不是我和妳娘，是小山子。」

「妳兩歲那年，妳娘帶妳去看花燈，其中跟著的一個小廝賭輸了錢，為了還賭債，就勾結外面的拐子，把妳給拐走了。幸虧小山子發現，抱著妳不撒手，那拐子是一夥人，對他是拳打腳踢，後來又拿匕首連刺了他幾刀，等我們找到你們時，小山子躺在地上，渾身是血，都半昏迷了，就這樣還死死的抱著妳，把妳護在身下。如今他胳膊上，應該還留著傷疤呢！」

這麼說來，小柳嫣和穆廷應該算是青梅竹馬了。

「小山子要離開我們家時，一開始沒敢告訴妳，他走那天妳才知道，是哭得驚天動地，死拉著他的手不讓他走。後來也不知道小山子和妳說了什麼悄悄話，妳才放手，還把妳最心愛的黑玉送給了他。」

「爹，我昨天聽你說，你那陣子還想認穆大哥做義子？」柳嫣轉了話題，狀似不經意地問道。

「哎，嫣兒，這事我從未和妳說過，那是因為妳娘生妳的時候大出血，傷了身子，大夫說，以後是不可能再有孩子了。爹和妳娘曾經立過誓，是今生今世一雙人，不會納妾，所以那時就想給妳招個上門女婿，把小山子認為義子，等我和妳娘沒了那一天，他也能幫著照顧妳。」

……竟是如此！柳嫣看著柳成源發紅的眼眶，嘴邊那一句「為什麼當時不考慮直接招了穆廷做上門女婿」的話，就又咽了回去。

這話問不問都無所謂了，如今看來，這穆廷對柳嫣是非常好的，還是個長情的人。

「爹，不說這些了，吃飯吧！」柳嫣端起豆漿，餵了柳成源喝了一大口。

「好、好，不說了、不說了，都過去了，過去了啊！」柳成源用袖子擦了擦眼睛。

等吃過飯，收拾完，日頭已經偏西了。

柳嫣嘴裡咕咕叫，想把初一趕進雞窩裡，但許是被關得太久，初一怎麼也不肯進窩，滿院子亂跑。

柳嫣就在院子裡追，這鬧得才真叫做雞飛狗跳。

柳成源在一旁看得呵呵笑。這樣的女兒，彷彿又讓他看到了從前開朗活潑的小柳嫣的影子。

最後到底還是請了對門的柳大哥，抓了初一的翅膀，把牠送進了窩，又把柳成源揹回屋裡。

柳成源臨睡前，忽然想起一件事，便嚴肅地對柳嫣道：「嫣兒，這一次小山子到咱家來，拿了一大堆吃的、用的，花了不少錢，妳都要記著帳，這都是小山子對咱家的一片心。

「另外，如果小山子給妳錢，妳可千萬不能收，他的錢全是拿命換來的，老穆家就剩他一個了，他還得娶妻生子，得用錢，咱家再窮，也不能用他的錢。」

……得，穆廷和她爹倒是都挺瞭解對方的。怪不得穆廷不把錢給她爹，而是偷偷塞給她。

柳嫣心虛地點點頭。「我知道了，爹，您睡吧。」

等柳成源睡下，柳嫣才輕手輕腳地出了東廂房，把房門關上。

她回到自己屋裡，關上門，從櫃子裡拿出穆廷給她的布口袋，把裡面的銀子和銀票倒在炕上。

這農家院裡都是有老鼠的，她家沒養貓，這銀票就這樣放在櫃子裡，會不會被老鼠給咬了？

想到這，柳嫣忙把銀票收攏好，到堂屋找了一個小瓦罐，擦乾淨，把銀票放在瓦罐裡，去外面撿了塊石子壓住，把蓋子用剩下的窗紙封好。

這麼一大筆錢，這瓦罐放哪裡好呢？

柳嫣想了想，去堂屋拿了小鏟子，在自己炕前挖了一個坑，把瓦罐埋進去，又把土填好、踩實。

剩下的五錠銀子，柳嫣拿起一個掂了掂。她到這裡後還沒用過銀子，也不知道這是幾兩？

她把銀子重新裝回布口袋裡，找了一件舊衣服，把袋子裹好，放進箱子底下。

做完這些，柳嫣才鬆了一口氣。

第十四章　驚聞

一夜好眠，第二天柳嫣又起晚了，在柳成源的絮叨聲中，開始了早晨的忙活。

「阿嫣，開門！」院外是柳三嬸的聲音。

「來了！」柳嫣忙出來打開院門。「嬸子，有事嗎？」

「阿嫣，我大小子今天去永平府，妳要帶些什麼東西嗎？」柳三嬸笑著問道。

「哎呀，柳大哥要去永平府？怎麼去呀？」

「一早到村口等著前面五羊村周老蔫拉腳的馬車就行，他是天天都來回拉人去永平府的，坐車的人每人一文錢。」柳三嬸解釋了一句。「妳要帶啥東西不？」

「還真有。前天小山哥帶了一個大夫給我爹看病，開了藥方，本來我想去近一點的清遠縣抓藥，那今天就麻煩柳大哥幫我帶回來吧！」

柳嫣進屋翻出杜仲開的藥方。她不好拿穆廷給的銀子，就把她三姑給的四十文錢拿了出來，一併交給柳三嬸。「三嬸，不知這錢夠不夠？如果不夠，就先不買了。」怎麼也不能讓柳大哥替她墊錢。

「四十文呢，肯定夠了！」

正說著，就聽隔壁門一響，錢寡婦母女倆又打扮得花枝招展的出來了。

錢春花看見柳嫣，翻了一個白眼，也沒打招呼，逕自走了過去。

錢寡婦跟在後面，皮笑肉不笑地道：「喲，這是在聊天呢！」

柳三嬸笑道：「是呀，聊天呢，她錢嬸子打扮的這麼漂亮，這是要去哪呀？」

「串門子去。」錢寡婦仰著頭，扭著腰，和錢春花往村口去了

「這又是不知上哪兒浪去了！」柳三嬸看著她娘倆的背影，鄙夷地道了一句。「行了，阿嫣，晚上妳柳大哥回來，我讓他把藥給妳送過來。」

「那先謝謝嬸子了。」

柳嫣進了屋，捨不得再拿穆廷帶過來的蔬菜剁了餵雞，心想，還是上山採些野菜吧，正好今天錢寡婦出門，也不用擔心她來騷擾柳成源。

柳嫣到院裡找她的竹筐和鐮刀，才想到這兩樣東西被杜仲帶去山上採草藥，直接帶到永平府去了。

柳嫣進了東廂房。「爹，我去一趟秋杏家，和她一起上山去採些野菜。我把房門和院門都半開著，有什麼事，您就大聲喊對門的柳三叔家。」

「我能有什麼事？倒是妳，上山時小心些！」柳成源叮囑了句。

柳嫣回屋，從櫃子裡拿出穆廷前日特意給她留的原香齋的糖果和零食，用手帕包了些，放到懷裡。

秋杏家住在村東頭，柳嫣到了她家門口。「秋杏在家嗎？」

「來了！」秋杏聞聲，從屋裡跑出來。「喲，阿嫣，妳怎麼來了？」

秋杏開了門，把柳嫣領進堂屋。

「來看看妳不行嗎？」柳嫣笑道：「對了，前天我家擺席，請了妳爹過去，怎麼沒見妳去看熱鬧啊？」

說著，柳嫣從懷裡掏出帕子。「這是給妳留的。」

「呀，原香齋的糖果！我聽我爹說，妳家給看熱鬧的人還發糖果，我還可惜沒拿到呢，沒想到阿嫣妳這麼想著我，還給我送過來，真是太好了！」

秋杏扒了一塊糖，放進嘴裡。「阿嫣，我聽我娘說，那天錢寡婦那個不要臉的貨竟然還進妳家院子發浪去了，不過後來被妳那個什麼小山哥給攆了出來，真是太解恨了！」

秋杏照慣例吐槽了錢寡婦幾句，柳嫣打斷她的話。「不說那不相關的人了。對了，妳還沒說妳這兩天怎麼這麼老實，在家窩著呢。」這可不符合秋杏包打聽的性格。「妳是有啥事了？」

「噓，小點聲！」秋杏示意柳嫣，拿手指了指裡屋。「還不是因為我姊！」

「妳姊？妳姊怎麼了？」柳嫣壓低聲音，把腦袋湊到秋杏旁邊。

「我們家這不給我姊相看人家呢，我爹看好五羊村的一家，我姊不同意，鬧死鬧活的，我娘就讓我在家看著她。」

「妳姊不是和我同歲嗎，妳家這麼著急給妳姊相看人家，是要幹什麼嗎？」

秋杏的姊姊長得眉清目秀，算是這村裡僅次於柳嫣的漂亮姑娘，在十里八村都是有名的。

「都十五歲了還不著急？再不著急就得配官媒了！我姊就是覺得自己長得好看，太挑了，這回這個五羊村的年紀大了點，長得……」

「等等，妳說什麼配官媒？這是什麼意思？」柳嫣直覺有些不對勁，看著秋杏著急問道。

「哦，我忘了妳腦袋受傷，什麼都記不得了。對了，妳也十五了，得趕快找婆家了！」秋杏連忙給柳嫣解釋了原因。

柳嫣從秋杏顛三倒四的話中，總結了主要內容，心中不禁發涼。

原來她穿越過來的大齊朝，算是這片中原土地的天朝之國，周邊的一些小國家，多數是大齊朝的附屬國。

但是與大齊邊界接壤的北部大金國和東海的蓬島國，算是兩個大國家，一直對大齊虎視眈眈，二百年來與大齊國是戰火不斷。

最近這三十多年，大齊朝出了戰神裴大將軍，在二十五年前與大金國鐵水關生死一戰中，大敗敵軍，打得大金國上書乞降，保了大齊邊境幾十年的安穩。

不過，前幾年，大金國也出現一位號稱戰神的可汗——完顏烈，統一了大金草原上的各個部落。三年前，他撕毀之前與大齊簽訂的停戰協議，邊關戰事又起。

所以這兩年便又開始徵兵了，這農莊裡按戶抽丁去當兵，青壯年少了，剩下的都是婦孺老幼。

且隨著前線士兵的不斷傷亡，後方不斷的抽人補充，這田地裡的勞動力大大銳減。

大齊朝以農業為本，如此下去，無法支撐怎麼辦？只有多生孩子，補充流失的人口。

原本大齊朝的女孩，二十歲左右嫁人都是常見的，但朝廷去年下旨，規定女孩家十六歲之前必須嫁人成親，良籍如不嫁人者，將由官媒為其挑選夫婿；奴籍的則由主人家安排婚事，若主人家沒有執行規定，則官府有權越過主人家直接安排。

本來打仗後就女多男少，許多女孩都搶著提前訂親了，這規定一出來，有女孩的人家更是著急，自己找媒婆說親。雖然媒婆們說話都會誇大，但好歹還能互相相看一下。

但官媒就不是妳說的算了，這些人背靠官府，是牛氣的很。

誰都不願意自己家的姑娘被官媒隨便配了人，嫁給什麼樣的人家都不瞭解，如果遇到黑心腸的，漂亮點的女孩直接就給那富戶家做妾了，或是叫人賣了都不知道。

所以秋杏她姊如果今年底再不定上親，官府便派人到家裡登記，明年初，官媒就會帶著男方家人過來，當場走了訂親的禮數，一個月之內，官轎就會過來直接抬人出嫁。

如果女方有不願嫁或私自逃婚的，官差就上門封了這戶人家的土地充公，這農戶如果沒了土地，那就沒了活路，所以幾乎沒有人家敢去違抗這個規定。

柳嫣都不知道自己是怎麼離開秋杏家的，她恍恍惚惚地走在路上，腦子裡只有一件事。

她今年也十五了，按照這個規定，她還有一年時間就必須嫁人。

第十五章　進城

「嫣兒，妳怎麼回來的這麼早？不是要上山去挖野菜嗎？」柳成源看柳嫣白著臉進來，驚訝地問。

「秋杏家裡有事，就沒去。」柳嫣有氣無力的回了柳成源一句。「爹，我回屋躺一會兒。」

柳成源看她懨懨的樣子，趕緊道：「妳這是怎麼了？趕快躺著休息一會兒吧！」

柳嫣進了西廂房，一下子仰倒在炕上，全身都癱軟了。

老天爺是拿她開玩笑吧？

讓她穿越到這裡，雖然給了一副好皮囊，但是什麼「紅顏禍水」、「紅顏薄命」，說的就是她這種人。長得美，卻生在最普通的環境裡，如果真有人看中她的美貌，對她強取豪奪的話，她根本沒有反抗的能力和餘地。

況且家裡還窮得叮噹響，有上頓沒下頓的。

好不容易穆廷回來，算有了靠山，日子有了些盼頭，剛高興不到兩天，就要她面對嫁人的事情。

她在原來的世界裡活到三十五歲，都沒結婚，是所謂的「三高剩女」，但在她那些單身貴女圈裡，她還不算年齡大的呢。

可在這裡，她十六歲就要成婚，嫁給一個不熟悉的人，生孩子、過日子，這簡直太可怕了，她絕對不能接受。

柳嫣越想越頭疼，她閉上眼睛，用手指按摩太陽穴，舒緩一下緊繃的神經。

「這是柳嫣家嗎？」院門外傳來官差凶巴巴的聲音。

「我是，你們有什麼事嗎？」柳嫣有些害怕地看著這些凶神惡煞的人。

「妳到了年齡還不婚配，這是蔑視聖旨！來人，把她帶走，拜堂去！」說著上來幾個大漢，拖著柳嫣就走。

「我不走！我不要嫁人，我不要！」柳嫣奮力掙扎，可是沒有用，她被人拉著到了一戶人家，被按著拜了堂，進了洞房。

等她抬眼看到新郎時，忍不住尖叫。怎麼會有這麼醜的男人，尖嘴猴腮，大腹便便。

「我不要嫁給你，快放我回家！」柳嫣哭喊道。

「妳再哭鬧也沒有用！」那人獰笑道：「妳看妳，都懷了我的孩子，妳還是老老實實的待著，把孩子生下來！」

「我懷孕了？」柳嫣低頭，才發現自己的肚子大的像鼓一樣，她都看不到腳尖了。

柳嫣驚呆了。這是怎麼回事？

忽然，就覺肚子痛得厲害，身下竟流出水來。

這時，一個中年婦人走了過來。「哎呀，妳還不躺下，妳這是快生了！我是接生婆，我來給妳接生！」

柳嫣只覺得肚子越來越痛，那接生婆還使勁按著她的下腹。「妳快使勁呀，使勁！啊，生出來了，生出來了！」

接生婆朝外頭高興地叫道：「老爺，恭喜您，生了十個男孩呢！」

她生了十個孩子，她是老母豬嗎？

「哎呀，老爺，不好了，她產後大出血，怎麼辦啊？」接生婆慌亂地叫道。

外面傳來男人涼薄的聲音。「孩子都有了，還要她幹麼？讓她自生自滅吧！」

柳嫣就覺她的身子越來越冷，身下的血越流越多，那紅色的血如潮般把她給淹沒了。

「啊，我不要生孩子——」柳嫣大聲叫著，睜開了眼睛。

她忙環顧四周，長吁了一口氣，原來是南柯一夢！

「嫣兒，妳怎麼了？」柳成源在對面屋裡焦急地問道。

柳嫣捂著仍被嚇得怦怦亂跳的心口，順了一口氣。「爹，我沒事，就是作了一個惡夢。」

「啊，那妳趕快摸著耳朵，給自己叫一叫。」

「知道了，爹。」柳嫣從炕上坐起身，用手搓了搓臉。

還真是日有所思，夜有所夢，這夢裡有一點倒是沒錯，她十六歲就生孩子的話，難產的可能性就會很大。

柳嫣苦笑了一下。難道她穿越到這古代來，是老天爺懲罰她之前的不婚主義，讓她再換一種死法？

得，她也不能坐以待斃了。

對了，她是穿越過來的，不知道官配這件事，但柳成源沒有失憶，他應該知道這件事，可柳成源這麼疼柳嫣，怎麼沒見他著急地給柳嫣找婆家呢？

柳嫣有心去問她爹，再一想，如果柳成源之前真的不知道這件事，被她說漏了嘴，那……那不得又哭成什麼樣子了。她如今可沒有心情安慰她爹，她得趕快想法子解決這件事。

柳嫣看了一眼外面，才發現她這一夢，時間還不短，天光都有些暗了。

柳嫣連忙下地，弄了口飯，端到東廂房。

房中，柳成源瞅著柳嫣的臉色，有心想問問她是不是發生了什麼事？可是尋思後，還是沒敢開口。

柳嫣餵完柳成源，自己剛吃了兩口，就聽柳三嬸在院門口叫道：「阿嫣，藥買回來了！」

柳嫣連忙出去。「三嬸子，我給柳大哥的錢夠嗎？」

「夠，還剩了八文錢呢！」柳三嬸把錢還給柳嫣。

三十多文錢買六包藥，看來這裡的物價還不算高。柳嫣忙又道謝。

這時就聽隔壁傳來錢春花的一聲大嗓門。「娘，真是氣死人了，您看那幫人狗眼看人低的樣子……」

接著是錢寡婦的呵斥聲。「妳喊什麼喊……」然後便沒了動靜。

柳三嬸撇了撇嘴。「我家兒子說，她們娘倆今天也去永平府了，和我兒子都是坐周老蔫的車，真是不知道又幹什麼浪事去了！」

錢寡婦娘倆去永平府了？柳嫣腦子裡忽然閃過一個念頭。她們不會是去找穆廷了吧？不過穆廷出官差，她們要去也找不到。

柳嫣想到這裡，笑著對柳三嬸道：「管她們呢，反正跟我們沒關係。」

柳三嬸離開後，柳嫣去灶間取了泥火爐和砂鍋，拿到院子裡開始熬藥。

她一邊熬，一邊想官配的事。

不管怎樣，她如今唯一可以依靠的人就是穆廷了。穆廷是官差，這方面的事肯定比她瞭解得多，還是等他辦完事回來，再好好商量、商量。

柳嫣這時才發現，原來在她心裡，還是沒有完全認可自己現在的身分。她要在這裡生活下去，對這個大齊朝的歷史、人文，以及各種法律、法規一點都不瞭解，即使這次逃過官配，要是再遇到其他事情時，她還是會兩眼一抹黑。

若這些事都去問柳成源，一來他也未必能全說清楚，二來他再胡思亂想，還得安撫他，不如自己買些書來研究。

拿定了主意，柳嫣心裡便數著日子，盼星星、盼月亮的等著穆廷過來，可十天過去了，穆廷是一點消息也沒有。

柳嫣有些坐不住了，正好柳成源的湯藥也吃完，柳嫣便和柳成源說一聲，準備藉買藥的機會進城去找穆廷。

柳嫣怕錢寡婦趁自己不在家，再來糾纏柳成源，就把搖椅拿到對門柳三叔家，讓柳成源直接在柳三叔家等她回來。

柳嫣又想到自己如今這美人模樣，從安全角度考量，從家裡拿了一塊花頭巾圍住頭，遮住半張臉，又戴了一個大斗笠，如此一來，她如果低著頭的話，就沒人能看清她的臉了。

她鎖上家門，用荷包揣了一錠銀子和幾枚銅錢放在懷裡，揹著個小竹簍，在柳成源的囑咐聲中去了村口。

等了一盞茶的時間，就見一輛大馬車從五羊村的方向慢悠悠地駛來，車上分成兩邊，已經坐了男男女女共五、六人。

柳嫣交了一文錢，上了馬車，坐在車前轅。

她來到古代還是第一次出門呢。這一路青山綠水，心情都跟著暢快不少。不過古代的車輪都是木頭做的，沒有避震功能，柳嫣覺得自己的身子隨著馬車一顛一晃的，都快搖散架了。

可當她看見永平府的城門時，這點抱怨就全部煙消雲散。

厚實古樸的城牆、高大巍峨的城門樓、來來往往的行人，還真像她在現代世界裡看劇組拍古裝劇的場景。

她心中不禁升起一種舊日重來的雀躍感。

馬車在城外排了隊，在城門口接受守門官兵的例行檢查後才進了城。

周老蔫把馬車停在離城門不遠的一個胡同裡，蔫蔫地說了句。「大家聽著，午時三刻回來，逾時不候啊！」

午時三刻？柳嫣滴汗。怎麼選了這麼尷尬的時間？現在看日頭差不多巳時了，離午時也只有一個時辰，還是趕快辦事吧。

柳嫣打聽了永平府府衙的位置，一路找了過去。

向東北邊走了一段，過了一條大十字街，柳嫣便看到一座牌樓，上面寫了三個大紅字——「宣化坊」。(注)

柳嫣心中一喜。找到了！

都說古代的衙門是「三班六房」，柳嫣看去，這府衙的面積倒真不小，應該是幾十個院落組成的建築群，但卻沒有柳嫣想像的巍峨堂皇，而是一副年久失修、灰突突的樣子。

柳嫣走到府衙前的小廣場，就見衙門兩側對稱的地方建有兩座亭子。

她瞄了一眼，一座叫做「申明亭」，裡面放著一面大鼓。這就是古代擊鼓鳴冤的地方吧！

另一座叫做「旌善亭」，裡面放著幾塊板榜，上面貼著官府的告示，什麼某鄉紳修橋鋪路、某孝子被舉薦孝廉，還有朝廷最新的旨意。這應該是府衙的公佈欄了。

柳嫣走到衙門口，上了臺階，見大門前有四個守衛，分別挎刀持槍，對面而立。

都說衙門口的人不好打交道，柳嫣上前，陪著笑臉道：「各位官爺，我想找穆廷穆大

注：關於衙門的描寫，參考了網路上的資料。

哥，請問他在嗎？」

「怎麼又是找穆大人的？」一個守衛皺著眉頭，打量著把臉包得嚴嚴實實的柳嫣。穆大人？這麼說穆廷還是當官的？

柳嫣一喜，笑道：「對，我找穆大哥，我是他的……他的親戚。」

「親戚？」四個守衛對視了下，其中一人鄙夷道：「我們可沒聽說穆大人還有什麼親戚。穆大人不在，妳還是趕緊走吧！」

這是不相信她的話了。柳嫣有些急了。「我真是他的親戚，他說如果他不在，讓我找胡老六胡大哥，他在嗎？」

「哼，胡大哥親自吩咐過，不會見妳們這些所謂的女親戚。妳還是快走吧，不然我們就趕人了！」一名守衛向前跨了一大步，按了按腰中挎的刀。

柳嫣忙退到臺階下。這是怎麼回事，穆廷會騙她？應該不是，那就是這幾個人不幫忙了。

她看過電視劇，一般這時候都要給這些守衛塞些好處。

柳嫣摸了摸懷裡的銀錠子。但也不能把這麼一塊銀子給他們吧？還是她先去城裡逛逛，把該買的都買了，剩下的錢再來賄賂他們。

柳嫣抬頭看天空。這時已近中午，陽光明媚，她頭上捂得太多，早已一頭汗。

她揭下圍頭的花頭巾，放在竹簍裡，頭上戴著斗笠，向南面大街走去。

走過一條東西的小橫街，就見到一條寬闊的南北大街，街前立著的青石碑上刻著四個大字——「朱雀大街」。

只見大街上商鋪林立，兩旁還有擺攤推車的小商販，街上人流如織，熙熙攘攘，一片熱鬧。

這應該是古代的商業大街吧？柳嫣加快步伐走過去，融進人流中。

米鋪、布鋪、胭脂鋪、茶館、酒樓、小飯館……應有盡有啊！

柳嫣感嘆。女人真的得多多逛街，看這塵世繁華，在衙門口剛才的那點鬱悶，全都消失殆盡了。

不過她還沒有被興奮感沖昏頭，還記得要先給她爹買藥。

剛好前面就是一家兩層樓的大藥鋪「百草堂」，柳嫣進了廳，門口迎客的夥計立刻招呼道：「這位姑娘，您是要看病還是抓藥？看病去樓上，抓藥那邊請。」

這藥鋪的格局倒與電視上演的差不多。柳嫣到櫃檯邊，拿出藥方給帳房的夥計。

夥計算了價錢，一共三十五文。柳嫣從懷裡掏出那錠銀子，遞給夥計。

這麼大塊銀子？

夥計有些驚訝地看了眼一身粗布衣服、村姑打扮的柳嫣。他見柳嫣露出的一雙黑葡萄般的大眼睛裡沒有一絲慌亂和膽怯，心中暗道：看來這銀子是她的，那這位是故意裝窮吧？

夥計用小秤秤了銀子，指給柳嫣看。「姑娘，您看清楚了，您這是十兩銀子。」

十兩？還真不少啊，今天逛街手裡有錢了。柳嫣心裡高興。

夥計又拿了特製的剪子，從銀子上面剪下一小塊。

柳嫣忙道：「這位大哥，麻煩你把這銀子多剪幾塊吧！」

夥計態度挺好，也沒嫌麻煩，幫柳嫣把銀子剪成十塊，留下一塊，重新秤了重量，找了柳嫣六十文錢，對一旁藥櫃的夥計喊道：「給這位姑娘抓藥！」

柳嫣買了藥，把藥包放進背簍裡，出了藥鋪，又往前面走。

第十六章　相見

走了一會兒，一家寫著「李記珍品鋪」門前，夥計大聲吆喝。「大食國剛到的新貨，西洋鐘、西洋鏡，都來看看新鮮啊！」

西洋鏡？柳嫣心裡一動，忙走過去。

夥計笑著迎上來。「這位姑娘，您請裡面瞧瞧，咱家可都是別人家沒有的好東西！」

柳嫣跟著夥計進屋，就覺眼睛被狠狠閃了一下，正對門口的竟是一面落地的穿衣鏡，裡面清晰地映照出柳嫣的身影。

這穿衣鏡四周的邊框，雖然還是這個朝代古色古香的木質雕花框，可依舊掩飾不了它就是一塊現代用的玻璃鏡。

柳嫣激動地指著穿衣鏡。「這個……這個……」

夥計笑道：「姑娘，妳算是真識貨，這可是個好東西，不過請您往後面站些，這鏡子跟玉一樣，容易碎，得好好看護著。」

夥計見柳嫣都快趴到鏡子上，這才出言勸阻。

柳嫣退後一步。「這個多少錢？」

「八百兩銀子。」

柳嫣看著夥計，頓時無語。不是說做夥計的都是伶俐人嗎？可這位是什麼眼神啊，她這身打扮，像是有八百兩銀子的人嗎？

「姑娘，這鏡子可是永平府獨一份，誰家都沒有，八百兩銀子不貴！」

不貴就不貴吧，反正她也買不起。柳嫣嘆了一口氣。

「姑娘，這個是我家鎮店之寶，我們是不會隨便賣的。」夥計笑著給柳嫣解釋了一句。

「不過，姑娘，妳可以看看這個。」

夥計從櫃檯上拿過一個小木盒打開。柳嫣伸頭一看，竟是一塊手掌大小的圓形玻璃鏡。

「這個多少錢？」柳嫣又有些激動。

「這個便宜，只要二兩銀子。」

二兩？她剛才問過銅鏡的價格，只要三十文錢，那銅鏡雖然沒有這個清晰，但也是可以用的。

柳嫣不自覺摸了摸懷裡。這玻璃鏡對她來說就是奢侈品，她現在的銀子是夠，但是一下子拿出二兩來買這個鏡子……柳嫣心中猶豫萬分。

夥計很會察言觀色。「這位姑娘，妳看這鏡子照人多清楚啊，它貴是貴了點，但我們這店裡也只有兩塊，妳要是錯過了，就再也買不到了。」

過了這個村，就沒了這個店，夥計推銷的話，對購物經驗十分豐富的柳嫣倒沒什麼影響，她主要考慮的還是錢的問題。

懷裡的銀子其實不是她的，是穆廷的，她這麼亂花他的錢好嗎？

唉，在原來世界裡當獨立女性當慣了，花別人的錢，總覺得沒底氣。

柳嫣戀戀不捨地看了看小圓鏡，不好意思地對夥計笑笑。「這、這……我再看看吧。」

柳嫣一步三回頭的離開「李記珍品鋪」。

往前走了三家店鋪，就看見一座三層樓，樓上掛著牌匾「墨香齋」，兩邊立柱上掛著木刻楹聯，上頭寫著「古今書籍憑君閱，四海文章任汝觀」。

太好了，她可以買書了！

柳嫣連忙走進去，樓內裝飾典雅，一股墨香撲面而來。

夥計迎了過來，上下打量柳嫣一眼。「這位姑娘，您有什麼事？」

「哦，我想看看史集和法典一類的書。」柳嫣瞄了一眼。這書店裡人不多，安安靜靜的，連夥計說話都細聲細語。

夥計又看了一眼柳嫣。這身打扮像是買書的嗎？不過進門都是客。「這位姑娘，您這邊請吧。」

柳嫣跟著夥計走進旁邊的偏廳，夥計從書架上拿了幾本書，放在書案上。「姑娘，您看看這幾本書是您要的嗎？」

柳嫣拿起書，努力分辨封面上的字體，好在原主是識字的，這些記憶還沒有抹去。

《大齊稗記》、《齊律—戶婚》、《大齊山河錄》，柳嫣仔細翻看了下，倒是有點意思。

「這三本書多少錢？」柳嫣問。

「《大齊稗記》六冊、《齊律—戶婚》兩冊、《大齊山河錄》四冊……」夥計邊說，邊用隨身算盤算了起來。「每冊二百文，共計二兩四錢銀子。」

竟然這麼貴？柳嫣瞅了夥計一眼。「不能再便宜點嗎？」

夥計笑了。「姑娘，這是印刷的，如果是手抄的，還要更貴呢。」

這裡也有印刷術了？這到底是什麼樣的一個朝代？

算了，知識無價，買吧！

柳嫣讓夥計把包好的書放在她身後的竹簍裡，書一放進去，就覺得雙肩一沈，她調整了下竹簍，出了書店。

剛出書店大門，迎面急匆匆地走來一人，柳嫣戴著斗笠，遮了眼睛，沒看清楚對面來人，那人也是低頭往書店裡走，兩個人就撞在了一起。

柳嫣被撞得踉蹌退後兩步，頭上的斗笠掉到地上。

那人手裡拿著一個包裹，嘴裡忙不迭的道歉，低下身子撿起斗笠，遞給柳嫣。「這位姑娘，對不……」

忽然，那人睜大眼，直愣愣地看著柳嫣，驚喜叫道：「阿嫣！」

柳嫣看著面前的清俊男子，書生打扮，一身青衫，戴著儒巾，倒也是個玉樹臨風的年輕人。

這人和柳嫣認識，還很熟悉嗎，竟然叫她阿嫣？

柳嫣看著這書生，不知該說什麼？

那書生倒是一副喜出望外的模樣，上前一步。「阿嫣，我找了妳和柳叔很長時間，沒想到會在這裡遇到妳！」說著竟忘情地要拉柳嫣的手。

柳嫣忙往後退了一步，把自己的手背到身後。

那書生看柳嫣一臉警覺的模樣，臉上的笑容頓時僵住，有些奇怪和委屈地看著她。「阿嫣？」

柳嫣只覺得自己心中無法抑制地湧出一股喜悅。這是來自原主的情感，這喜悅從心而發，讓她的嘴角不禁上翹含笑。

那書生見柳嫣微笑起來，這才放鬆下來，也跟著笑了。「阿嫣，妳怎麼一個人在這裡？柳叔呢？」

柳嫣忙從原主的記憶中調取眼前人的資料，可是什麼也沒想起來，腦袋卻又一疼。她哎呀一聲，忙用手捂住額頭的傷口處。

那書生見柳嫣疼痛難當的樣子，忙緊張地上前一步，手就要去摸柳嫣的額頭。「阿嫣，妳這是怎麼了？」

忽然，柳嫣覺得自己的胳膊被人拉住，向後一轉，就被擋在一個高大身影的背後，耳邊傳來熟悉的聲音。

「你是何人？怎敢如此無禮！」

穆廷！

柳嫣驚喜的忘了頭痛，她放下手，抬起頭，面前的身影正是穆廷。

就聽穆廷語氣嚴厲的質問那位書生。

她從穆廷身後探出頭，見那書生像被穆廷的氣勢嚇到，面色有些慌亂，反問穆廷。

「你、你又是何人？」

穆廷回頭看柳嫣，溫和道：「阿嫣，妳可認識他？」

柳嫣用手點了點自己的頭，那意思是她想不起來了，然後向穆廷露出一個大大的笑臉，穆廷也忍不住笑了。

「阿嫣，妳認識他嗎？」對面的書生也穩住慌亂的情緒，有些著急地問。

柳嫣看著書生。她失去原來的記憶，是真的不認識這個人了。

那書生見柳嫣看著他的陌生眼神，和與她身邊那高大男子親密的姿態，心中的嫉妒混雜各種情緒，不禁臉有些脹紅，略帶委屈地又叫了聲。「阿嫣！」

穆廷知道柳嫣失去了記憶，看著面前這個書生著急的模樣，這人應該是認識柳嫣的。不過他心中對這個看上去與柳嫣容貌、氣質很是相配的俊雅書生，有著莫名的牴觸。他微微側了身子，擋住書生的視線，低頭對柳嫣道：「阿嫣，我們走吧。」

柳嫣微笑地點了點頭，穆廷便護著柳嫣轉身往街口走。

那書生連忙追上來。「阿嫣，妳要去哪裡，妳和我說句話呀！」

不過只走了幾步，他就被幾個大漢擋住了去路。

書生看這四名壯漢全都是官差打扮，腰間帶著刀，一臉凶相，這些人應該和那名高大男子是一夥的。

書生無奈地停下腳步，仍不死心的向柳嫣離去的方向，著急地大聲叫道：「阿嫣，妳和柳叔如今住在哪裡？我該如何找你們？」

柳嫣回想剛才見到書生時，心中的那份喜悅，原主應該是認識這個人的。她忍不住回頭，看那書生一臉不知所措的模樣，心一軟，便脫口而出。「你既然認識我爹，就該知道我爹是哪裡人，我們如今回原來的村子住了！」

那書生聞言，欣喜地猛點頭。「阿嫣，我知道、我知道，我會去看柳叔的！」

柳嫣不再理他，回頭就見穆廷盯著她，那目光竟讓她有些心虛。

她忙解釋了一句。「穆大哥，我如今想不起來，我想也許我爹認識他。」

穆廷不置可否地嗯了一聲。

柳嫣笑道：「穆大哥，你什麼時候回來的？我剛才還去衙門找你呢，但守門的說你不在。」

穆廷看著柳嫣臉上因見到他而露出的喜悅，心中因她剛才和那書生說話而產生的鬱悶便煙消雲散。

「我剛剛進城，聽胡老六說妳來找我，就過來尋妳了。」穆廷也笑著道。

「胡老六？我剛才沒有見到他，就被你們守衛給攆走了。」柳嫣回頭看跟著而來的胡老六。

「啊，剛才我出衙門，聽守門的兄弟說了，我聽他們描述的外貌，猜測應該是柳姑娘，正好穆哥回來，我就和穆哥說了，便過來尋妳，沒想到真找到了！」胡老六解釋了句。

柳嫣朝他皺了皺鼻子。「那守衛還跟你說我了？他們剛才對我的態度，可是像把我當騙子了！」

可不就把妳當騙子了嗎？胡老六嘿嘿笑道：「柳姑娘，不怪他們，這幾日錢寡婦母女倆來了兩趟，要、要見穆……我就叫守衛給擋了，把她們攆跑了。」

錢寡婦母女倆還真來找穆廷了？柳嫣不知道說什麼好了。

她停下腳步，對穆廷和胡老六歉意道：「穆大哥、胡大哥，給你們招惹麻煩了。」

胡老六搖手。「不麻煩、不麻煩，兩隻臭蟲，直接打發了！」

穆廷見柳嫣像是不舒服般挪動肩上竹簍的背帶，笑著伸出手。「把竹簍給我吧！」

柳嫣也覺得竹簍有些沈，便不客氣的從肩上拿下竹簍。

穆廷接過來，倒是有些分量。他看竹簍上面蓋著花頭巾，問道：「妳這是買了好東西了？」

「給我爹買的藥，還有些書。」

「書？」穆廷看了柳嫣一眼。

……哎，這花的可是穆廷的錢，柳嫣有些不好意思的解釋了句。「我如今忘記了很多事，想看看書，看能不能找回原來的記憶？」

「嗯，能多看書當然是好的。」穆廷認真的誇了一句。「阿嫣，妳今天來找我有什麼事嗎？」

當然是有事了，不過當著胡老六這些人的面，有些話還是不好說。柳嫣正琢磨著該怎麼開口，一抬眼，才發現天上烏雲密布，竟是變了天、要下雨的模樣。

柳嫣忙問：「穆大哥，現在是什麼時辰了？」

「應該過了午時了。」

啊，她竟逛了這麼長的時間！

柳嫣急道：「穆大哥，我是坐五羊村的馬車過來的，趕車的說，過了午時三刻，車就走了，不等人的，我今天要是回不了家，我爹不知道有多著急呢，這可怎麼辦？要不，你借我一匹馬，我等會兒騎馬回去！」

「妳會騎馬了？」穆廷有些驚訝地反問。

「啊？會啊！」柳嫣奇怪地看著穆廷不自然的表情。她在原來的世界裡就會騎馬的。

如今她竟已經學會騎馬了？穆廷看著柳嫣不明所以的樣子，耳邊彷彿聽到小柳嫣的聲音——

「小山哥哥，等我長大了，我也要騎馬，但我不會跟別人學，我只要你教我，你也只能教我一個人，好不好？」

他那時是怎麼回答的？

「好，我只教妳一個人，妳好好學，以後我們一起騎馬出去玩！」

如今是誰教會她騎馬的？是柳叔，抑或是別的男人？

他們分隔的時間太久了，她的許多事情，他都不瞭解了。

「我這裡有馬，但妳認識路嗎？」一個小姑娘自己騎馬，穆廷怎麼能放心？

柳嫣皺著眉頭看穆廷。她都忘了她是第一次出門，如果一個人回去，還真不認識路。

這可怎麼辦？

這時，胡老六插嘴道：「柳姑娘，妳不用擔心，我這就騎馬去牛頭村，今晚就留在那裡照顧柳叔。妳好不容易進城一回，這天又要下雨了，妳就別急著走了。」

嗯……這倒是一個辦法，正好今晚不走，和穆廷說一下官配的事。

柳嫣連忙道謝。「那就麻煩胡大哥了。」

「不麻煩，穆哥他們幾個剛辦完事回來，都累著呢，就我閒了這些時日，沒事！」胡老六笑道：「穆哥，那我先去了。」

旁邊跟著穆廷一起來的另外三個漢子，其中一個一把拉住胡老六的胳膊，低聲調笑道：「喲，咱們胡老六長能耐了，竟然會憐香惜玉獻殷勤了！」

胡老六甩開那人的手，瞪了他一眼。「胡嘞嘞什麼呢！」

說完拿眼神示意前面並肩而站的柳嫣和穆廷。「那才是小別勝新婚呢，你們幾個做兄弟的長點眼色，今晚誰都別給穆老大添亂！」

這三人一臉恍然大悟的模樣，連連點頭。「明白、明白，今晚我們誰都不去打擾老大。」說著向胡老六豎起大拇指。「行啊，老六，夠哥兒們，那你快走吧！」

穆廷聽到兄弟們在後面的嘀咕，心一跳，臉就有些發熱，他掩飾的咳嗽一聲，拿眼角餘光去看柳嫣。

柳嫣的耳力哪裡比得上穆廷，她根本沒聽見後面這些人的話。

她抬頭看了看天。「穆大哥，要下雨了，我是不是得先找間客棧住下來？」

「不用。」柳嫣一個小姑娘自己住客棧，穆廷可不放心。他單手拿著柳嫣的小竹簍，笑道：「阿嫣，妳和我走吧！」

第十七章　借宿

柳嫣跟在穆廷身後，就見穆廷大步向前走著，微風掀起他的衣角。她看著他挺拔的背影，莫名覺得安心。

穆廷帶著柳嫣向府衙方向走，柳嫣小跑跟上去，和穆廷並肩。「穆大哥，這是去府衙嗎？」

「嗯。」穆廷見柳嫣努力追趕他的速度，忙放緩腳步，配合柳嫣的步伐。「如今永平府的知州大人是新到任的汪大人，我前幾天就是去接他和他的家眷。今晚，你就在府衙內院汪夫人那裡休息一晚吧。」

柳嫣聽柳成源說過，這永平府雖屬於金州府管轄，但它算是直隸州，下面統管清遠縣和青山縣兩個大縣，知州的品階只比知府低半格，知府為從四品，知州為正五品。

意思是，她現在要被穆廷帶著去見市長和市長夫人？

柳嫣停下腳步。「穆大哥，我去汪夫人那裡好嗎？不會給你和她添麻煩嗎？」

穆廷笑道：「不會的，妳放心吧，就是汪夫人她們也是前天才到，內院應該也是剛剛收拾完，可能會亂一些，她們有什麼招待不周的地方，妳就多擔待些。」

她多擔待市長夫人？柳嫣額前冒出三條黑線，微噘著嘴看著穆廷。

穆廷輕笑出聲。「妳放心，汪夫人一定會喜歡妳的。」

柳嫣斜眼看了穆廷一眼。這傢伙肯定是有話沒完全說。算了，他都這樣安排，肯定有他的道理，反正她一個小老百姓，能去永平府的最高機構官邸開開眼，也是難得的機會。

如果鬧出什麼笑話，就讓穆廷擔著，誰讓他把她帶進來了。

柳嫣對穆廷齜齜牙，笑了。

穆廷大概能猜出她的想法，心中好笑。這樣的她還像是小時候一樣，只要他在，她就什麼都不管了，所有事都有他替她撐著。

這回柳嫣跟著穆廷來到府衙門口，待遇就不一樣了。

四名守衛看到穆廷，連忙施禮。「穆大人！」

穆廷讓柳嫣上前，向四人點了點頭，微笑介紹道：「這位柳姑娘是我的親屬，下回如果她來找我，麻煩告訴其他守門的兄弟們，一定要替我通報一聲。」

那四人忙應了聲。「是！」臉上不禁露出些尷尬的神情。

之前胡老六出來時，他們把趕走柳嫣的事和胡老六說了，本是為了邀功，誰知胡老六問了女子的身材和長相後，就有些著急了，說可能真的是穆大人的親人。

正好穆大人帶著人從外面回來了，在門口聽胡老六一說，一番詢問後，知道這女子是往南而去，便趕緊帶人去找，沒想到還真的找到了。

如今柳嫣知道他們對自己的態度是因為錢寡婦，反而不生氣了。

她摘下斗笠，笑著對四個人道：「四位大哥，是我剛才沒有說明白，讓你們誤會了。」

喲，這位穆大人的女親戚長得可真好看，而且嘴也挺甜，還當著穆大人的面替他們說好話呢。

這些守衛天天站在府衙門口，什麼人沒見過，心思都伶俐的很，忙笑道：「柳姑娘放心，我們這些兄弟都知道了，您下回來就方便了！」

柳嫣笑著行了一禮。「那就謝謝各位了。」

說話間，豆大的雨點便砸了下來。

那守衛忙道：「穆大人，門房裡有傘。」

穆廷聽了，忙帶著柳嫣進了府衙。門房裡休息的人看見穆廷進來，就有人跑上來，遞過兩把傘。

穆廷撐起一把遞給柳嫣，兩人打著傘往府衙裡走。

柳嫣撐著傘，又戴著斗笠，只能看見眼前的路。感覺穆廷帶著她七拐八彎，走了挺長一段，到了一處遊廊，遊廊的盡頭是一個大月亮門。

穆廷收了傘，見柳嫣上半身打著傘，沒有被雨淋濕，但裙角和鞋子都被雨水打濕了。

「阿嫣，妳先在這裡等我一下，不要亂走。」穆廷叮囑道。

柳嫣乖巧地點了點頭。

穆廷走了兩步，又回頭道：「就在這裡等我就行。」

柳嫣笑了。他還真把她當孩子了。「好，我不亂動。」

穆廷也笑了，快步走到月亮門前敲了下。過一會兒，門開了，一位打著傘的婆子走了出來。

柳嫣見穆廷和那婆子說了兩句話，回頭又看了她一眼，跟著那婆子進了月亮門。

柳嫣在外面等了不到半盞茶的時間，就見月亮門一開，穆廷走了出來，她連忙上前。

「阿嫣，妳和這位孫大娘進去吧，她會帶妳去見汪夫人。我剛才都已經和汪夫人說了，這是內宅，我不好多待，明天一早我再來找妳。」穆廷細細交代。

柳嫣應了，向那門口的婆子福了一禮。「大娘好。」

那孫大娘忙回禮。「姑娘客氣了。」又對穆廷笑道：「穆大人放心，我這就帶柳姑娘進去了。」

柳嫣跟著孫大娘走進月亮門，回頭間，就見穆廷站在遊廊裡看著她。

她向他搖了搖手，穆廷也向她擺了擺手，意思是讓她快點進去。

柳嫣一笑，撐起傘，跟著那孫大娘進了院子，沿著遊廊，穿過穿堂，就到了一個主院前。

院門口，兩個穿淺綠色衣裳的丫鬟打著傘站在那裡，孫大娘忙笑道：「讓妹妹們久等了，人我帶來了。」

那兩個丫鬟笑道：「柳姑娘，夫人讓我們在這等您，您這就和我們進來吧！」

柳嫣和孫大娘揮了揮手，跟著兩名丫鬟進了院。

正房門口屋簷下，一位穿戴整齊的四十歲婦人已經站在那裡。

兩名丫鬟帶著柳嫣上臺階，笑著給柳嫣引薦。「柳姑娘，這是夫人身邊的周嬤嬤。」

柳嫣忙向那嬤嬤行了一禮。「周嬤嬤好。」

周嬤嬤也還禮。「柳姑娘客氣了，剛才穆大人已經和夫人說了，不過夫人剛剛吃過藥，要休息一會兒，便讓我在這裡接您。」

周嬤嬤仔細打量了下柳嫣，見柳嫣的裙角和鞋子都被雨水濺濕，想起剛才穆廷特意和夫人說，讓夫人給眼前的這位姑娘先找一套衣服換上。

這穆大人對這個小姑娘倒是真細心。

周嬤嬤朝房裡輕聲叫道：「司琴。」

就見門簾一挑，一位穿著淡綠色高腰裙的大丫鬟走了出來，身材苗條，面容姣好。

「司琴，這是穆大人的妹妹柳姑娘，妳帶她先去東廂房休息，讓柳姑娘先把濕衣服換下。」

司琴笑著應下。「夫人已經吩咐好了。」說著打量柳嫣一眼，笑道：「柳姑娘跟我來吧！」

說著又對那兩名丫鬟笑道：「妳們也跟著過來，把柳姑娘的屋子收拾出來。」

柳嫣跟著三個丫鬟沿著屋廊，轉過正房，到了東廂房。

柳嫣一進屋，就見房裡其實收拾的非常乾淨，佈置的很清雅。

司琴對柳嫣笑道：「柳姑娘，您稍坐一下。」

那三個丫鬟打開屋角的櫃子，拿了被褥等物出來，開始鋪床。

柳嫣見了，忙要上來幫忙，司琴卻笑道：「柳姑娘，您坐著吧，我們三個就夠了。」

這時門一開，四個粗使婆子走進來，手裡各拎著一桶熱水，轉到床腳屏風後面。

接著又進來一個小丫鬟，手裡捧著一套衣服。「琴姊姊，這是妳要的衣服。」

司琴接過衣服，對柳嫣笑道：「柳姑娘，這是我家夫人的衣服，還沒有穿過，您和我家夫人的身材相仿，夫人說了，這件衣服您拿去穿，把身上的濕衣服換下來吧！」

柳嫣忙推辭道：「我怎麼能穿夫人的衣服，找件別人的衣服就行了！」

「夫人說給您穿，您就穿吧，就不用客氣了。」

這時四個婆子出來。「司琴姑娘，水已經弄好了。」

「麻煩幾位了。」司琴笑道，把衣服放到柳嫣手裡。「柳姑娘，您去洗個熱水澡吧，祛祛濕氣，別得風寒了。」

柳嫣盛情難卻，拿著衣服，轉過屏風，裡面還有一間淨房。

哦，臥室帶了浴室，這倒是挺方便的。

柳嫣剛要回身關門，就聽見屋裡剛進來的小丫鬟笑著問：「琴姊姊，剛才這位姑娘是誰呀，妳怎麼還親自照顧她，夫人還給了她衣服？」

就聽另一個丫鬟笑道：「妳不知道，這位柳姑娘是穆大人的妹妹，那不就是妳司琴姊姊未來的小姑子嘛，都快是一家人了，她不得好好殷勤招待？」

「怪不得呢，我就說司琴姊姊怎麼這麼上心！」

就聽那司琴嬌羞地道：「妳們這些小蹄子，竟然拿我打趣，看我不撕了妳們的嘴！」

「不敢了、不敢了！」三個丫鬟笑鬧著求饒。

「噓，小聲點，別讓那柳姑娘聽到了。」

柳嫣忙把門關嚴，心不禁沈下。按剛才這些丫鬟的話，這司琴和穆廷竟是有關係的，原來穆廷是有心上人的？

柳嫣還沒來得及深想剛才腦子裡閃過的念頭，注意力就被眼前的東西奪去。眼前赫然放著一個木製的大浴桶，裡面放著熱水，熱氣蒸騰。

她有多長時間沒有泡過澡了！

柳嫣忙把手中的乾淨衣服放在架子上，三下五除二地脫下身上的衣服，跨進浴桶中，把全身泡在水裡。

柳嫣舒服地嘆了口氣。她的肌膚就像一朵快要枯萎的花，終於得到甘霖的滋潤。直洗到水都有些涼，柳嫣才從浴桶裡出來，穿好內衣，取來汪夫人送給她的衣服。

她這才看清楚，這竟是一襲湖水色的錦緞長裙。

她來到這古代，還是第一次看到這麼好看的衣服，簡直就是一件工藝品啊！

「柳姑娘，您洗好了嗎？」門外傳來丫鬟的聲音。

呀，還有人在外面等她。

柳嫣忙穿好長裙，拿了乾淨的棉布手巾，一邊擦頭髮，一邊走出淨室。

屋裡，剛才在院門口迎接她的一個丫鬟還在，見了沐浴後的柳嫣出來，眼睛不禁一亮。

其實小丫鬟也是有見識的，她家夫人就是大美人，夫人跟前的司琴等四個大丫鬟，也都算是小美女了。

但面前這位姑娘，吹彈可破的雪白肌膚，以及那一雙如水明眸，倒自有一番風韻，讓人驚豔。

柳嫣歉意道：「讓姊姊久等了。」

丫鬟忙賠笑。「柳姑娘客氣了，司琴姊姊剛才交代，讓我等姑娘出來，幫姑娘整理整理。來，我幫您弄頭髮。」

柳嫣這才看到，丫鬟腳下放了一個小炭火盆。

這是要做什麼？

丫鬟請柳嫣坐下，把炭火盆拿到柳嫣身後。

原來這炭火竟是用來烘乾頭髮的，這古代人倒是聰明，相當於現代的吹風機了。

丫鬟一邊撩起柳嫣的頭髮，讓炭火的熱氣烤乾，一邊用棉布擦拭，嘴裡還誇讚道：「柳姑娘，您的髮質真好，又黑又亮，簡直像黑緞子一般！」

柳嫣被她的話逗笑了。「不知該怎麼稱呼姊姊呢？」

「柳姑娘叫我蕙香就行。」

柳嫣和蕙香聊起天來，到底是雙管齊下，一盞茶的時間，柳嫣的頭髮就乾了。

蕙香笑道：「柳姑娘想梳什麼樣的髮式？」

柳嫣不好意思地道：「我只會梳簡單的樣式。」

「那我來給您梳吧！」蕙香自告奮勇。「柳姑娘您坐到這裡來。」

柳嫣依言坐到梳妝檯前，蕙香拿起桃木梳子，熟練地為柳嫣梳理一頭如墨秀髮。

柳嫣見蕙香又打開梳妝檯上的妝奩，從裡面拿出一支玉簪，要往她頭上插，忙阻攔道：

「蕙香姊姊，這個就不用了吧！」

蕙香當然明白柳嫣的想法，笑道：「這是夫人剛才派人特意送過來的，柳姑娘還是用了吧，不然就浪費夫人的一片心意了。」

這……柳嫣還是猶疑。

「柳姑娘，這客隨主便，您還是聽夫人的安排吧！」蕙香還是很會說話的。

「蕙香姊姊，只要戴一樣就行了。」柳嫣無奈，看著妝奩中的各式貴重頭飾，忙交代了一句。

這邊柳嫣剛打扮好，就聽門外有人叫道：「蕙香，柳姑娘弄好了嗎？夫人請柳姑娘過去呢！」

「好了、好了！」

柳嫣忙站起身，蕙香打開房門，三人一起去了汪夫人的正房。

第十八章　家宴

外面的雨還在淅淅瀝瀝地下，柳嫣到了正房門口，就有守在門邊的丫鬟挑起門簾，對屋裡笑著通稟。

「夫人，柳姑娘到了！」

柳嫣進了正房，就見正中央的如意石榴黃梨木軟榻上，坐著一位三十左右的女子。

蕙香笑著向夫人行禮。「夫人，這位就是柳姑娘。」又對柳嫣道：「柳姑娘，這是我家夫人。」

陰雨天，房中其實有些暗，柳嫣第一眼並沒有完全看清這位汪夫人的容貌，可她心中的震驚已是掩飾不住。

美人畫骨不畫皮，一顰一笑皆動人。

面前的這位佳人，只靜靜地坐在那裡，就像自帶光環一樣，讓人第一眼就能感受到她奪人心魄的芳華。

蕙香替柳嫣引薦後，見柳嫣並不說話行禮，只是直愣愣的看著她家夫人發呆。

蕙香抿嘴一笑。柳嫣和其他第一次見到她家夫人的人反應一樣，都被她家夫人的容光給震懾住了。

蕙香又輕聲喚了一句。「柳姑娘？」

柳嫣這才反應過來，忙低頭向前一步，施禮道：「夫人好。」就聽一道清潤柔和的聲音，宛如空谷鶯啼，婉轉動聽。「柳姑娘不必多禮，快來坐下。」

蕙香忙請柳嫣在軟榻旁的海棠椅上坐下。

柳嫣規規矩矩地坐好，就聽汪夫人對屋裡站著的丫鬟和婆子們說道：「周嬤嬤留下，其餘人都下去吧！」

這是要找她單獨談話？難道還要說什麼外人不能知道的事？

待屋裡伺候的人都退下去，汪夫人笑道：「柳姑娘，不必緊張，說來妳雖是穆大人的妹妹，但與我也是有些淵源的。」

她和市長夫人有淵源？柳嫣疑惑地抬頭看向汪夫人。

美人到底是美人，是越看越美，不過怎麼美人臉色有些蒼白，竟是有些病態？

柳嫣不自覺的想起《紅樓夢》中，形容林黛玉的那句話：心較比干多一竅，病如西子勝三分。

汪夫人見柳嫣又瞅著她發呆，心想這姑娘倒是真性情的人，便用帕子掩口一笑。「柳姑娘今年多大了？」

柳嫣忙低聲細語地回了，因為面對這樣的病美人，彷彿聲音太大都會驚擾到她。

汪夫人感嘆道：「沒想到小嬌的女兒都這麼大了，時間真快啊！」

小嬌的女兒？是在說她嗎？柳嫣有些詫異的看著汪夫人。

汪夫人微微一笑。「我剛說與柳姑娘有些淵源，是因為我與妳母親是手帕交。」

這汪夫人竟是原主母親的閨密！

就聽汪夫人娓娓道來。「我和妳母親的名字裡都有一個『嬌』字，當年在京城裡得了一個『京城二嬌』的美名，我虛長妳母親兩歲，便叫做『大嬌』，妳母親被稱作『小嬌』。

「當時有句話是讚妳母親的：『小嬌如畫，畫筆生嬌』。妳母親的畫是京城貴女中的一絕，連太后娘娘都曾稱讚過。只是可惜，後來妳母親十四歲時就離開了京城，和溫大人來了這永平府，沒想到自此竟是天人永別了。」

說到這裡，汪夫人拿帕子掩了掩泛紅的眼眶。

柳嫣看著她難過的樣子，不知如何安慰？

旁邊的周嬤嬤忙給汪夫人遞上一杯茶。「夫人，那杜大夫不是說了，您的情緒不宜大悲大喜。」

杜大夫是指杜仲嗎？看來這汪夫人的身體是真的有恙了。

汪夫人喝了一口茶，對柳嫣歉然一笑。「今日見到妳，便想起了些故人舊事，竟有些情難自已了。不過，妳和妳母親的容貌長得很像，也是十分美麗。」

「夫人才是真正的絕代佳人呢。」柳嫣是真心的讚美。

「什麼絕代佳人，我已經老了，像妳這樣的年紀，才是正當年華！」汪夫人被柳嫣逗得開心地笑了。

她接著又問了柳嫣如今的一些情況，聽完柳嫣的講述，汪夫人唏噓不已。「妳這孩子倒是受苦了，這些年，穆廷穆大人一直都在找你們。」

穆廷找他們父女兩個的事，連汪夫人都知道了，看來穆廷一定沒有少折騰。「穆大哥是忠義之人，一直想著我們父女兩個。」

「對，穆廷是個重感情的人，我聽說過他和你們家的事情，這一飲一啄，都是前緣啊！如今穆廷也回到這永平府了，他一定會好好照顧你們的。」

柳嫣點了點頭。「穆大哥前些日子還去我們家幫忙收拾房子了。」

汪夫人也點了點頭。「穆大人是細心人。對了，我這裡還有妳母親當年送我的一幅畫，我拿給妳看看。周嬤嬤，妳去我的書房，把多寶閣二層上放的雕梅花的畫筒拿來。」

周嬤嬤聞言，去了隔壁屋子，一會兒，便拿了一個畫筒進來，遞給柳嫣。

因是下雨天，此時屋裡已經黑了下來，周嬤嬤喚丫鬟進來點上屋中的燭火。

柳嫣從畫筒中拿出畫，小心翼翼地展開畫軸，上面畫的是一幅工筆的荷花圖，手法細膩生動，色彩豔而不濃，的確有名家風範。

柳嫣見畫的落款，上款是「十里荷香」，下款為「甲申年暮夏望春日，夢裡閒人溫玉嬌偶得」，還蓋了紅色的印章。

溫玉嬌。柳嫣看著這三個字，心裡如翻起驚濤駭浪一般，起伏不定。

汪夫人看著柳嫣拿著畫軸的手微微顫抖，一雙眼睛直直看著畫，一言不發，可見心情十分激動。

「柳姑娘，我就叫妳阿嫣吧，這幅畫在我這裡很多年，今日沒想到能見到妳，我就把它交還給妳了。」

「夫人……」柳嫣看著汪夫人，嘴唇微抖，半晌低下頭，誠心誠意道：「謝謝您。」

「不必客氣，這樣才是最好的安排。」汪夫人感慨道。

柳嫣收好母親的畫，站起身，斂袖向汪夫人鄭重一禮。「今日得見夫人，蒙夫人憐愛，賜還母親丹青，柳嫣不勝感激！」

汪夫人忙讓周嬤嬤扶起柳嫣。「阿嫣不必如此，我今日見妳，心中也是甚為高興。」

正說話間，外面傳來司琴的聲音。「夫人，大人命人傳話，說等會兒就回來了，穆大人也會一起過來用晚膳。夫人，是否可在西廳傳膳了？」

「哦，竟然到晚膳時間了，把燈燭都點起來吧。命人準備傳膳，大人回來讓他直接到西廳。」

司琴應了一聲。

汪夫人對柳嫣笑道：「阿嫣，正好穆大人今日也過來了，等會兒妳就和我們一起用晚飯吧！」

剛才和穆廷分開時，穆廷說明天早上才能見面，沒想到晚上就又能見到他了。柳嫣心中歡喜，本想推辭的話便沒有說出口，而是乖巧的點了點頭。「謝謝夫人。」

守在外面的丫鬟們在此時進了屋，汪夫人站起身，周嬤嬤立刻拿來一件素色披風。「夫人，外面剛下過雨，有些涼，您披上這個吧。」

汪夫人點了點頭，就有丫鬟上前給汪夫人穿戴。

汪夫人扶著丫鬟的手，帶著柳嫣出了正房，去了西廳。

西廳內，燭火通明，丫鬟們輕手輕腳地往上傳菜，汪夫人和柳嫣坐在一旁的椅子上等著汪大人和穆廷。

這時司琴笑著過來道：「夫人，今日大人拿回來一簍大閘蟹，我已讓廚房給蒸上了！」

大閘蟹！她多長時間沒吃過了，不，是多長時間連這個名字都沒聽到了，坐在一邊的柳嫣默默心疼了自己一秒鐘。今日竟然能在這裡吃到，也算不枉此行。

西廳門口傳來一陣腳步聲和爽朗的笑聲，汪夫人臉上露出笑容，站了起來，柳嫣忙也跟著站起身。

門外走進兩人，走在前面的是一位年近四十左右的男子，面容俊逸，氣質雍華，可以看出年輕時必是一位美男子。

這位就是汪大人？難怪，也就是他這般出眾的容貌，才能配得上汪夫人這樣的絕代佳人。

跟在汪柏林身後進來的是身材高大的穆廷。

柳嫣只覺得穆廷眉目俊朗，威武不凡，那一身凜然氣勢對比和風霽月般的汪大人，竟是毫不遜色。

柳嫣不由得看著穆廷笑了。

穆廷走進西廳，一眼就看見站在椅子邊的柳嫣。

她頭頂的烏髮盤成了垂鬟髻，用兩根白玉梅花釵固定住，其餘的青絲如黑緞般垂在身後。

她穿著一襲湖水色芙蓉撒花長裙，這一身錦衣更顯她皮膚白皙，身材窈窕修長，比起平時一身粗布衣裳，別有一番風采。

月下觀花，燈下看美，自比白日更添意境。

更何況美人如畫，還正望著他盈盈而笑，讓穆廷一時間竟有些恍惚，如墜雲端，不知今夕何日。

汪柏林進來後，逕自走到汪夫人面前，笑道：「夫人！」說著伸手扶住了汪夫人。

汪夫人對丈夫微微一笑，準備和他身後的穆廷打聲招呼，不過她看去時，就見穆廷站在門口，雙目熠熠地看著柳嫣，竟是一動不動。

汪夫人朝自己的丈夫挑了挑眉。

汪柏林了然一笑，咳嗽了一聲。「穆廷，站在門口做什麼？還不趕快進來。」

穆廷方才回過神，臉忽地就有些熱了。他先對柳嫣一笑，然後走到汪夫人面前，抱拳施禮。「夫人！」

汪柏林笑道：「剛才在門口碰見穆大人了，說是給咱們送了一簍大閘蟹，這可是穆大人頭一遭給咱們送禮，承蒙好意，我就邀請穆大人和我們一起用晚飯了！」

汪夫人拉了長聲。「哦——原來那蟹子是穆大人送來的，真是有心了！夫君請穆大人吃飯是應該的。」

穆廷有些無奈的看著這夫妻二人一唱一和的拿他打趣，連忙又對汪夫人拱手，討饒道：

「那就謝謝嫂夫人了！」

汪柏林哈哈一笑。「好了，小山子，快坐吧！」說完，目光掃向站著的柳嫣。

汪夫人忙向他介紹。「夫君，這位是柳姑娘，小山的親人，她也是溫閣老的外孫女。」

柳嫣忙向前一步。「民女拜見大人。」

汪柏林忙伸手虛扶一把。「柳姑娘不必多禮，快一起坐下吧。」

汪夫人也笑道：「這是家宴，阿嫣不必客氣了。」

四個人坐到桌前，柳嫣看汪夫人坐在汪大人的左邊，她便也依次坐到汪夫人的左邊，沒想到穆廷卻沒有坐到汪大人的右邊，而是靠著她落坐。

菜都已經上桌，汪夫人謙讓了一下，大家便動起了筷子。

這汪大人和汪夫人倒是簡樸之人，桌上一共是六菜一湯，都是家常菜，沒什麼大魚大肉。

汪夫人對穆廷笑道：「之前不知你今晚過來吃飯，這些都是素菜，已經讓廚房給你做紅燒肉了。」

汪夫人知道像穆廷這些當兵的都是無肉不歡。

穆廷一笑。他雖然愛吃肉，但是當兵打仗，餓肚子是常有的事，能吃口飽飯就行，對吃的沒什麼挑剔的。「這些菜已經很好吃了。」

「好吃就多吃點吧！」

正說著，後廚上來一盤紅燒肉和兩盤大閘蟹。

上。

旁邊伺候的人是汪夫人的四個貼身大丫鬟，司書和司棋忙接過菜盤，輕手輕腳地放在桌

司琴和司畫拿了兩套「蟹八件」上來，要為四人弄蟹肉。

汪柏林搖了搖手。「妳們四個都下去吧，我們自己來就好。」

柳嫣就見司琴眼角瞟著穆廷，咬著唇，有些不情願的跟著三人出了門。

待丫鬟出去後，柳嫣感覺到穆廷和汪大人明顯放鬆下來。

他們兩個各拿起一套「蟹八件」，熟練地用裡面的剪子、圓錘、鑷子和叉子等物，取出大閘蟹裡的蟹黃、蟹膏和蟹肉，分別放在旁邊的小碗中。

一連弄了三、四隻後，方停下手。

汪柏林挾了一小塊蟹肉放到汪夫人面前的小碟裡。「蟹子性涼，妳嚐嚐就行了。」

汪夫人點了點頭。「你多吃點。」

柳嫣見穆廷從小碗裡也撥了些蟹肉和蟹黃到小碟裡，點了些黃酒，遞給了她。

……怎麼就給她這麼一點，還不夠她一口吃的呢！汪夫人是身體弱，吃不了，她身體可好著呢。

穆廷見柳嫣努了努嘴，就知道她心裡所想。「剛才大人不是說了，蟹子性寒，不能多吃，妳小時候曾因為連吃了五隻鬧過肚子呢，少吃一點，嚐嚐鮮就好。」

柳嫣抬眼看著穆廷，弱弱的低聲說了句。「我如今長大了……」

人大了，胃口就大了，這麼點哪裡夠吃！

動。

穆廷忍不住笑了，又拿起小碗給柳嫣撥了些。「只能吃這些了。」

想當年她可是一口氣吃了十隻大閘蟹的人啊。柳嫣幽怨地看了穆廷一眼，穆廷卻不為所動。

真是個固執的傢伙，不過今天能吃到大閘蟹，已經是意外的驚喜了。對了，剛才汪大人說，這蟹子就是穆廷拿過來的，他……他應該知道小柳嫣喜歡吃這蟹子的吧？

想到這裡，柳嫣又抬眼看向穆廷，就見穆廷執筷，也含笑看著她。

柳嫣忍不住笑了，她低頭用筷子挑了一塊蟹肉放在嘴裡。

真鮮啊，太好吃了！

汪夫人和汪柏林看了看柳嫣和穆廷之間的眉眼互動，對視了一眼，也微微一笑。

第十九章　告辭

汪柏林對穆廷笑道：「可惜你不喝酒，不然今晚可以不醉不歸了！」
汪夫人瞟了丈夫一眼。「人家穆廷做得對，酒還是要少喝些好。」
汪柏林哈哈一笑。「夫人說得對，不喝、不喝。」
「對了，小山子，我們吃這蟹子就不用這蟹八件，太麻煩了！」汪柏林拿了一個蟹子直接上手掰開，用嘴咬下。
柳嫣驚訝。這、這麼一個看上去溫文爾雅的人，做起事來怎麼像軍營裡出來的糙漢子？再看穆廷也直接上手了，他們兩個是風捲殘雲般，盤子裡十幾隻蟹子直接被消滅掉。
就見那汪大人還笑道：「真是痛快啊！」
柳嫣看著自己盤子裡的那點蟹肉。你們是吃得痛快，我這光看著眼饞了。
許是看到柳嫣可憐兮兮的眼神，汪柏林笑著對穆廷道：「小山子，你就讓柳姑娘吃吧，這麼兩隻蟹子吃不壞身體的。」說著把裝著蟹肉的小碗推到柳嫣面前。「吃吧、吃吧！」
柳嫣忙笑道：「謝謝大人！」
「哎，一口吃的，謝我做什麼？我剛才聽我夫人喚妳阿嫣，那我就叫阿嫣姑娘吧。我恩科那年，主考官李大人是溫閣老的大弟子，這樣說起來，我也是妳外公門下的學生呢，妳叫我一聲叔叔也是對的！」

看樣子原主的外公溫閣老不是一般人啊，大齊朝的戰神裴將軍是他的好友，眼前這位翩翩君子的汪大人也是他的學生。

「汪大人那年中的是狀元，號稱大齊第一狀元郎。」穆廷插了一句。

「好漢不提當年勇，不說了、不說了！」汪柏林笑著搖頭。

「為什麼不說了？阿嫣，妳可知，他那個大齊第一狀元郎可不是指他的學問，而是他那張臉。當年狀元遊街時，整個京城的女子都出來了，都想看這所謂貌比潘安的狀元郎，那叫一個熱鬧，是擲果盈車啊，他的腦門都被扔的果子砸了一個包！」汪夫人講到丈夫的這段糗事時，輕聲笑了起來。

汪柏林聽妻子和別人講他的八卦，非但沒有生氣，反而看著她巧笑嫣然的樣子，跟著一起笑了起來。

柳嫣看著眼前這對夫妻，他們的感情應該是十分要好，只是在古代，有身分、地位的人，大都會納妾，就不知道這汪大人身邊有沒有侍妾？

不過這樣一對神仙眷侶般的夫妻，中間千萬不要有什麼第三人，不然就太可惜了。

柳嫣本來聽汪夫人講得正開心，眼睛餘光就看到穆廷伸手，要拿剛才汪大人推給她裝蟹子的小碗，忙迅速伸手蓋住碗，拿眼瞪穆廷。

這可是汪大人給她，准許她吃的，他不能拿回去。

穆廷笑著勸道：「還是少吃點，省得肚子疼，聽話啊！」

柳嫣微噘了嘴，到底放了手。穆廷笑著拿過碗，挑了些蟹肉出去，把剩下的又推給柳嫣，柳嫣這才又笑了。

汪夫人看著他們兩個，又看向汪柏林，目光中帶著微微感嘆。年少情懷啊！

汪柏林抓住妻子的手拍了拍，汪夫人反握住丈夫的手，相視而笑。

吃了一個多時辰，柳嫣發現這汪大人雖然是文官，身上卻沒有文人的矯情勁兒，性情十分爽朗，在飯桌上也沒有古代食不言、寢不語的規矩，說起話來很是風趣，邊吃邊聽他講些天南海北的事，竟是別有滋味。

柳嫣也是這時才注意到，原來在熟悉的人面前，穆廷放開來，也是能言善道的。就見他與汪大人談天說地，笑語不斷。

旁邊的汪夫人把頭湊到柳嫣面前，低聲道：「這兩人今日是高興了，有得聊呢！」

直到後來，汪柏林看汪夫人面露倦色，方止住話頭，站起身扶起汪夫人。「妳累了怎麼不說？」

汪夫人笑道：「今日高興，並不覺得累。」

「坐了這麼半天，還是早些休息吧！」汪柏林喚了丫鬟進來，二人同穆廷和柳嫣打了招呼，回了正房。

穆廷離開前，又悄聲叮囑柳嫣。「阿嫣，內院要落鎖了，我這就出去了，妳好生休息，明天一早我就來接妳。」

柳嫣點頭，目送他出了主院的門。

蕙香領著柳嫣回了東廂房，並把汪夫人送的那幅畫拿了過來。

柳嫣躺在床上，手裡抱著畫筒，一點睡意都沒有。

她終於有些明白，她為什麼會穿越到這古代，變成了柳嫣。

因為她們共同的母親。

她原來世界裡的媽媽也叫溫玉嬌，和柳嫣母親的名字一模一樣，而她自己的媽媽也曾畫過一模一樣的「十里荷香」。

她在原來的世界，也曾是幸福的一家三口。她的母親和父親鮑誠言是美術學院的同學，鮑誠言學的是西洋油畫，溫玉嬌學的是國畫。

後來溫玉嬌為了支持鮑誠言的藝術之路，放棄了自己的專業，當起他的經紀人，並開了一家畫廊。

只可惜，在鮑岩十八歲時兩人出了車禍，溫玉嬌當場身亡，鮑誠言斷了腿。

鮑誠言失去妻子後，意志消沈，也沒了作畫的靈感，加上他沒什麼經商頭腦，畫廊很快就倒閉了。

當時同樣學國畫的鮑岩無奈地從大學退學，直接跳進了商海，又重新開了一家畫廊。後來她的畫廊成為全國最知名的推手，捧紅一批國內外嶄露頭角的新人。

再後來，她又投資了漫畫界和影視圈，只是天有不測風雲，一天她在過馬路時，被一輛疾馳的汽車撞飛了……

鮑岩變成了柳嫣，可她的母親還是溫玉嬌。

也許這就是天意和緣分吧！

「柳姑娘，妳醒了嗎？」柳嫣是被蕙香的敲門聲驚醒的。

這是什麼時辰了？在別人家做客，她竟然還起晚了。

柳嫣連忙下地，攏了攏衣服和頭髮，開了房門。

蕙香手裡拿著粗布衣服，笑盈盈地走進來。「柳姑娘，妳這身衣服昨天已經洗過了，是乾淨的。」

柳嫣忙道謝，拿過衣服去了淨室。

收拾妥當後出來，蕙香還要幫她梳頭。柳嫣笑道：「不用了。昨天夫人的衣服和妝奩，等會兒我一起拿給夫人。」

汪夫人待她一片真情，她要是要了人家這些東西，就太丟外公溫閣老和穆廷的臉了。

蕙香這回沒有再勸，笑道：「那柳姑娘就去西廳和夫人一起用早飯吧！」

柳嫣忙點頭，自己綰了髮髻，插好木簪子，和蕙香去了西廳。

在西廳等了一會兒，就見汪夫人帶著四個丫鬟進來，柳嫣忙見禮。

汪夫人笑著問她昨晚睡得好不好？

柳嫣沒見到汪大人來吃早飯，便關心地問了句。

汪夫人笑道：「他起得早，已經吃過，直接去前面辦公了。」

這汪大人倒是勤勉得很，看來一定是個好官。

早飯擺了上來，柳嫣一看還是簡樸的風格，清粥、小菜和饅頭，以及兩盤小點心。

她吃得津津有味，不過見汪夫人只喝了小半碗粥、用了兩塊紅豆糕，便放下筷子。

她都喝了兩碗粥、吃了四個小饅頭和兩塊點心了。雖然才吃了半飽，但也忙放下筷子，不好意思再吃。

汪夫人笑道：「阿嫣，妳吃妳的，我平常就吃得少，今日見妳吃得香，我還多用了一些呢。」

周嬤嬤高興的眉開眼笑。「是啊，柳姑娘以後要常來，夫人有人陪著，還能多吃些。」

柳嫣心想，看來飯桶也是有用的。

不過這汪夫人吃這麼少，的確對身體不好，這美人看來也不是為了減肥，應該是生病的關係。

就聽汪夫人道：「我常年吃藥，弄得胃口就差了，還是妳年輕好，吃什麼都香。」

柳嫣點頭，關心道：「夫人要多注意些身體，常活動。俗話說：『人是鐵，飯是金』，一頓不吃餓得慌，人還是要多吃飯的。」

「哦，還有這樣的俗語，我倒是頭一次聽到。」汪夫人被逗笑了。

這是後世的話，當然沒聽過了，只不過她把「飯是鋼」改成了「飯是金」。

柳嫣又陪著汪夫人閒聊幾句，這時有丫鬟進來稟報。

「穆大人到門口接柳姑娘了！」

「哦，穆廷倒是來得早。阿嫣，那我就不留妳了，這些水果和點心，妳給妳爹帶回去，等他身體好了，有時間也請他進城坐坐。」

旁邊的丫鬟拿來一個竹籃，裡面裝著包好的點心和幾樣水果。

柳嫣心中感謝汪夫人的體貼，照顧著她的臉面，並沒有給她拿些金銀之物。她大大方方地向汪夫人行了禮，笑道：「恭敬不如從命，那就謝謝夫人了。」

汪夫人想著昨天晚上，她曾特意問過丈夫是否給柳嫣一些錢物？丈夫卻擺手道：「這柳姑娘言談舉止鍾秀毓靈，絕非沒有見識的內宅婦人，給她錢物，一是在穆廷和故去的溫大人這裡就過不去，二是這小姑娘也絕對不會收，以後把她當成親戚經常走動來往就可。」

丈夫看人一向很準，他對阿嫣的評價算是高了。

今日一進飯廳，汪夫人就看到蕙香手裡捧著的衣服和妝奩，便知丈夫果然沒有料錯，這阿嫣還真是個心高、有骨氣的孩子。

汪夫人看著柳嫣大方的樣子，今日這些禮品是準備對了。

汪夫人又細細叮囑柳嫣，讓她常來常往，柳嫣笑著應下。

柳嫣向汪夫人告辭，手裡拿著裝母親畫作的畫筒，蕙香拎著竹籃送她出門。

出了主院，到了穿堂時，蕙香忽然停下來，擋在她面前，笑道：「柳姑娘，不知下次妳什麼時候過來？這次妳來得匆忙，我們這些下面的姊妹都沒來得及給妳準備禮品……」

給她送禮？怎麼說得這麼突兀，這可不像蕙香伶俐的風格。

柳嫣看著蕙香擋在她面前，有些不自然的表情，把頭微微一側，視線繞過蕙香，透過穿堂的十字窗格，便看見穆廷站在遊廊上，旁邊還站著一位穿著淡綠色衣裙的女子，正往穆廷手裡放了一樣青色的東西。

柳嫣的心突地一跳，都忘了回答蕙香的話。

蕙香也向旁邊移動了下身子，又擋住柳嫣的視線。「柳姑娘，等妳下回過來時，我把禮物給妳補上。」

「好，姊姊不必客氣了。」柳嫣心不在焉地回道。

兩人竟這樣僵持了一息，蕙香訕笑著回頭看了一眼，方才笑道：「穆大人對柳姑娘真好，正等著姑娘呢！」

柳嫣這回沒接她的話，兩人穿過穿堂。

穆廷見柳嫣出來，忙大步迎了上來，喚了聲。「阿嫣！」

蕙香給穆廷見禮，柳嫣眼角餘光看見一抹綠色的身影，沿著東面的遊廊離去，拐進了另外一個小門。

竟是司琴！

穆廷見柳嫣低頭沒吱聲，便又輕聲叫了句。「阿嫣？」

柳嫣抬頭，才看見穆廷一手拿著她昨天帶來的小竹簍，正在把蕙香竹籃裡的東西放進竹簍裡。

柳嫣和蕙香打了招呼，便和穆廷走出內院。

「穆大哥，我們要去哪裡？」柳嫣見穆廷並沒有帶她出府衙，而是七拐八彎來到一個庭院門前。

「帶妳去看一個人。」穆廷笑著回答。

柳嫣看著穆廷的笑臉，很想問一句，他和司琴到底是什麼關係？

但她和他，其實也只是見過幾次面的陌生人，穆廷一直照顧和惦念的，是那個小柳嫣，不是她。

在保守的古代，她可以直接問穆廷和司琴私下相授的事嗎？而穆廷又會坦白和她說這些嗎？

第二十章　救人

穆廷見柳嫣欲言又止，忙問道：「阿嫣，妳想說什麼？」

「穆大哥，你……」柳嫣咬著唇，腦中想著怎樣問才妥當，忐忑間就要開口，就聽院門一響。

「喲，老穆你怎麼早起給我當起門神來了？」杜仲調侃著從裡面走了出來。

他一眼便看見穆廷身邊的柳嫣，立刻眉開眼笑道：「呀，阿嫣怎麼來了，是特地來看我的嗎？」

柳嫣正要笑著答話，穆廷來了句。「沒事誰會來看你，回院子再說。」說著示意柳嫣先進院。

身後的杜仲嘀咕道：「這是我的院子，弄得像你的家似的。」

柳嫣知道他們兩個感情好，這是互相懟著玩呢。

三個人進了院，院子面積不小，中間是一條鵝卵石小徑通往正房，小徑的兩邊都是藥圃，裡面栽種著藥材。另有兩個小藥童在藥圃內忙活著，整個院內瀰漫著藥材的苦香味。

這裡的一切倒是符合杜仲的神醫身分。

「阿嫣，妳這傷口已經結疤了，不錯，恢復得挺快的。」杜仲看過柳嫣的傷口，很是欣慰。

柳嫣笑道：「有神醫出手，當然好得快了。」

「對了，杜仲，你這裡不是還有護膚的宮廷秘藥嗎？給阿嫣拿出來吧。」穆廷插了一句。

「哎，你這人，這話需要你特意交代嗎？」杜仲對穆廷搶了他的臺詞很是不滿。

「阿嫣，這藥我早就給妳準備好了，妳今天不過來，我就打算去妳家給妳送過去呢！」杜仲轉頭對柳嫣獻寶。

柳嫣笑道：「既是宮廷秘藥，應該是很難得的，杜大哥你還是留著吧。」

「就是給妳的！」說著，杜仲回身打開百眼櫃的一個抽屜，從裡面拿出兩個玉瓶。「阿嫣，妳每天早晚抹在傷口上各一遍，妳的疤很快就會消除，皮膚就能恢復原樣，但是記得，上藥時別把疤給摳掉了，免得皮膚留坑。」

柳嫣看那玉瓶溫潤光澤，並非凡品，有些猶豫地偏頭看穆廷。

穆廷笑著對她點了點頭。

「阿嫣，妳看他做啥？我說給妳，妳就留著，這是我們兩人的事情。」杜仲把玉瓶直接塞進柳嫣手裡。

柳嫣忙道謝。「那就謝謝杜大哥了！」

杜仲笑道：「阿嫣和我就不用客氣了，等會兒妳要去哪裡？」

柳嫣回頭看穆廷。「穆大哥，我想去買一面銅鏡，要不上藥不看著，怕把傷疤給碰掉。」

「阿嫣，妳怎麼連鏡子都沒有？上回妳怎麼沒說，那這些日子妳是怎麼上藥的？」杜仲忙問。

柳嫣有些不好意思了。「我……我是照著水影弄的。」

「妳……」竟然連一面鏡子都沒有？杜仲不知該說什麼了。一般人要有這麼一張閉月羞花的臉，早就想各種辦法保養了，哪像這位這麼心大啊！

穆廷心裡一陣不是滋味。他上回去她的閨房給她貼窗紙時，的確沒有看到屋裡有鏡子，當時他怎麼沒有想到給她買一面呢？

穆廷坐不住了，直接站起身。「阿嫣，我們走吧！」

「哎，我和你們一起走！」杜仲也從榻上站起來。

穆廷看杜仲，杜仲一撇嘴。「我剛才就想出門去朱雀大街的百草堂，沒想到阿嫣過來了，正好這會兒一起去。」

「百草堂？我昨天才在那裡給我爹買藥呢！」

「它是永平府最大的藥鋪，我常去那裡找些藥材。」杜仲解釋了一句。「正好，等會兒再看看還有什麼適合柳叔的藥。」

既然提到柳成源，就是穆廷再想單獨陪柳嫣，也說不出不讓杜仲跟著的話了。

到了衙門口，穆廷交代守衛一聲，三人便先來到朱雀大街上的「百草堂」。

快到店門口時，穆廷在一個小攤前停下腳步，付了銅板，遞給柳嫣一碗山藥糕。「阿嫣，嚐嚐這個。」

他怎麼知道自己想吃這個？柳嫣眉眼含笑，接過小碗。

「汪夫人身體不好，飯吃得少，妳和她一起吃早飯，肯定沒吃飽，先拿這個墊一墊，等會兒我再帶妳去吃好吃的。」穆廷看著柳嫣吃得香甜，邊笑邊道。

柳嫣端著小碗，笑著豎起大拇指，這是誇讚穆廷料事如神呢。

站在一邊的杜仲瞇了眼睛，端詳著面前這一對。

怎麼覺得自己有點多餘啊？男子高大英武，女孩嬌美清麗，怎麼看怎麼般配，在熙熙攘攘的人群中，十分醒目。

杜仲向四周看了看。真是不光他一個這麼想，路過的人的眼睛都往這兩人身上瞧，還有些人站在路邊，向他們倆指指點點。

可穆廷和柳嫣卻像沒有感覺到似的，柳嫣專心地低頭拿著碗，吃著山藥糕；而穆廷站在旁邊含笑看著她，滿眼的溫柔和寵溺。

他們兩人彷彿沈浸在自己的一方天地裡，這天地是旁人無法靠近的。

柳嫣吃完最後一小勺，舔了舔唇，把小碗還給攤販。

「還要嗎？」穆廷低頭笑問。

柳嫣笑著搖了搖頭。這些小吃食嚐嚐就行，還得留著肚子吃大餐呢。

一旁等得有些鬱悶的杜仲終於能插上話了。「那咱們進藥鋪吧！」

三個人進了藥鋪，夥計一看杜仲進來了，忙喚了掌櫃。

掌櫃迎上來。「杜先生，您來了！」

杜仲點了點頭。「昨天你們老闆傳話，說我要的藥材到了。」

「藥材就在後面庫房裡，我帶您去。」掌櫃的彎著腰，十分恭敬。

「這兩位是我的朋友。」杜仲指了指身後的穆廷二人。

掌櫃的忙笑著打招呼，正寒暄間，就聽一陣喧譁。

一名男子懷裡抱著一名男童，滿頭大汗地跑了進來，慌亂地叫道：「大夫、大夫，快點救命啊！」後面還跟著兩名哭哭啼啼的婦人，以及兩個抹眼淚的小姑娘。

杜仲忙回身問：「這是怎麼了？」

那男子急得說話都有些結巴。「大夫，我家孩子掉進大水缸了，如今……如今……」

大水缸？柳嫣家也有一口，這男童只有三、四歲的樣子，掉進去，根本沒法出來，看來這是溺水了。

杜仲連忙上前，指了指旁邊的長凳子，那男子趕緊把孩子放到凳子上。

杜仲翻了翻男童的眼皮，又拿起男童的手腕號脈，後來直接把頭放在男童的胸口聽了聽，直起腰，搖了搖頭。「已經沒氣息了。」

那男子聽了，大急道：「大夫，你再好好看看，再想想法子吧！」

杜仲緊皺著眉頭，微微嘆息，向後退了幾步，又搖了搖頭。

「掌櫃的，你這裡還有別的大夫嗎？」男子回頭伸手去拽掌櫃的衣服。

掌櫃的也搖頭。「這位是咱大齊朝馬神醫的大弟子，他都沒辦法，別人就更不可能了。」

在大齊朝，馬神醫的名號是無人不知、無人不曉，跟著來的兩名婦人一聽，一下子跪倒在杜仲面前，拽著他的衣襟哭嚎道：「神醫啊，你再看看吧，我們家三代就是這麼個獨苗啊，你一定要救救他！」

杜仲被他們拽的衣服都有些歪了，可他也是真沒有辦法，只能沈默地站著。

其中一個年長的婦人看杜仲不說話，一邊哭，一邊用手狠狠捶打跟著她來的一個七、八歲的女孩。

「讓妳看著妳弟弟，結果妳自己跑去玩了！如果妳弟弟有個三長兩短，妳也不用活了！」

小女孩不敢躲，一邊挨打，一邊哭。「奶奶，我沒去玩，我就是去茅廁了，回來就找不到弟弟了……」

「妳還敢頂嘴，我打死妳這個賠錢貨！」這個奶奶似乎要把所有的怒火都撒在小女孩身上，是死命的連掐帶打。

小女孩被打得嗷嗷直哭。

另外的一個婦人是孩子的母親，拉著杜仲的衣襟不放手，連連磕頭，求杜仲再救救孩子。

而抱著孩子來的男子是孩子的父親，他見求掌櫃的也沒用，心急之下，一下子蹲在地上，用手摀住臉，哭了起來。

夥計們連忙上來勸，百草堂內頓時一片混亂。

只有穆廷注意到，柳嫣在杜仲檢查完孩子往後退時，就一步跨到放著孩子的矮凳邊，拿手摸了摸孩子的脖頸。

身體還有溫度，但的確摸不到脈搏了，得趕快搶救！

柳嫣低下頭，解開男童的衣襟，使勁地在他胸部按了幾下，接著一手捏住男童的鼻子，一手抬起男童的下頷，讓男童的頭後仰，然後她深吸一口氣，開始給男童做人工呼吸。

在前世，柳嫣當過地震救災的志願義工，胸部心臟按壓和人工呼吸的常識及方法，也是在那時候學的。

但從穆廷的角度看，柳嫣就像在親吻那個男童。

他心裡一驚。阿嫣怎麼會去親一個死去的孩子？她……她這是怎麼了？

待他要上前攔阻，就看柳嫣抬頭又深吸一口氣，接著又低下頭，用嘴去碰觸男童的嘴。

穆廷這才看清，她在往這個男童嘴裡吹氣。

她這是要做什麼？

穆廷向四周一看，就見人都圍在杜仲身邊，沒人注意到柳嫣的動作。

他忙用自己的身體擋住柳嫣，低聲道：「阿嫣，妳這是做什麼？快點跟我走！」

柳嫣正好抬頭深吸一口氣，向穆廷搖了搖頭，又向男童嘴裡吹氣。

穆廷心裡著急，想要去拉柳嫣，就聽柳嫣忽地大聲道：「你們都小聲點！」

屋裡的人被柳嫣這嗓子嚇得一愣，沈靜了一息，男童的父母和奶奶都停止了手上的動作，然後不約而同的撲向柳嫣。「妳這是做什麼?!」

他們見柳嫣把耳朵側在孩子的鼻端，像在傾聽什麼，然後就見她把手放在孩子的胸口，使勁按了幾下，又低下頭，把嘴覆在孩子的嘴上。

這是瘋女人還是妖女？

孩子的奶奶哭嚎道：「妳是誰呀？妳要把我們家大寶怎樣？妳快放開大寶！」說著就來撓柳嫣，穆廷一伸胳膊，攔住了老婦人。

老婦人覺得穆廷的胳膊就像鐵鑄的一般，她的手打上去，疼得彈了回來。

老婦人指著穆廷道：「你是誰？你們還有王法嗎！」她回頭看自己兒子。「你站在後面幹什麼？這女的是不是要用妖術害大寶？你看她是不是在吸大寶的魂啊！」

那男子也忙衝了上來。「妳這是幹什麼，快放開我兒子！」伸手就想來拽柳嫣。

穆廷上前一步，擋在他面前。「這位兄弟，我們是在救你兒子！」看這場景，他只能找個說法為柳嫣如今的行為開脫了。

「救我兒子？她是大夫嗎？」男子瞪著通紅的眼睛看著穆廷。

穆廷張了張嘴。讓他對一個剛剛失去兒子的父親撒謊，他真的做不到，可要他讓開，讓這些人去拉扯柳嫣，那就是要了他的命，他絕不會讓人碰柳嫣一根指頭的。

一旁的杜仲看出穆廷的窘態，忙走到柳嫣身邊，低聲道：「阿嫣，妳做什麼呢，快放下這孩子，如果孩子家裡人鬧起來，妳是吃不了兜著走的！」

柳嫣也沒理他，又側耳聽了聽男童的鼻息，繼續給男童做人工呼吸和胸外心臟按壓。

這時男童的家人都有些急了，男童的母親連哭帶喊。「妳要是把我家大寶弄壞了，我和妳拚命！」說完一頭向穆廷撞過來。

穆廷不好用手接觸年輕婦人，也不好運功防禦，怕傷了她，只得生生受這一撞。

那婦人一頭撞到穆廷的腹部，就覺得像撞到石頭一樣，腦袋嗡了一聲，一屁股坐到了地上。

那婦人驚了一下，看著穆廷高大結實的身材，也不敢再上來撕打了，坐在地上拍著腿大哭。「寶兒呀，你要是怎麼樣了，娘我也不活了──」

她帶來的兩個女兒，趁母親纏著穆廷時，頭一低，靈活地從穆廷腋下穿過去，一個去抓柳嫣的手，另一個去抱柳嫣的腰，嘴裡喊道：「放開我弟弟！」

柳嫣沒防備，手被那女孩狠狠撓了一下，人也被另外一個弄得趔趄。

杜仲忙伸手去扶柳嫣，喊道：「有話好好說，別動手！」

正在鬧騰時，就聽長凳子上的男童忽然咳嗽一聲，嘴裡吐出一口水來。

第二十一章 上藥

柳嫣擺脫不了身邊兩個像狗皮膏藥似的小姑娘，只得對杜仲道：「杜大哥，把他的身子翻過去，拍他的後背，讓他把水吐出來。」

杜仲看到男童這情景，也是驚了，連忙按照吩咐去做。

只見男孩的嘴裡又吐出水來，然後哇的一聲，哭了出來。

終於救活了！柳嫣長出一口氣，只覺得渾身都被汗浸濕了，一點力氣都沒有。

她拍了拍還抱著她的兩個小姑娘。「鬆手吧，去看妳們的弟弟吧！」

那兩個小姑娘驚喜地鬆開手，圍到男童身邊。

百草堂裡的人一臉震驚，全都圍上去，想看個究竟。

柳嫣身上沒力氣，被男童父母一下子擠到一邊去，然後她的身子就落在一個結實溫暖的懷抱裡。

穆廷看柳嫣差點被擠倒，忙上前一步，柳嫣正好就撞進他的懷裡。

如今是晚春，他們兩人身上穿的是單衣，柳嫣一入懷，穆廷便清晰地感覺到與自己迥然不同的身體曲線，以及她胸前的兩團柔軟。

穆廷覺得自己腦袋像炸開煙花似的，轟的一聲，心便如十幾隻脫了籠的兔子般，跳躍起來。

他想拿手扶開柳嫣，可手卻像被捆住似的，直直地垂在身體兩側。

柳嫣倒在穆廷懷裡，手下意識圈上了他的腰。

真舒服啊，就像摟著一個人形大抱枕一樣。累得有些虛脫的柳嫣是一點也不想動彈了。

不過……這是怎麼了？

柳嫣的頭正好靠在穆廷的胸前，感覺到他的胸口一起一伏，呼吸好像越來越急促，還清晰的聽到怦怦怦的心跳聲，如鼓點一般，那節奏比她跑完馬拉松後跳得還要快。

她忙從穆廷懷裡抬起頭，就見他面色通紅，鬢角都冒出汗珠。

這天氣也沒熱到會中暑啊！柳嫣抬起一隻手，去摸穆廷的額頭。「穆大哥，你這是怎麼了？」

穆廷只覺得柳嫣剛才圍在他腰上的一雙手臂，讓他全身不由自主的緊繃起來，心跳加快，呼吸困難。

他是怎麼了？小時候，小柳嫣最喜歡纏著他，讓他揹、讓他抱，今天只不過是隔了這麼多年後，被長大的她抱了一下，他怎麼就像中毒一般？

穆廷看著柳嫣白嫩的手就要摸到他的額頭，想到他上次在柳家，不小心握過她的手。他至今仍記得這隻手放在他掌心時，他全身的汗毛都豎起來的感覺。

穆廷窘迫地一個側頭，躲開柳嫣的手。「阿嫣，我沒事。」

「穆大哥，你真的沒事嗎？你的臉紅的不正常啊！」柳嫣的手落空，忙又問了一句。

穆廷根本不敢與她對視，他側著臉，眼神閃躲。「阿嫣，我真的沒事……」

這人怎麼連看都不看她了？真的沒事嗎？

柳嫣的手又伸了上去。「穆大哥，我摸摸你的頭，別再是發熱了。」

「不用！」穆廷一把捉住極可能弄暈他的小手。

柳嫣奇怪地仰頭看穆廷，忽然「哎呀」了一聲。「手疼，你輕一點……」

穆廷的目光落在他握著的小手上，這才發現，她的手被剛才的小姑娘狠狠撓破了皮，再被他剛才這麼用力一握，當然會疼了。

穆廷忙鬆開手。「得趕快上點藥了！」

此刻他著急的也沒什麼雜念了，半擁半抱地把柳嫣帶到藥鋪櫃檯前，對僅剩一位沒去瞧熱鬧，守在櫃檯的夥計道：「拿藥酒、紗布和雲南白藥來！」

剛才發生的事，這夥計都看在眼裡，又知道他們是和杜仲一塊來的，連忙按照穆廷的吩咐找來東西。

穆廷本想親自給柳嫣上藥，可看著柳嫣破皮的小手，他的手就抖得有些不聽使喚。

他吩咐夥計道：「你來給她上藥。」

另一頭，杜仲看男童轉醒，摸了摸男童的脈象，雖然虛弱，但已無大礙。

這百草堂二樓有坐堂醫，其中就有擅長兒科的，杜仲讓掌櫃的帶男童一家上二樓找專門的大夫再瞧瞧，他自己則要去找柳嫣問個明白，她到底是用什麼方法救人的？

他一回身，就看見穆廷擁著柳嫣站在藥鋪的櫃檯前，穆廷伸手托著柳嫣的手，一旁的夥計正拿著鑷子和藥棉，給柳嫣的手背上藥酒。

陽光從開著的窗戶中灑入，他們就在那團團燦爛的光影中，親密地相依相偎。

杜仲有些看呆了。

他回過神，慢慢走過去，接過夥計手裡的藥酒和藥棉。「我來吧！」

杜仲接手後是又輕又快，他在柳嫣手臂上抹上藥酒，又撒上雲南白藥，然後拿紗布包好。

他一邊弄，一邊問道：「阿嫣，妳剛才是用了什麼法子？孩子起死回生了！」

穆廷覺得懷裡柳嫣的身子一僵。他其實也很疑惑，但剛才只想到柳嫣的手，沒來得及問，如今看柳嫣的反應，應該是不太好說的。

穆廷也知道杜仲是個醫癡，不搞懂這些事，他是不會甘休的。

柳嫣真的不知道該怎麼開口和杜仲說，她腦子裡開始飛快地編故事。

這時就聽穆廷道：「這地方說話不方便，等會兒找個安靜的地方再說吧！」說著朝杜仲示意了下。

柳嫣有這種能耐，若被有心人看去，怕再給她招來麻煩。

杜仲明白，不再問下去，給柳嫣包紮好後，也不拿藥材了，直接道：「咱們上慶雲樓找個包廂，吃頓飯吧。」

柳嫣從穆廷懷裡站直了身。唉，還真不想離開這個人形大靠墊，好想再靠著休息一會兒。

不過鋪子裡這麼多人，穆廷竟然沒顧忌什麼禮法和別人的眼光，就這麼擁著她，還真是難為像他這般平時一本正經的人了。

穆廷的懷裡空了，可他卻覺得自己胸悶、氣短、頭暈的症狀是一點也沒減輕。

他一定是病了。

他摸了摸柳嫣之前靠著的胸口。等稍晚些，他得讓杜仲給他號脈看一看。

三人就要離開百草堂，這時那男童的奶奶帶了一個小姑娘，和男童的父親從二樓下來，看見柳嫣，忙笑道：「謝謝您啊，您這是活神仙，是我們一家的恩人，不知恩人如何稱呼？我們回家就給您供奉長生牌位！」

穆廷直接替柳嫣道：「沒什麼，孩子沒事就好，你們就不必再謝了。」

「那怎麼行，我們是一定要謝的！」男童的父親看見柳嫣包紮的手，不好意思地道：「您這手還被我家二丫弄傷，真是太抱歉了！」

男童的奶奶拎著那二丫的耳朵，往前一甩。「妳這禍害精、賠錢貨，看不好妳弟弟，還把女神仙的手弄傷了，還不趕快給女神仙磕頭認錯！」

那二丫被奶奶甩到柳嫣面前，忙要跪下磕頭，柳嫣一把扶住她。「不用，小妹妹。」

二丫以為柳嫣不肯原諒她，害怕地回頭看了奶奶一眼，向柳嫣哀求道：「女神仙，您……您讓我跪吧！」

柳嫣有些心疼地看著女孩被她奶奶之前掐的又腫又紫的臉，以及身上的破衣服。

在她原來世界的鄉下，重男輕女都不是新鮮事，更何況是這古代？而且因為戰爭，世道不好，老百姓的生活艱難，有些人家的女孩日子就更不好過了。

她曾聽秋杏說過，牛頭村就有生了女嬰，直接被爺爺、奶奶弄死的，而且屍首也不埋起來，直接扔在山上餵野獸，就怕女孩變成魂魄找回來。

柳嫣想了想，從懷裡掏出荷包，倒出五個銅板，遞給小姑娘。「妳叫二丫吧？妳這麼小就能照顧弟弟，剛才還主動上來保護弟弟，妳已經很棒了，這個給妳拿去買糖吃。」

二丫驚訝地看著柳嫣手裡的錢，抬頭看了看她，又回頭看看奶奶和爹，有些不知所措。

她爹一看，連忙說道：「哎呀，女恩人、女神仙，她……她怎麼能收您的錢！」

那個奶奶也連忙呵斥。「妳、妳不能要啊，妳敢要，我打死妳！」說完又對柳嫣賠笑道：「女神仙，您不用管她，讓她給您磕頭認錯就行。」

柳嫣理都沒理二丫的爹和奶奶，蹲下身子，讓自己和二丫平視，用手摸了摸二丫的頭。「二丫，這錢妳收著，是姊姊給妳的。妳要記住，姊姊不是女神仙，姊姊和妳一樣都是女孩子，女孩不是賠錢貨，也一樣可以做事的。妳看，姊姊不是也學了醫術，還救了妳弟弟？妳努力學點本領，長大後也能幫助別人，讓別人稱妳為神仙。」

二丫愣愣地看著柳嫣。面前的姊姊在說這些話時，神采飛揚，明媚動人。

柳嫣並不知道，她的這些話，會深深鐫刻在一個女孩心裡，替這個女孩打開人生的另一扇門，走上她嶄新的人生道路。

十幾年後，這個女孩因為發明雙面十字刺繡法，成為大齊朝最有名氣和身價的繡娘，還成立自己的繡莊，讓其他女子能在繡莊裡幹活，養活自己。

第二十二章　誤會

柳嫣把錢放在二丫手裡，又摸了摸她的頭，站起身，對旁邊同樣站著發愣的穆廷和杜仲笑道：「發什麼呆，走啊！」

穆廷只覺得眼前的柳嫣忽然有些陌生了，她這樣鮮活飛揚的樣子，是他從來沒有見過的。

杜仲雙眼冒光。「走、走，快點走！」

三人離開百草堂，往前走了一段，柳嫣想先去買鏡子，就聽有人喚她。「這位姑娘留步啊，這鏡子您還買不買？我給您再算便宜點！」

柳嫣停住腳，原來她走到那個賣玻璃鏡的「李記珍品鋪」門前了。

柳嫣一經過，夥計就認出這是昨天猶豫要買鏡子的漂亮姑娘，便熱情地上前打招呼。

「阿嫣，妳昨天在這裡看過鏡子？」穆廷低頭問。

「嗯，不過這個太貴了，還是買前面的銅鏡吧。」今日穆廷在，柳嫣便更不能花他的錢買這麼貴的東西。

穆廷沒有答話，而是逕自走進「李記珍品鋪」。

他要做什麼？柳嫣忙跟了進來。

穆廷問夥計。「那位姑娘昨天看的是哪面鏡子，你拿來給我看看。」

夥計看著氣勢威武的穆廷，連忙拿來裝著小圓鏡的盒子。

穆廷打開盒子，看了裡面的玻璃鏡。「這個多少錢？」

「二兩銀子。」

二兩銀子？怪不得柳嫣捨不得買，不過她怎麼會喜歡這種鏡子呢？

「阿嫣，妳真想買這鏡子嗎？」穆廷拿著盒子問道。

旁邊的夥計看穆廷有意為柳嫣買，連忙插了一句。「這位姑娘昨天可看了好長時間呢，一看就是喜歡。」

跟著進來的杜仲忙在柳嫣耳邊低聲道：「阿嫣，妳喜歡這鏡子啊？可是有人說這種鏡子照的時間長了，會把人的魂魄吸走。」

怪不得這鏡子照起來這麼清楚，卻沒有多少人買，還難為這夥計一個勁地向她推銷。

旁邊的夥計耳力靈敏，聽到杜仲的話，忙道：「客官，這可是瞎說的，都是那些賣銅鏡的嫉妒我們家才造的謠。你看，我就在這店裡賣鏡子，天天照，都沒什麼事啊！」

柳嫣點了點頭。「的確是無稽之談。」

夥計朝柳嫣豎起大拇指，誇讚道：「還是姑娘有見識！」

「那就包起來吧。」穆廷在戰場上見慣生死，不懼神鬼，他見柳嫣不信那種說法，且對鏡子明顯是非常喜歡的樣子，便準備買下來。

穆廷邊說，邊要從懷裡掏銀子，柳嫣連忙阻攔，輕聲道：「穆大哥，太貴了！」

這時店裡的掌櫃走了過來，朝穆廷一拱手。「這位爺既然要買，那小店就給你算便宜些，就一兩銀子吧。」

這是打了對折啊！難道穆廷長得比她好看，怎麼他來買就給了這麼大的折扣？

穆廷瞧了掌櫃一眼。這倒是個明眼人。便也對掌櫃一拱手。「那就多謝掌櫃了！」

柳嫣看話到如此，肯定得買了，便去拉穆廷的手。「穆大哥，我來吧，你上次給我的銀子，我帶了一些，夠買這個的。」

「還是我來吧，那銀子妳留著買別的。」昨天柳嫣既然怕花錢，沒有買，今天也不能讓她花錢了。

可柳嫣的手已經拉上穆廷的袖子，在拉扯間，一樣東西從穆廷的懷裡掉了出來。

柳嫣忙低下身子撿起，拿在手中，頓時一愣。

竟是一個荷包。

這荷包的面料是青色的錦緞，上面繡了一棵綠松，綠松下是一叢盛開的薔薇花。整個荷包顏色素雅，繡工精美。

柳嫣看著荷包的兩角上，分別用紅線繡了半個米粒大小的「廷」和「琴」字，心倏地一沈。原來今天早上，她看到的情景是司琴在送穆廷荷包。

柳嫣當然知道，在古代，這荷包相當於非直系血緣關係的青年男女之間的定情之物。

柳嫣握著荷包不說話，一旁的杜仲驚訝地道：「這不是司……」話還沒說完，便被穆廷的目光給瞪了回去。

穆廷嗔了一聲。「阿嫣，這盒子我放到竹筐下面了。」

穆廷已經替她買了鏡子，可柳嫣卻沒了歡喜的心情。

她把手裡的荷包遞給穆廷，淡淡道：「穆大哥，這是你剛才掉的。」

穆廷打量著柳嫣的神情，猶豫了下，接過荷包，又重新放進懷裡。

杜仲急著向柳嫣詢問救人的方法，也沒有感覺到穆廷和柳嫣之間突然變得壓抑的氣氛，嘴裡道：「那咱們快點去慶雲樓吧！」

三人出了店鋪後，店裡的夥計這才問掌櫃的，怎麼給剛才那男子打了那麼大的折扣？

掌櫃的斜了夥計一眼。「你這小子，還得多練眼神。你看剛才那男子，雖然衣服很普通，但他腳上穿的是當差的官靴。咱這永平府換了新的知州，聽說下面也換了一批人，這位看著眼生，說不定就是新來的，給他打個折扣，那不是應該的嗎？」

夥計聽了，連連點頭，不住地恭維掌櫃的。

穆廷三人到了一座四層高的酒樓前，杜仲笑著對柳嫣道：「這慶雲樓可是我們永平府最好的大酒樓了，今天我請客，阿嫣妳隨便點。」

柳嫣沒說話，扯了扯嘴角，讓自己露出一絲笑容。

三人進了酒樓，店小二領著上了四樓的一個包廂。

落坐後，杜仲把菜單拿給柳嫣。「阿嫣，妳先點妳喜歡吃的。」

「我第一次來，也不知道什麼好吃，你就替我點吧。」柳嫣興致缺缺。

杜仲還要問，穆廷就接過菜單。「我來吧。水晶肘子、冰糖燕窩、拔絲芋頭、油煎蝦餃、桂花糕……」

他點的都是甜食，這些應該都是小柳嫣喜歡吃的食物吧？

柳嫣嘴裡一陣苦澀。可惜海鮮裡她唯獨不吃的就是蝦子……

杜仲又點了幾樣菜和一壺茉莉花茶。

在等待上菜的時間裡，杜仲迫不及待地問柳嫣如何救人？

柳嫣看著杜仲一臉好奇，便用這裡的辭彙，大致講解了胸外心臟按壓和人工呼吸的方法和原理。

杜仲兩眼放光，一臉崇拜的看著她。

柳嫣被他看得都有些不好意思了，還是穆廷說話解了圍。「菜都上來了，還是先吃飯吧。」

柳嫣拿起筷子道：「吃飯、吃飯，我都有點餓了！」

柳嫣嘴裡這樣說，可心裡還想著剛才那個精緻的荷包，這菜進到嘴裡就沒了滋味。

「阿嫣，這飯菜不合妳的口味嗎？妳怎麼一碗飯都沒吃完？」穆廷見柳嫣只吃了小半碗飯就放下筷子，用小勺戳著碗裡的魚丸。

這和他見過的柳嫣吃得香甜的樣子可不大一樣。

杜仲也忙關心道：「不行，再點些菜，怎麼能吃這麼少呢！」

……看來她飯桶的形象是深入人心了。

柳嫣抬頭道：「不用了，這些菜都沒吃完，再點就是浪費了。我、我就是吃飽了。」

「只吃這些怎麼能飽呢？妳等會兒還要坐車回家，半路上餓了就沒得吃了。」

穆廷又挾了一塊鹽水貴妃雞到柳嫣的碗裡。「來，把這雞塊吃了。」

柳嫣看穆廷對她真摯關心的眼神，心裡忍不住自嘲。她這是怎麼了？穆廷對她，一直都像兄長似的關心、愛護。

她就為了那麼一個荷包，便魂不守舍，這樣患得患失的，還是她嗎？

想到這裡，柳嫣臉上努力露出笑容。「好，穆大哥，我吃，你也快點吃吧！」

說著，挾了一塊水晶肘子放到穆廷碗裡。

這可是柳嫣第一次給他挾菜呢。穆廷把肘子放進嘴裡，平時他是不大喜歡吃甜的，可今天這肘子卻一點沒有感到黏膩，分外好吃。

這時杜仲又插話問了幾個醫學問題，柳嫣聽了，就知道杜仲剛才腦中一定一直在琢磨她講的那些醫學知識。

柳嫣有些汗顏。這杜仲不愧是神醫的大弟子、學醫的奇才，問題都問到重點，以柳嫣那點醫學常識，還真的回答不上來。

柳嫣只好實話實說，她也不知道。

杜仲也沒介意。他今天聽到的這些，超過他以往所學的範疇，他怎麼也得好好記錄下來，再反覆試驗一下。

杜仲又問柳嫣還知道些什麼？柳嫣努力回想她所知道的醫學上的護理、消毒、藥品等知識，講給杜仲聽。

杜仲是越聽越興奮，到後來都有些激動不已，好在還有個冷靜的穆廷拉著他，不然他都能上飯桌跳上兩圈。

柳嫣看杜仲高興的樣子，也不禁被他欣喜的情緒所感染，心中的鬱悶也消失了許多。

就這樣說說聊聊，一頓飯吃了一個多時辰。

最後，杜仲才想起一個重要的問題。「阿嫣，這些東西妳是和誰學的呀？妳替我引薦一下，我要去拜會這位先生。」

柳嫣尷尬一笑。「你也知道，我如今已經記不住原來的一些事情了，尤其是人，所以到底跟誰學的，我還真想不起來。」

杜仲可惜。「唉，妳這腦子倒也奇怪，有的事記得，有的卻忘了。如果妳還記得這位醫學大師，讓他幫妳看看妳的頭，倒是好事！」

柳嫣心虛一笑，眼角餘光瞟向穆廷，就見穆廷若有所思地看著她。

柳嫣忙低下頭，掩飾的挾了一口菜放進嘴裡。

穆廷看著柳嫣。今日的柳嫣真的讓他感到驚奇。

救溺水男童、與杜仲談論醫學，這樣的她與他記憶中的小柳嫣，以及前幾次見過的那個柳嫣，氣質完全不同。

他想起她和那個二丫以及杜仲說話時的自信，心就像被什麼東西狠狠撩撥了一下。

吃過飯，三人出了酒樓，穆廷讓柳嫣和杜仲在路邊等他一下，他自己則快步去了前面的鋪子。

只一會兒，穆廷拿了兩包東西回來，放在竹筐裡。
「穆大哥，你又買了什麼？」柳嫣看東西是用防水的牛皮紙包著的。
「紙硯筆墨等物。妳既然買了書，可以用它們來練練字、寫寫詩文。還有一包是老鄭家的包子，妳拿回去給柳叔吃吧！」穆廷溫言道。
想得好周到啊！柳嫣看著穆廷，心中感慨。這樣的男子將來成了親，一定會對妻子和孩子非常好吧？
那個司琴是有福氣的人。
快到午時了，柳嫣婉拒穆廷要派馬車送她回家的提議，她坐周老蔫的馬車就可以了。
穆廷說不過柳嫣，只好把她送到城門口的胡同，周老蔫的馬車就停在那裡。
穆廷把竹筐放在車上，柳嫣把母親的畫筒拿出來，抱在懷裡，上了車。
穆廷看杜仲這時候還在纏著柳嫣說話，心想這傢伙今天話真多，柳嫣就要回家了，他還沒有單獨和她說過話呢！
穆廷有些忍無可忍地瞪了他一眼，杜仲這才嘀咕著離開幾步，見穆廷還瞪他，便翻了一個白眼，又退後了十幾步。
穆廷走到馬車邊，看著柳嫣，低聲道：「阿嫣，我還沒問，妳昨天找我有什麼事嗎？」
柳嫣看著穆廷，突然就不想再說官配的事情了。那是她自己的事，她一定會找到解決的辦法。
柳嫣笑著搖搖頭。「沒什麼事，就是進城買藥，想來看看你，如今看到了，還買了這麼多東西，今日讓穆大哥破費了！」

穆廷感覺到柳嫣語氣中的客氣，和笑容裡帶著的淡淡疏離。這與昨天柳嫣見到他時的歡喜，以及他們在藥鋪中相擁的親近已經大不相同了。

這一切都是從柳嫣看到那個荷包後開始改變的。

想到這裡，穆廷覺得自己有必要解釋一句，那荷包並不是……

他的話還沒有說出口，就見一個人飛快地跑過來叫道：「穆哥，總算找到你了！」

第二十三章 解決

穆廷回頭一看，竟是衙門裡的兄弟，那人氣喘吁吁的跑到穆廷身邊，耳語道：「穆大人，汪大人找你有急事相商，請你儘快回去！」

他今天早上陪柳嫣出來，和汪大人報備過，若沒有急事，汪大人是不會讓人來找他的。

看來他必須趕快回府衙了，可是柳嫣……

穆廷對那人道：「先等我一下。」

那人明瞭，往後退了幾步。

穆廷忍著不捨。「阿嫣，我這邊有急事，就不送妳出城了，過兩天我再去看妳和柳叔。」

柳嫣連忙點頭。「我知道了，穆大哥，你有事就快點去忙吧！」

穆廷嗯了一聲，盯著柳嫣的眼睛，一字一頓認真道：「阿嫣，妳要記得，如果遇到事情，一定要想著找我，不要自己擔著和胡思亂想，知道嗎？」

柳嫣聽了，心驀地一酸，趕緊低下頭躲開穆廷如炬的目光，輕聲道：「我知道了，穆大哥。」

穆廷又深深看了柳嫣一眼，轉身走到杜仲面前。「你等會兒把阿嫣送出城再回來，回來記得找我。」

杜仲忙點頭。「我來送阿嫣，你快回去吧！」

穆廷帶著兄弟大步往回走，走到胡同口時，心中千般滋味，忍不住回頭又看向柳嫣。

柳嫣望著穆廷離去的身影。他一步一步，就這樣離她越來越遠了……忽然，她見穆廷停住腳步，驀地回頭看向她。

她來不及轉開視線，兩人的目光再一次在空中相會。

她一直都記得，他們在牛頭山第一次見面時，穆廷凝視她的那一眼。

今天她依然能夠感受到穆廷眼中同樣的溫暖和柔情，可終究有一天，他會用這樣的目光，去看另一個姑娘……

柳嫣低下頭，移開了自己的視線。

穆廷見柳嫣不再看他，用手摸了摸懷裡的荷包，才又轉身離開。

胡同口，還有一位兄弟牽著兩匹馬等著，穆廷直接上了一匹馬，向府衙而去。到了衙門口，穆廷把馬丟給守門的侍衛，逕自去了汪柏林的書房。

汪柏林正在書房等他，見穆廷進來，也沒寒暄，拿起書案上的一封信遞過去。

穆廷展開信紙，仔細看了一遍，抬頭看向汪柏林。「大人，按信中所說，這英王還是動作不斷啊！如今這金州知府也換了他的人，是想就近來箝制和監視我們了。」

「不光金州知府，英王在金州也有一個所謂的小舅子叫趙天霸，是他的第五房小妾的親弟弟，好像勢力也不小。」

「趙天霸？」穆廷腦中立刻聯想到一件事。

「怎麼，你也聽說過這個人？」

「嗯，之前柳叔就是被他的人打傷的，看來事情並不是柳叔講的那麼簡單。」穆廷把柳成源被打的事說了一遍。

「你怕是英王特意對付你柳叔？」

「柳叔到底是溫大人的女婿，恐怕英王他們會在柳叔和阿嫣身上打主意。大人，我們得派人暗中保護柳叔和阿嫣。」穆廷馬上有了決斷。

「嗯，等會兒你就讓人去安排吧。還有，信上說的另外那件事，雖然你剛回來，都沒休息，但還得你親自跑一趟。」

「嗯，我不累，我安排好柳叔的事，等會兒便走。」穆廷把信交還給汪柏林。

汪柏林接過來，點燃手邊的蠟燭，把信燒毀。

「阿嫣姑娘走了？關於英王的事，你是不是應該給她透些口風？」汪柏林當然能看出穆廷對柳嫣的格外不同。

「還是不要告訴她吧，她和柳叔剛過上幾天安穩日子，我不想讓他們再捲進這朝堂紛爭中。」他只希望他的親人生活順逸，平平安安。

「只怕樹欲靜而風不止啊！」汪柏林一針見血地道。

「不管怎麼樣，我都會盡我所能去保護他們的。」

「你有考量就好。」汪柏林清楚穆廷做事的能力。

「對了，」穆廷從懷裡掏出司琴送的荷包。「大人，我等會兒要去內宅，把這個荷包交給夫人。」此事還是先和汪柏林通報一聲比較好。

「這……這是司琴的？」汪柏林立刻了然。

穆廷點了點頭。

「唉，當初你嫂子也是一片好意，希望你能早點成家，身邊有個能照顧你的人。既然你如今已經有了打算，那這件事就過去了，你把話說清楚也是對的，不過要好生說，別傷了你和司琴他爹的那份情誼。」

「我知道，大人。」

「這麼看來，我們很快就會喝上穆大人的喜酒了！」公事談完，也該談些私事了。汪柏林當然知道穆廷為什麼這樣做，調侃道：「是不是該讓你嫂子安排人上柳家提親呢？」

「大人，您說什麼呢，阿嫣……我只當她……是妹妹，我這輩子是不會成親的。」穆廷閃躲著眼神，低下了頭。

汪柏林用手指著穆廷，一副恨鐵不成鋼的樣子。「你！你這是自欺欺人！」

「大人，我剛才也說了，我不希望柳叔他們捲進這些事來，而且裴將軍的大仇未報，我……」穆廷不知道這話是解釋給汪柏林聽，還是在努力說服自己？

「小山子，你啊，不要把所有東西都背負在自己的身上。」汪柏林看著像自己親弟弟一樣的穆廷，語重心長。「老將軍的離世不是你的錯，活著的人要替死去的人更努力的生活，而不是活在過去的仇恨和自責裡。」

「可我是將軍的親衛長，如果那天我能安排得更周詳些，也許將軍就不會……」穆廷說不下去了，這是他心中永遠的痛。

「唉，小山，我們都不希望老將軍離開，你已經盡力了，老將軍在天之靈，一定會知道的。」失去裴將軍，汪柏林心中的痛一點也不比穆廷少。

「但我既為裴家軍的一員，裴將軍對我恩重如山，我就一定要替裴將軍報仇！」這是穆廷和他的兄弟們在裴將軍靈前發過的誓言。

「那你就是想著報仇，不管自己的死活了？那柳家父女呢？你就不管他們了？你剛才也說要保護他們呢！」汪柏林竭力想打開穆廷的心結。

穆廷仰起頭，眨了眨眼中的淚。

是啊，阿嫣和柳叔……

「那就請大人以後對他們多加照顧了。」

「你自己的人，你自己照顧，不要託付給別人！你就不想想，別人能像你一樣細心照顧好他們嗎？」汪柏林乾脆地拒絕道。

穆廷心如刀絞，低下頭不說話。

汪柏林看見穆廷的難過和沈默，也有些心疼，便又放緩了語氣。「如今英王勢大，外敵當前，裴將軍離世的消息，朝廷密而不發，如此動盪，你和阿嫣姑娘的婚事放一放也好，等過一段時間，局勢安穩下來，我就讓你嫂子替你提親，這件事我做主了！」

當局者迷，旁觀者清，在汪柏林看來，穆廷對柳嫣的愛意是明明白白，無法掩飾了。穆廷如今無非就是考慮太多，鑽了牛角尖。

汪柏林也不再聽穆廷囉嗦，直接攆人。「快去後院找你嫂子吧，不要在我這裡耽擱了。」

穆廷被汪柏林趕出了書房，就直接去了內宅。

汪夫人聽穆廷求見，有些驚訝。

他不是陪阿嫣去逛街了？

她眼睛一掃，便看見站在一旁司琴異樣的神情，心中便明白了。

穆廷走進汪夫人的正房，開門見山道：「夫人，我有句話想單獨和您說。」

「那好，周嬤嬤留下，其餘人在屋外等著。」汪夫人吩咐道。

穆廷既然能來後宅找她，必然是和丈夫說過的，事從權宜，也就暫時不用考慮什麼規矩了。

等屋裡的人都退下，穆廷向汪夫人深施一禮，從懷裡拿出那個荷包，雙手呈上。「請夫人替我把這個荷包還給司琴姑娘。」

「哦？這是什麼時候的事情？」汪夫人有些驚訝，司琴竟做出如此之事。

「今日早上，司琴姑娘交予我的。」

當時他雖然已經言辭拒絕了，但司琴紅著臉，直接將荷包塞到他手上，他不宜與一個未出閣的姑娘拉拉扯扯，又看到柳嫣和蕙香走過來，怕她們誤會，就暫且收下，想著稍晚就還給汪夫人。

可沒想到……穆廷眼前閃過柳嫣見到荷包的那一刻，一下子便黯淡了眼神。

「好，我知道了。周嬤嬤，妳去把荷包拿過來吧。小山，當初我和大人都覺得你身邊沒個人照料，總是孤孤單單的，也不是長久的事；再加上司琴的年歲、品貌與你還算相當，你與司琴的爹也是生死之交，所以便樂觀其成了。今日，你既然表明態度，我自會和司琴說的，你放心吧！」

「夫人，司大哥算是我進裴家軍親衛隊的第一個師父，於我有著恩情。當初他戰死沙場時，臨終前，我答應過他，會幫忙照應司琴姑娘，請夫人告訴司琴姑娘，她如果有什麼事情，我穆廷定會竭盡全力替她辦的！」穆廷又向汪夫人施了個大禮。

「我明白，我會和她說清楚的。」汪夫人點頭應承。

「還有，夫人，我手下親衛隊的這些兄弟，都是裴將軍收養的孤兒，他們如今年齡也都大了，身邊也沒有親人替他們張羅婚事，穆廷還請夫人多替他們費心了。」

「這事你放心，昨日大人還跟我說起這件事，我身邊也有幾個姑娘到了婚配的年齡，我這段日子就會安排好的。對了，你和阿嫣的婚事準備什麼時候辦？你要提前告訴我，我也好為你籌畫。」汪夫人笑著問。

穆廷之前對司琴的事，礙於司琴她爹和顧及著她和丈夫的好意，雖然態度冷淡，一直沒有鬆口同意，可還算照顧著司琴的面子。

但今日拒絕的如此決絕，為了誰，那是不言而喻了。

穆廷低著頭，猶豫著。「夫人，阿嫣於我來說，就是妹妹一般的親人，阿嫣的母親與您是故交，以後還請夫人對阿嫣多加照顧。」

「我自會照顧她的，這個你放心，不過，你把阿嫣當做妹妹一般？」這不是睜眼說瞎話嗎，哪有哥哥會用那種眼神看妹妹的？

汪夫人哭笑不得。「既然穆大人把阿嫣當妹妹，我看阿嫣的年齡也到了該成親的時候，是不是我也替她張羅張羅啊？」

「阿嫣年紀還小，她……」穆廷聞言，抬頭著急道，就看到汪夫人戲謔地看著他。

穆廷臉一紅。「夫人，我只求阿嫣和柳叔他們能安安穩穩的過日子。如今我……我是在刀口上行走的人，恐怕會拖累他們，所以還請夫人多多費心。」

「唉，自古忠孝難兩全，你的心思我明白，總是怕連累了身邊人。」汪夫人感嘆道：「不過，小山，我看那阿嫣倒不是經不起事的女孩，絕非尋常的深閨女子，你的一些想法可曾和她說過？或是你也知道她的想法？穆廷，子非魚，安知魚之樂，有些事並不是你覺得這樣是為她好，就是好的，而她未必也會是這樣想。」汪夫人是感情上的過來人，苦口婆心地勸道。

穆廷當然知道汪夫人的好意，但有些事情，他還要好好想一想。

他向汪夫人施禮告辭。「夫人，我還有要事在身，就不多打擾了。」

汪夫人自然知道穆廷是大忙人。「好，你去吧！」

待穆廷出了正房，周嬤嬤看著手裡司琴的荷包。「夫人，您說這穆大人是什麼意思？我看那晚，他可不是把柳姑娘當作妹妹那麼簡單！」

「唉！」汪夫人嘆息一聲。「穆廷怎麼會只把阿嫣當妹妹？他都把她疼到骨子裡了，他是怕有一天，阿嫣會變成裴夫人和我這個樣子。」

周嬤嬤恍然大悟。「是呀，當年裴夫人為了救裴老將軍，擋在老將軍身前，被刺客一劍穿心；夫人，您喝了本是給大人準備的下了毒的茶水，身體變成這個樣子，的確是委屈了妳們。」

「嬤嬤，千萬不要這樣說。今生能與柏林有這樣的姻緣，我是歡喜的，下輩子我也要和他在一起。」汪夫人微笑道。

周嬤嬤看著汪夫人清麗無雙的面容，擦了擦眼角的淚，也笑道：「夫人，那您看穆大人和那柳姑娘……」

「如果兩情相悅，他是忍不了多久的！哼，當年咱們家這位汪大人，不也是穆廷如今的想法嗎？可後來呢？」

「後來大人知道小姐真的要訂親的消息，便坐不住了。大人那樣文雅的人，竟然半夜翻我們周府的牆來找您，還被侍衛當作賊給抓住了！」

想起那晚汪柏林的狼狽，汪夫人和周嬤嬤都忍不住笑了。

汪夫人透過半開的窗扇，看向院子。院中的杏樹花開正豔，清風吹過，落英繽紛，正是春光好時節。

「嬤嬤，妳去把司琴喚進來吧！」

第二十四章　心思

司琴和周嬤嬤進了屋，有些忐忑地站在汪夫人面前。「夫人。」

汪夫人示意周嬤嬤，周嬤嬤把穆廷還回來的荷包遞給司琴。

司琴看到荷包後，臉上立刻沒了血色，變得一片慘白。

「夫人，我……奴婢……」司琴撲通跪倒在地，眼淚流了下來。

汪夫人看著司琴可憐的樣子，心中不忍。「司琴，妳和司棋、司書、司畫四個堂姊妹，還有這院子裡的幾個女孩，都是裴家軍英烈的後代，我從來沒把妳們當做奴僕來看，而是把妳們當做自己的孩子一般，妳今日也不必自稱奴婢。」

司琴流著淚，向汪夫人磕了一個頭。「夫人，司琴等七歲就到了您身邊，您和汪大人對我們如父如母，恩情大過天，司琴知道！」

「妳既然到我身邊，這就是緣分。之前也怪我，看妳對穆大人一片真心，便也想成全了妳的心思，但如今穆大人另有他想，這事就算了吧！

「司琴，妳如今十五了，也到了朝廷規定官配的年齡，雖然我們作為官眷，必須帶頭遵守朝廷的旨意，但我也定不會委屈了妳。現今穆大人手底下的弟兄，有幾個與妳年齡相當，我會在他們之中為妳好好挑選，妳自己也想想可有中意的人？」

聽了這話，司琴就知道，汪夫人已經對她的婚事另有打算了。

當初穆大哥一直沒有同意夫人想把她嫁給他的提議，現在看來，她若沒了夫人的助力，她和穆大哥的事就更成了水中月、鏡中花，沒有一點希望了。

可她喜歡穆大哥這麼多年，她從來沒想過要嫁給別人。

「夫人，穆大哥喜歡的可是那柳嫣？我、我……既是如此，夫人，我也不想嫁人了，您就讓我留在您身邊，伺候您一輩子吧！」司琴淚流滿面。

汪夫人聞言，板起臉。「司琴，妳說的是什麼話？朝廷官配的旨意，怎能隨便違抗？而且穆大人的事情，是妳可以隨便置喙的嗎？還有，妳竟然敢做出與人私相授受的事，這些年教妳們的那些規矩，都到哪裡去了？」

司琴聽汪夫人嚴厲的語氣，知道汪夫人是真動了怒，她此時怎能惹怒夫人，便忙以頭抵地。「夫人，司琴知錯，您的身體不能生氣，要是因為司琴氣壞了身子，司琴以死也不能謝罪！」

周嬤嬤也上前勸道：「夫人息怒，司琴是口不擇言，您就念在她多年來對您和家裡盡心盡力的分上，饒了她吧！」

「周嬤嬤，司琴禁足十日，罰她在屋內抄寫金剛經三卷，靜靜心！妳找個小丫頭看著她！」

周嬤嬤點頭稱是，司琴也忙磕頭。「謝謝夫人，司琴領罰。」

汪夫人這才緩和了語氣，語重心長道：「司琴，我把妳當作女兒，妳也要聽我一句話，這姻緣之事，講究的是緣分，強求來的，終究不會幸福。妳想想，穆廷手下那些裴家軍親衛隊的將士們，哪一個不是和妳爹、妳的叔伯他們一樣，都是錚錚鐵骨、頂天立地的漢子？難道就沒有一個能配得上妳的？

「我知道妳是要強、心氣高的孩子，但做人最重要的還是腳踏實地。剛才妳在門外，我和穆大人說的話，妳不可能沒聽到，穆大人願以妹妹之禮待妳，這是看在他和妳父親的情義，妳可不能把這情義給折騰沒了。我今天說的話，妳禁足這幾日要好生想想。好了，妳下去吧！」

司琴忙向汪夫人磕了個頭，退了下去。

周嬤嬤端來一杯茶，汪夫人喝了一口，周嬤嬤又給汪夫人順了順胸口。「夫人，您自己要保重身體，別生這些孩子的氣。」

汪夫人嘆息。「司琴她們幾個已經不是孩子了，只希望她能聽進去我的話。」

「司琴是個聰明人，她一定能明白您的苦心。」

「但願吧！這幾日妳多看著司琴，多勸解她。她對穆廷一直用情很深，我怕她再胡思亂想，做出不得體的事來。」

「奴婢知道，夫人您就放心吧！」

柳嫣坐在周老蔫的馬車上，回家的路一樣是青山綠水，可她的心情卻和來時不一樣了。

柳嫣想起她在城門前問杜仲，才知道原來穆廷的官職竟是永平府的巡檢使，負責整個永平府和下面兩個縣的安全。

沒想到她竟認識一個這麼有實權的人物，不過，穆廷為什麼沒有和她還有爹說這事呢？馬車仍然一顛三搖地慢慢走著，柳嫣卻覺得腦子清醒了許多。她仔細回想這兩天發生的事，才發現自己竟忽略許多東西。

她聽柳成源說過，最初穆廷在裴家軍只是一個馬童，如今十幾年過去，他能從戰場上活著回來，還做了官，且與他的頂頭上司汪大人的感情十分好，可以直接稱呼汪夫人為嫂子，想來這人做事必有過人之處。

昨日，他沒有安排自己住客棧，而是去見了汪夫人，而汪夫人竟是她母親的閨密，這樣她便是認了汪夫人為長輩，有了一個市長夫人當靠山。

她想，這絕對不是穆廷一時興起的安排，他早就知道她母親和汪夫人的關係，所以才如此規劃。

從這段時日來看，穆廷對她委實是真心的好，但他已有了司琴，所以他對她的好，也許是為了報答柳家撫養他長大的恩情。

可今日在百草堂裡，穆廷與她相擁時那種反應，真是她當時以為的中暑嗎？

如今想來，穆廷分明是情動了！

唉，她在原來的世界，也是談過幾場戀愛的，怎麼到了這裡，年齡變小了，腦子也變白癡了。

她當時竟還像小白花一樣追問穆廷……柳嫣把臉埋在手臂裡，暗罵自己。

最重要的是，她竟忘了古代的男女大防，直接抱住人家的身子，看來穆廷倒是個純潔大處男，竟給她抱出了反應。

更不要提她竟會被那荷包影響了心情，弄得自己患得患失的。

實際上，她……她就是在嫉妒司琴。

可她有什麼立場去嫉妒人家呢？穆廷對她也算仁至義盡了。

看來她是太長時間沒有戀愛，在這古代的生活又頗不如意，有一個像穆廷這樣身分、樣貌都不錯的男子對她好，她便昏頭了。

可她不是真的柳嫣，她是來自現代的鮑岩，她來到這裡這麼久了，她到底能在這裡做些什麼、過什麼樣的日子，她一定得好好謀劃謀劃了……

柳嫣走了一路，想了一路，終於到了家。

柳成源一看柳嫣回來了，心裡十分高興。

這是女兒第一次在外過夜，雖然胡老六過來，帶來口信，他也知道穆廷一定能照顧好柳嫣，但心裡還是不免擔心。

柳嫣看見她爹，也很開心。出了一趟門，才發現這金窩、銀窩，都不如自己的窩好。

「爹，你和胡大哥吃過晚飯了嗎？穆大哥給你們買了老鄭家的包子，要不就吃這個吧！」柳嫣從竹筐裡拿出包子。

「柳姑娘，我已經做好飯了，柳叔說等妳回來一起吃，如今在灶上熱著呢，這包子你們就留著明天吃吧！」這柳姑娘倒是會說話，這包子哪裡是買給他吃的，分明就是給這父女倆的，他可不敢吃！

柳嫣一聽做好飯了，忙要擺飯，卻被胡老六攔住。「柳姑娘，妳坐了半天馬車也累了，這些我來就好，妳歇會兒吧。」

胡老六手腳麻利，菜飯上了桌，讓柳嫣先吃，他給柳成源餵飯。

柳嫣爭不過他，只好自己先吃了。

由此，她又發現穆廷的一處優點。胡老六這樣殷勤做事，看的當然是穆廷的面子，這代表穆廷和這些兄弟們感情很好，在他們之中很有威望。

三人一邊吃，一邊聊天。胡老六聽柳嫣說，穆廷是有急事被叫回衙門的，便也坐不住了，餵完柳成源，匆匆吃了兩口飯就告辭了。

柳嫣知道胡老六急著回去，便也沒多挽留，把他送到院門口，就聽胡老六大聲道：「柳姑娘，這次衙門口的兄弟都認識妳了，下回妳再去就方便了，誰再敢冒充妳，我就讓兄弟們把她抓了，治她個冒名頂替的罪，直接關進大牢，用板子打她個皮開肉綻！」

柳嫣就聽隔壁「啊」了一聲，接著撲通一響，像是有人摔倒在地。

柳嫣忍笑。「胡大哥，這就對了，如今騙子這麼多，一定要嚴懲，殺一儆百！」

胡老六也笑了，向柳嫣一拱手，到對面柳三叔家取了馬，回了永平府。

第二十五章　書生

柳嫣把院門上了鎖，回了屋。

一進屋，就見柳成源自己下了炕，正用左手拿地上竹筐裡的畫筒。

柳成源受傷兩個多月了，這半個多月來用了杜仲的藥，傷口恢復得比以前好，如今右手雖然還不能握筆，但已能下地走幾步了。

他的手顫巍巍的，那畫筒眼看就要掉到地上。

柳嫣忙上前接過畫筒，柳成源一把拉住她的衣襟。「嫣兒，這、這個畫筒……」

柳嫣把柳成源扶到炕上坐好。「爹，這是娘的畫筒。」

「妳娘的？真的是妳娘的？」柳成源神色激動，哆嗦著嘴唇看著柳嫣。

柳嫣點了點頭，從畫筒裡拿出那幅「十里荷香」，展開放到柳成源的手邊。

柳成源顫抖著手指，一點點撫摸著畫卷上「夢裡閒人溫玉嬌」七個字。「嫣兒，妳娘說過，好畫在這世間都是有靈氣的，沾不得半點塵埃，所以她裝畫的畫筒都是用竹子做的，上面會雕刻五朵梅花，以示高節。」

隨著柳成源的話，柳嫣清楚看見一顆豆大的淚珠滴落到畫卷上，潤濕了上面的「嬌」字。

柳成源用一隻手慢慢捲起畫卷，裝進畫筒，緊緊地把畫筒抱在懷裡，就像抱著已經離開的妻子，放聲痛哭。

柳嫣的淚也不禁奪眶而出。她站起身，走上前，輕輕把柳成源和畫筒擁進懷裡。這是她在這個世界裡的血脈親人啊……

柳成源痛哭一場後，精神不濟，柳嫣伺候他睡下，直到他睡熟了，才從他懷裡慢慢抽出畫筒。

她用蠟封了畫筒，又用布包好，懸掛在她屋裡的橫梁上，這樣老鼠便咬不到了。

柳嫣把竹筐裡的書和筆墨紙硯拿出來，放到一個大籃子裡蓋好，也掛到梁上。

最後拿出來的是杜仲給她裝著宮廷密藥的玉瓶，還有……穆廷為她買的玻璃鏡。

柳嫣梳洗完後，打開盒子，取出那面小圓鏡。燭光裡，鏡中的女孩嬌美動人，她從玉瓶中倒出藥膏，輕輕抹到傷疤上。

靈藥已經用上了，剩下的就交給時間吧。

第二天早上，柳成源看到柳嫣，赧顏一笑。他昨日的確是失態了。

柳嫣倒覺得他這樣大哭一場，還像個男子漢的樣，比他平時動不動就掉眼淚強。

父女兩個吃過早飯，柳嫣便把柳成源扶到外面躺椅上曬太陽。

她餵完初一，打掃完院子，搬了個小板凳坐到柳成源旁邊，拿了昨天買的《大齊稗記》，趁陽光正好，翻看起來。

「嫣兒，這書哪裡來的？」

「穆大哥昨天給我買的。」柳嫣一直沒跟柳成源說她收穆廷錢的事，怕柳成源再囉嗦。

「小山子還給妳買什麼了？」

「還有些筆墨紙硯。」

「妳怎麼能讓小山子給妳花這麼多錢？下回可不行再這樣，他的錢我們不能用。」

果然，柳成源又開始說教了。

柳嫣忙舉起書。「爹，我知道了。您看看這個字怎麼唸？」

「這是嬴政的嬴字。妳三歲時就認得這些字了，沒想到如今傷了頭，都忘記了。」

這字是柳嫣為了轉移話題問的，實際上她是認識的。不過再往下看去，有的字她還真不明白了，還有她看不懂的地方，便時不時問柳成源。

柳成源讀了那麼多年的書，這些對他來說都是小意思。

不過，這樣的情形，彷彿又回到從前，他抱著只有三歲的柳嫣，在書桌的白紙上寫字，一個個唸給小柳嫣聽，教她識字……

就這樣，在柳成源的指點下，柳嫣總算看完一冊《大齊稗記》了。

原來大齊朝和她原來的世界是有重合的，變化是在宋朝，還好她當年迷過宋徽宗的畫，對宋朝的事還有些瞭解。

在這裡，大宋開國皇帝趙匡胤死後沒有像原來世界歷史中那樣，皇位是由他的弟弟趙光義繼承，而是傳給了他的兒子趙德昭，歷史從此發生了改變。

大宋朝享國三百一十九年，後來被齊高祖陳昊天滅國，而大齊朝到如今已歷經十一帝，建國二百二十三年。

柳嫣掩卷嘆息一聲。她也看過幾本穿越小說，來到這裡之前，還投資了一部小說改編的古裝電視劇。

她看書裡的穿越女，不是穿越成皇后、妃嬪，就是高門侯女，且皆自帶女主光環，高情商、高手段，詩詞歌賦樣樣精通，且容貌傾城，無往而不勝。

也有像她這樣穿越成農家女的，可都開外掛，做什麼都成功，帶領家人發家致富，成就一段傳奇人生。

就連啥都不會的，也能碰到一個忠犬男主角，天上地下只愛女主角一人，山崩地裂、海枯石爛也不放手！

怎麼這些好事，她一樣都沒遇到，到她這裡，就什麼待遇都沒有了？

「爹，您身體好了之後，還想做些什麼？」柳嫣用手托著下巴問道。

柳成源還年輕，也不能總這樣坐吃山空，不做事吧？

「等爹再好一些，咱們回不了永平府，就搬到妳三姑的清遠縣去，賃個院子，爹繼續擺攤寫文書，總能養活咱們兩個的。」

「可是你的手……」現在柳成源的右手，還是無法用力。

「唉，若不行，爹就用左手寫吧！」

「您左手也能寫字？」這事柳成源可從來沒說過。

「能，爹原來是左撇子，後來是被妳奶奶生生教到用右手的。」

怪不得柳成源會讀書，有科學論證過，左撇子的人都很聰明。

「後來和妳娘成婚後，有一種畫法是在畫紙上用左、右手對稱畫出一幅畫，所以那時爹也學著用左手，給妳娘左邊的畫做題款。左手雖然沒有右手寫得快和流暢，但平時寫慢點還是可以的。」

真厲害，竟然能左右開弓！柳嫣向柳成源豎起了大拇指。

兩個人說說笑笑，一天就過去了。

第二天一早，柳嫣剛收拾好，院門外就傳來秋杏的聲音。

「阿嫣，開門！」

就知道這個小八卦閒不住。柳嫣笑著打開院門，秋杏揹著竹筐走了進來。

「阿嫣，俺爹讓俺上山去割豬草，妳去嗎？」

「行，正好我也挖點野菜餵雞！」

柳嫣把柳成源的躺椅搬到院門旁，扶著柳成源站到門邊，她出去把院門從外關好，從門縫裡，看著柳成源一點點挪動著，用左手上了門栓，再挪回躺椅上坐下。

這也是無奈中想出的辦法，因為防錢寡婦勝似防賊啊！

柳嫣和秋杏上了山。柳嫣還想著秋杏她姊官配的事，便問出了口。

誰知秋杏歡歡喜喜的來了一句。「還能怎樣，聘禮都下了。」

「這麼快？」柳嫣吃驚地睜大眼睛。「妳姊前些日子不還要死要活的不答應嗎，怎麼沒過幾天就變卦了？」

「誰讓俺姊夫就是看上俺姊了，給了俺家二兩銀子的聘禮呢，妳說俺爹娘能不答應嘛？且俺爹後來跟俺姊說了，她要再這樣鬧下去，那就等著官配，俺家就當沒她這個女兒，再也不管她了。

「後來俺姊大哭了一場，就同意了。不過這陣子俺姊夫常來咱家，昨天還給俺姊送了一塊花布，俺瞅她也挺高興的！」

柳嫣聽秋杏一口一個姊夫，看來他們家對這個女婿還是挺滿意的。

也是，村子裡下聘禮，給一兩銀子都是多的，秋杏姊夫直接拿了二兩銀子，可見心意還是很誠懇的，但願秋杏的姊姊能有一段好姻緣。

「對了，阿嫣，妳呢？妳也十五了，妳家準備什麼時候給妳招個女婿啊？俺可聽說了，上回來妳家的那個小山子相貌堂堂，還在城裡做官差，這回妳進城，是不是尋他去了？」秋杏拿肩膀撞了柳嫣一下，瞪著眼，一副讓柳嫣老實交代的架勢。

柳嫣輕輕一笑。「穆大哥只是我們家的親人罷了，我是進城買藥，不是尋他。」

「哼！」秋杏哼了一聲。「好妳個阿嫣，不說實話了。妳一進城，妳那小山哥的兄弟就騎著大馬過來看妳爹，這事全村人都知道，妳還說妳沒去尋他！」

柳嫣看秋杏不樂意了，笑著用手摟住她的肩。「真沒騙妳，就是和穆大哥在永平府街上無意中遇見。好了，我的婚事如果有著落，我答應妳，第一個就告訴妳，好嗎？」

秋杏這才露出笑容。「這還差不多，妳可要記得妳今天說的話！」

「記著了、記著了！」柳嫣笑著點頭。

兩人又說起村裡這兩天的八卦事，柳嫣發現秋杏表情忽然有些不自然，一副欲言又止的模樣。

「秋杏，妳是不是也有什麼事瞞著我呢？」柳嫣拿手指戳了戳秋杏的額頭。

「就、就是妳去永平府那天，柳耀宗回村子了。」秋杏拿眼覷著柳嫣。

「柳耀宗？」這名字柳嫣是第一次聽到。她奇怪地問：「這人是誰呀？還叫妳特意提一下。」

「妳想不起他了嗎？」秋杏瞪著眼睛。

柳嫣搖了搖頭。「想不起來了，我認識他嗎？」

「哦，想不起來也好。」秋杏像鬆了一口氣。「這柳耀宗是咱們族長家的長房長孫。不過，阿嫣，妳以後見到他躲遠一點，他不是好人！」

不是好人？這話怎麼說？

秋杏開始娓娓道來——

現在的柳家族長從他家太爺爺那輩，就做了柳姓族長，因為做事公道、有威望，族長位置就一直傳到這輩，他們家算是牛頭村乃至方圓十里最富庶的人家。

但如今，族長家名聲卻不像原來那麼好了。

現今這個族長是有些貪杯的，而且酒品還很差，柳嫣從上回族長到她家吃飯，也看出來了。

他的大兒子很好色，是牛頭村唯一一個納妾的，曾偷人偷到鄰村，被人抓住。而這個柳耀宗，因是長房長孫，深受全家人寵愛，一點農活都不會幹，本來希望他好好讀書，還找了算命的取名字叫「耀宗」，希望他光宗耀祖。

可這柳耀宗卻是個大草包，連童生都沒考上，什麼都不會，還貪杯又好色，只要村裡和十里八鄉的大姑娘或小媳婦被他看上，他就想辦法弄到手。聽說連他爹那個小妾，都讓他給睡了，是附近有名的浪蕩子。

大家根據他名字「耀宗」的諧音，私下裡稱他為「柳藥豬」，藥豬就是種豬的意思。

「那為什麼我之前在村裡沒見過他？」這號人物，柳嫣是第一次聽說。

「他兩個月前突然去了金州的親戚家，前天妳進城時，他才回來。阿嫣，妳長得這麼美，一定要躲遠一點！」

柳嫣看秋杏關心的神色，拉住秋杏的手。「謝謝妳，秋杏，我知道了。」

兩人又說了一會兒話，便下山了。

柳嫣在村口和秋杏分開，到了家門口，就看見本來應該關著的院門被虛掩著。

難道錢寡婦趁她不在，又來家裡糾纏柳成源了？

柳嫣心裡一急，忙推開門，進了院，在院中就聽到東廂房內柳成源開心的笑聲。

柳嫣幾步進了屋，就見炕前赫然站著一位年輕男子，正是她在永平府見過的那位書生。

柳嫣一愣。這人竟真的找了過來？

那書生聽到動靜，忙轉回身，看到柳嫣進來，深情款款叫了聲。「阿嫣！」

第二十六章　未婚夫

柳嫣被他這聲「阿嫣」，叫得身上的汗毛都豎了起來，有些尷尬地站在那裡，不知該如何答話？

幸好柳成源開了口。「阿嫣，這是雲清，說是前日在永平府見到妳，就找了過來，真是太好了，咱們一家人終於又團聚了！」

一家人？

上回穆廷尋到她家時，柳成源雖然激動萬分，卻沒說出一家人，如今見到這書生，卻稱他為一家人，這其中有什麼她不知道的事嗎？

柳成源見柳嫣還是沈默，沒有和這個書生打招呼，便又紅了眼眶。

「雲清啊，我剛才也跟你說了，阿嫣頭受傷了，如今記不起很多人與事，你就多擔待吧。」

那書生笑道：「柳叔，您說什麼啊，我今日能找到你們就很開心了，這見了面，多說些話，說不定阿嫣就想起來了！」

柳成源點點頭。

柳嫣站在一旁，柳成源沒和她介紹這書生的身分，她也的確想不起這人是誰。

不過這書生俊雅的模樣，倒和柳成源有些相像，如果不是方才書生含情看她的樣子，她都要懷疑這書生是柳成源的私生子了。
還是讓這對「父子」先訴訴離別之情吧。
柳嫣出了屋，把竹筐裡的野菜拿出來，準備剁了給初一吃。
這時一雙手伸過來。「阿嫣，我來幫妳拿吧！」
那書生竟然也跟著一塊出來了。
柳嫣向他微微一笑。「公子，我真的忘了過去許多事，你……」
「沒事，阿嫣，我剛才也說了，慢慢想起來就好，就是想不起來，我和柳叔也會跟妳說的。對了，我比妳大兩歲，妳之前都叫我雲哥。」書生溫柔地解釋道。
十七歲？果真是小鮮肉。
「那您貴姓？」雲哥……柳嫣實在叫不出口。
「韓，韓雲清。」書生站直身子，斂袖向柳嫣一禮，笑道：「小生韓雲清這邊與阿嫣姑娘有禮了！」
柳嫣看著韓雲清學著戲臺上的小生，與她親暱地開著玩笑的模樣，她摸了摸胸口，再次感受到第一次見到這書生時，那來自原主心中的喜悅。
柳嫣覺得腦子轟的一下，有些事情一下子便串聯在一起。
柳成源那麼疼柳嫣，卻從來沒有擔心過柳嫣官配的事情。
且這個書生一來，柳成源便稱他為一家人，還放任他與自己如此親近。而這書生顯然和柳嫣的關係很是親密，最主要的是，原主也很開心見到這書生。

這書生會是柳嫣的什麼人，已經顯而易見了。

難道柳嫣真的是訂過親的人？

柳嫣的心怦怦跳，她看著韓雲清。「韓公子，您還是進屋陪陪我爹吧，家裡人少，他很久沒有和人聊過天了。」

韓雲清被這句「韓公子」叫得一愣，臉上的笑容都僵住，他看著柳嫣疏離的樣子，過了一息，才勉強道：「那我回屋了，阿嫣妳有事就叫我。」

柳嫣站在院子裡，釐清思路。她這次進城，在某種意義上可以說是乘興而去，敗興而歸。

但也不是沒有收穫的。一是可以確定，不管穆廷以後喜歡的是誰，以穆廷的性格和他如今巡檢使的身分，他都不會不管她和柳家。

二是認了汪夫人這個永平府最高長官的夫人為長輩。

有了穆廷和汪夫人這兩個靠山，如果到最後她官配的事真的求到他們時，他們一定不會不管她的。

她原還打算這段時間好好瞭解一下，大齊女子單獨立門戶，會有哪些法律上的設定和條款，可是沒想到，突然又冒出個韓雲清……

正想著，就聽屋裡柳成源叫道：「阿嫣，雲清要走了，妳把昨天帶回來的老鄭家包子給他拿著！」

這麼快就要走了？不過她爹也真大方，那包子可是穆廷特地買給他們的，她還準備吃上兩頓呢。

柳嫣進了屋，看著碗裡的十個大包子。看韓雲清細胳膊、細腿的樣子，三個就差不多了吧！

柳嫣用紙包了三個包子進了東廂房，柳成源看柳嫣只拿三個包子，忙道：「三個包子哪夠雲清吃，再去拿兩個！」

柳嫣等了一息，卻看那韓雲清也沒客氣地推辭，而是又說起別的事。

喲，這是真的挺不見外了！

柳嫣不得不出去，又拿了兩個包子回來，遞給韓雲清。

韓雲清也沒客氣地收下了，嘴裡解釋道：「阿嫣，我現在和我娘住在金州府。我今天是坐桃花村的車過來，等會兒還要去桃花村坐車回清遠縣，再從清遠縣坐車到金州府，所以這就要往回趕了。」

這來回一趟至少得三個時辰，現在的確得走了。

柳嫣把韓雲清送到院門口，韓雲清有些戀戀不捨地看著她。「阿嫣，我知道妳想不起我們之間的事情，不過不著急，我後天再來，慢慢跟妳講我們之前的事，妳有時間也可以問問柳叔。阿嫣，我……我一直都想著妳、念著妳！」

柳嫣沒法回應他，只好笑了笑。

那韓雲清見柳嫣笑了，像受到鼓舞一般，又要開口說。

這情話要說起來，可就要沒完沒了，柳嫣忙含糊道：「這裡離桃花村還有五里路，你還是快點趕路吧，別趕不上馬車了，路上小心。」

這還是柳嫣今日第一次對他表示關心呢！韓雲清臉上露出開心的笑。「好，我聽阿嫣的話，這就走了。阿嫣，我……我這幾天作夢一直夢到妳，妳、妳也要想著我，我後天就來看妳！」

說完才紅著臉，一步三回頭地離開。

柳嫣站在門後，看他走遠，才長出一口氣，關上門進屋。

柳成源今天見到韓雲清，心裡十分高興，不過見到柳嫣沈著臉進來，忙問道：「怎麼了，和雲清吵架了？」

柳嫣語氣不善。「我連他是誰都不知道，和他吵什麼架？對了，爹，您說他和我們是一家人，怎麼，這是您給我在外面生的哥哥啊！」

柳成源指著柳嫣，哭笑不得。「妳這孩子，胡說什麼？什麼哥哥，雲清是妳的未婚夫婿！」

果然是柳嫣的未婚夫！

柳嫣板起臉。「這是怎麼回事？怎麼您之前從來沒說過？」

柳成源見柳嫣神色不對，忙解釋道：「還不是妳忘了以前的事，爹還沒來得及和妳說。」

「那您現在說吧！」柳嫣道。

柳成源覷了柳嫣的臉色，忙詳細地說了。

原來，柳家敗落，柳成源和柳嫣先去清遠縣住了三年後，才又搬回永平府，在永平府平民區租了房子，鄰居就是韓雲清一家。

韓雲清父親早亡，只有一個寡母，靠給富戶人家洗衣服過活，也是十分窮苦。

兩家人做了四年鄰居，當時九歲的柳嫣和韓雲清像是青梅竹馬般長大，是情投意合，後來柳成源和韓雲清的母親一合計，就給兩個人訂了親。

聽完，柳嫣雖然大致明白了，但細節上卻總覺得哪裡有些不對勁。

「爹，我們家是罪臣家眷，韓雲清是讀書人，這韓家就不怕娶了我，連累他們家？」

「妳外公的事情也過去那麼久了，都淡了，大家都是鄰居，知根知底的，就不在乎這些。雲清是個念恩的好孩子，他以後一定會對妳好的。」

「念恩？咱家對他有恩啊？」

「雲清他娘是個有志向的人，家裡雖然窮，但一心供雲清念書，希望他以後考取功名，但雲清跟著私塾先生學了兩年，卻沒有考上童生，也交不起束脩了，便自己在家學。我看雲清倒是個讀書的苗子，就收了他當學生，誰知妳爹我上手一教，雲清第二年就考取童生，第三年就中了秀才。」

他教的孩子一路高升，這應該算是柳成源的得意事了。

「等等，」柳嫣打斷父親的話。「他家交不起束脩？束脩是多少錢？」

「一年是二兩銀子，再加上筆墨紙硯和書本等物，一年怎麼也得三、四兩銀子吧！韓嫂子給人家洗衣服，哪裡能掙得了這麼多錢？」

「那您教他，他家不也得給您錢嗎？」

「爹怎麼能收雲清的錢？他跟爹學，是什麼也不用拿的。」

「那筆墨紙硯呢？」

「爹給人寫文書，筆墨紙硯都是現成的。」

得！柳成源這是免費給人當老師，還自己往裡面貼錢。以她家這窮日子，柳成源對韓雲清的確是大恩了。

「既然訂了親，怎麼我手邊沒有一樣東西像是聘禮？」如果有的話，柳嫣也不至於到現在才知道她訂親的事。

「沒下聘禮，當然不會有了。」柳成源隨口笑道。

沒下聘禮？那叫什麼訂親？柳嫣瞪大眼看著柳成源。

柳成源連忙解釋。「就是雙方口頭約定的，雲清家也沒錢，說好了等成親前，一起把聘禮送過來。」

口頭承諾……那這話是兩、三年前的事了，還能算數嗎？

「阿嫣，妳就放心吧，妳的庚帖已經給韓家了，這回雲清又找到咱們，等他把他的庚帖拿過來，韓嫂子再找媒婆過完禮數、定下日子，你們就可以成親了！」

聽到這話，柳嫣一下子從炕上站起身。

「等等，爹，您說我的庚帖已經給了韓家，而韓家到現在卻沒有把韓雲清的庚帖給咱家？」

「是啊，妳的庚帖給他們後，雲清就中了秀才，連韓嬸子都說妳旺夫呢！但雲清中了秀才後，就要考舉人，家裡沒有錢，正好，他們家在金州府的親戚說能資助雲清，所以他們就搬走了，也因為走得急，就沒來得及把雲清的庚帖給咱家。」

女方的庚帖給了男方，男方考中秀才後就搬走了，兩年來都沒有把韓雲清的庚帖送過來。

柳嫣看著柳成源，有些無語。她這個爹到底知不知道，這種行為都可以稱作是騙婚了？

柳嫣深吸一口氣。柳成源不通庶務，又與韓雲清有師徒之情，一定沒有想到這點，被韓家人唬弄了。

而原來的柳嫣和韓雲清一起長大，兩家關係又這麼親密，這韓雲清長得好，嘴還甜，看來當時對柳嫣也很好，柳嫣喜歡上他，也是理所當然的事。她一個未出閣的小姑娘，也不會想這麼多，說不定一直等著嫁給韓雲清呢。

從這兩次見面來看，這韓雲清絕對是喜歡柳嫣的。柳嫣長得美，又識文斷字，韓雲清迷戀上柳嫣也實屬正常。

那現在的問題，應該在韓家唯一的長輩，韓雲清的母親身上了。

等後天韓雲清來了，一定得問清楚這件事。

柳成源看柳嫣陰沈著臉，心裡不禁犯嘀咕。韓雲清來了，女兒怎麼反而不高興了？

女兒可是真心喜歡韓雲清的，韓家那麼窮，聘禮都拿不出來，韓嫂子就空手來求親了。

他第一次也沒有答應，可當時女兒跪在他面前，哭說就是自己吃糟糠也願意跟著韓雲清，有沒有聘禮都無所謂，求他一定要答應韓家的婚事。

為了成全女兒的心意，他第二次才勉強應允了。

如今女兒是在怨他沒要聘禮嗎？柳成源有心想問問柳嫣，卻不敢開口。

第二十七章　質問

接下來的兩天，可以用度日如年來形容，柳嫣是一心等著韓雲清來好質問他。第三天一早，她早早起了床，把家裡收拾完，天色也還早。

她想著，也不能這麼傻等著韓雲清，還是找點活兒幹，便朝東廂房喊了一聲。「爹，我去挑兩桶水！」

她家院子裡沒有井，得到村東頭的村民公用古井去挑水。

柳嫣拿扁擔挑了兩個木桶，還沒到井邊，就看見秋杏也挑著水桶過來了，秋杏老遠看見柳嫣，便叫道：「阿嫣，妳也來打水啊！」

柳嫣笑道：「是啊。」

兩人說笑著到了井邊，秋杏把井邊的吊桶放到軲轆上，搖了手柄，把吊桶沿著井壁放下去。

「秋杏，妳怎麼不搖了？」柳嫣見秋杏停下動作，眼睛有些驚恐的看著她身後。「怎麼了？」

秋杏輕聲從牙縫裡擠出三個字。「柳、耀、宗！」

誰？柳耀宗？柳嫣仔細聽，才分辨出秋杏在說什麼。

她回頭一看，就見她身後幾步站著一個男子，他的腳邊還跟了兩隻大白鵝。

這人就是柳耀宗？

一張窄條臉，身材很瘦，大約二十多歲，穿著鄉下人難得一見的水藍色綢袍，頭上戴著讀書人的方巾，天也不熱，手裡竟還拿了把摺扇。

打扮斯文，臉也是白白淨淨，就是那臉白得有些過分，像經年不見陽光，沒有血色一般。眼底掛著青色，眼泡是浮腫的，老遠就聞到他身上帶著的胭脂水粉味。

那柳耀宗見柳嫣看過來，自作風流的展開摺扇，搖了搖，瞇著眼睛，嘴角扯出一絲笑，壓著嗓子道：「阿嫣妹妹，別來無恙啊！」

別來無恙？原來的柳嫣和他認識嗎？不過她看他這副做作之態，怎麼看都讓人覺得不舒服。

柳嫣沒有理他，低下頭對秋杏道：「來，把手柄給我，我來搖。」

秋杏又咬著牙，擠出一句。「小心他的鵝！」說著竟嚇得退後幾步。

「鵝？」柳嫣順著秋杏的目光看去。

柳耀宗腳邊的兩隻大白鵝竟張開翅膀，向她撲了過來。

怪不得秋杏會嚇成這個樣子。

柳耀宗的大白鵝，個頭大、脖子長，兩隻翅膀張開有一公尺多，看著就凶狠，如果被牠們叼住腿，肯定會咬下一塊肉來。

柳耀宗搖著扇子，猥瑣地笑著。「阿嫣妹妹，快躲到哥哥身邊來，牠們倆可厲害著呢！妳要是被咬了，哥哥我得心疼死，快過來！」

他才剛說完，就見看上去嬌嬌弱弱的柳嫣竟然絲毫不怕，還拿起手中的挑水扁擔，朝白鵝的背狠狠打了一下，那白鵝一下子沒了聲，暈了過去。

另一隻白鵝搧著翅膀衝過來，柳嫣回手又是一扁擔，把那大白鵝打出一尺多遠；那白鵝反過來還要來啄柳嫣，就被嚇到的柳耀宗給叫了回來。

這兩隻大白鵝可是他從小當寵物養大的，可別讓柳嫣把他的鵝給打死了。

他平時拿牠們嚇嚇村裡的大姑娘、小媳婦，追得這些人東躲西藏、連連尖叫，他在一旁看熱鬧，再乘機揩個油、占個便宜，誰想到今天卻在柳嫣這裡吃了虧。

柳耀宗黑了臉，陰惻惻地看著柳嫣。「聽說阿嫣妹妹摔壞了腦子，什麼都不記得了，不過沒想到膽子竟然變大了！」

他還要繼續往下說，就見柳嫣放下手中的扁擔，看了他一眼，那眼光就如冰霜般，冷的他頭皮一麻，話都說不出來

柳嫣沒再理他，把吊桶從井裡搖起來，從軲轆上拿下來，把裡面的水倒進自己的水桶裡。

她對秋杏輕聲道：「秋杏，我先走了，妳小心點。」

秋杏看了一眼旁邊陰沈站著的柳耀宗，也低聲道：「妳快點走吧！」

柳嫣挑著水回到家，待到門口，就看見韓雲清站在院子前。

他見柳嫣過來，上前道：「阿嫣，妳去挑水了？快把扁擔給我！」

柳嫣淡淡道：「不重，沒事。」

韓雲清看看水桶。「阿嫣，妳怎麼就挑了這麼點水……咦？」

柳嫣見韓雲清瞅著她後面皺眉，回頭看去，原來那個「柳藥豬」竟然跟在她後面，正站在那裡盯著她和韓雲清。

他的目光像一條冰冷黏膩的毒蛇，纏在她的皮膚上，讓她感到一陣噁心，突然，她感覺到心口發痛，有種憤恨、悲傷的情緒湧了上來——

原主這是怎麼了？

柳嫣忙回過頭吸了一口氣，就聽韓雲清問：「阿嫣，這人是你們村裡的？」

「嗯。怎麼，你認識他？」

「好像在金州府見過，這人……」韓雲清努力回想了一下，卻怎麼也想不起來。

「先進院吧！」柳嫣可不想再看到那個柳耀宗。

韓雲清接過柳嫣的扁擔，兩人進了院，柳嫣隨手就將院門緊緊關上。

韓雲清把水桶裡的水倒進缸裡，才進了東廂房。

柳成源一見韓雲清進來，忙高興道：「雲清，你怎麼這麼早就過來了，吃過早飯沒？」

「在路上吃了一塊饃了。」

「一塊饃怎麼會飽？阿嫣，那包子還有嗎？」

「沒了。」柳嫣飛快地回了一句。

「那你給雲清弄個荷包蛋。早上的粥不是還剩了些？也給雲清盛一碗。」

……她爹倒真把韓雲清當學生又當兒子，對他是真的好。

柳嫣到灶間給韓雲清弄了碗粥，加了個荷包蛋，端到桌上。

韓雲清拿起碗，美美的喝了一口。「好久沒吃到阿嫣做的飯了！」

柳成源笑道：「慢點吃。」

「嗯，真好吃！」韓雲清衝柳嫣笑。

這笑容既陽光又燦爛，還帶著發自內心的甜蜜，別說那個深閨少女小柳嫣，像她這種經歷過世事的，也被閃了一下。

等韓雲清吃完，柳嫣收拾碗筷，再進屋，就聽柳成源道：「阿嫣，妳把那天小山子買的筆墨紙硯拿來給雲清。」

哼，那天埋怨她花穆廷的錢，今天就把穆廷買的東西送人了？

柳嫣皮笑肉不笑地問：「爹，您這是做什麼？」

「雲清這次秋闈沒有中舉，我讓雲清把他的答卷默寫下來，我幫他看看。」

她爹這是又熱情地開始輔導學生了？柳嫣現在都有點懷疑，這韓家和她訂親，目的就是為了給韓雲清找個像柳成源這樣認真、有學問的免費老師吧！

「先等等。」柳嫣沒照她爹的吩咐，而是看著韓雲清。「韓公子，我聽我爹說，我們兩家有了口頭婚約，我的庚帖已經送到你家兩年，我想問問，韓公子的庚帖為什麼到現在都沒拿過來，是不是你家不想結這親了？那還請韓公子把我的庚帖還回來吧！」

柳嫣這樣直白的話一出口，柳成源和韓雲清都愣住了。

柳成源看了看韓雲清的臉色，著急道：「嫣兒，妳說什麼呢？雲清、雲清……」

柳嫣眼風一轉，瞪了她爹一眼，柳成源立刻閉了嘴。

此時韓雲清也從炕上站起身，有些不知所措地看著柳嫣。「阿嫣，妳說什麼呢？我……我怎麼能和妳退婚呢！」

「韓公子不想退婚，那為什麼到現在還不把你的庚帖拿過來？難道韓公子心中另有妻子人選，而只想要我給你做妾嗎？」柳嫣的語氣嚴厲。

這下韓雲清真的有些慌了，他求助似地看向柳成源；柳成源也被嚇住了，他從來都沒有想過這個問題。

柳成源見韓雲清看過來，他也有些愣愣地看著韓雲清。

韓雲清見柳成源不說話，又連忙看向柳嫣，急得有些結巴。「阿嫣，我……我沒有，我心裡只有妳一個人，我向天發誓，我、我是一定要娶妳為妻的！」說著眼睛都紅了。

「那韓公子準備什麼時候娶我為妻？」柳嫣冷笑一聲。她今天突然發難，而且步步緊逼，就是想在韓雲清毫無防備的情況下，逼出他的實話。

柳成源當然還是向著女兒的，柳嫣這麼一問，他腦子也靈光了些，忙問道：「對呀，雲清，韓嬸子到底是怎麼打算的？再不完婚，嫣兒就到官配的年齡了！」

她爹總算說了一句像樣的話。

韓雲清看著柳嫣質疑的眼神，又看了看柳成源的期待之色，忽然一把抓住柳嫣的袖子，焦急地解釋道：「阿嫣，妳、妳一定要相信我！我、我娘說了，等我這次中了舉人，就來下聘，我們就成親！」

「中了舉人再成親？」柳嫣重複了一遍，忍不住冷笑出聲。「萬一這次再不中呢？」

「不會的，阿嫣，一定不會的！妳要相信我，上次是沒有柳叔的指點，這次我找到你們了，我和柳叔好好學，上回柳叔教我，我一次就考中秀才，這次也一定能中舉的！是吧，柳叔？」

韓雲清回頭，懇求地看向柳成源。

柳成源到底是心軟之人，而且還和韓雲清有師徒之情，看韓雲清急得眼淚都掉了下來，也忍不住有些心疼，看向柳嫣，猶豫道：「嫣兒，爹一定會好好教雲清的，雲清是聰明的孩子，會、會中舉的！」

韓雲清見柳成源總算替他說了一句好話，忙又看向柳嫣，哀求道：「阿嫣，妳一定要信我，我心裡只有妳一個，我一定會娶妳為妻的。妳看，這個是我給妳買的！」

韓雲清手忙腳亂地從懷裡掏出一樣東西，雙手捧到柳嫣面前。

柳嫣一看，竟是一根製作精美的玉蘭花銀簪。

她看向韓雲清，就見他像獻寶一樣，舉著簪子，流著淚，可憐兮兮的看著她……

一個大男孩怎麼長了一雙如麋鹿似的大眼睛，水汪汪的，帶著滿眼哀求，讓人不禁心酸。

柳嫣側過臉，不再看韓雲清。剛才那一剎那的情感，是來自原主的，小柳嫣一定是深愛著韓雲清吧……

韓雲清看柳嫣不接過簪子，又慌忙地看向柳成源。

柳成源看柳嫣和韓雲清的樣子，也不知道該說什麼好，只好道：「雲清，你家沒什麼錢，怎麼還給嫣兒買這麼貴的簪子，花了不少錢吧？」

「柳叔，我、我如今有錢了，我攢了十兩銀子，就是準備當聘禮的，我一定會娶阿嫣的！」

「你哪裡來的那麼多錢？」柳成源驚訝，韓家原本比他家還窮的。「你不是做了什麼不該做的事吧？」

柳成源是真怕韓雲清幹出什麼犯法的事。

「我沒有，我就是在給書商寫話本子！」韓雲清怕柳成源不信，趕緊回頭打開他帶的布包，從裡面拿出一本書。「柳叔，您看，就是這個，我如今寫了三本，這本寫完後，還能賺十兩銀子！」

柳成源忙道：「哎呀，你這孩子，你寫了這個，不是影響你讀書嗎？你還得考舉人呢！」

韓雲清解釋道：「我寫完這本就不寫了，就和您好好學習。我、我之前就是想賺點錢，好能風風光光娶阿嫣進門！」

說著，又可憐兮兮地看向柳嫣。

柳嫣此刻可沒工夫看他了，她的注意力全都轉到那話本子上。

她上前一步，從韓雲清手裡拿過話本子，翻了翻。「寫這個這麼掙錢嗎？」

「啊？是很掙錢！」韓雲清見柳嫣對他的態度一直很冷漠，言辭狠戾，這一下突然轉了話題，人也柔和了些，連忙點頭再次回道：「是、是的！」

「那我爹能寫嗎？你這裡面怎麼沒有插畫？」柳嫣上回買的《大齊山河錄》，裡面有附上插畫。

「柳叔有那麼厲害的學問，當然能寫了，附上插畫是另外算錢的，比話本子給的價錢還要高，可我不會畫畫……」

他不會畫畫，可她會啊！

柳嫣心中一喜。這話本子簡直就是專門給柳家父女訂製的，柳成源可以寫書，她可以畫插畫，這不就是掙錢的好機會嗎？

第二十八章　掙錢

柳嫣看著韓雲清。「如果我爹想寫，該怎麼找書商洽談？」

韓雲清看柳嫣兩眼放光，她總算不再追問他們兩個成親的事了。

只要不問婚姻之事，她問什麼都行，韓雲清忙殷勤地解釋道：「這書商在清遠縣和永平府都有書鋪，就是上回我們相遇的那間『墨香齋』的老闆，我那天就是給他們送話本子的。但他們主要的店鋪還是在清遠縣這邊，這邊用人和租金都便宜些，他們印出來的書能多賺錢。不過他們也不是誰的書都收，我是一位同窗介紹過去的，他們會試筆，要有保人，要看戶籍，還要簽契約。

「不過，阿嫣，如果柳叔要寫，我能給你們作保！」韓雲清忙表決心。

真是踏破鐵鞋無覓處，沒想到竟是韓雲清把掙錢的方法給送了過來。

如今掙錢要緊，她和韓雲清的婚事先放一邊，如果韓家真的想騙婚，她總會想出辦法把這婚事給解決。

柳嫣臉色緩了下來。「那你今天帶著這書，是不是想給那書商送過去？」

「是的，本來是想先到清遠縣，可是我想著早點來見妳……和柳叔，就先到這裡了。」

韓雲清見柳嫣不再黑著臉，心總算穩了些。

「那我們現在就走，去清遠縣。」柳嫣不想耽誤時間。

「現在去清遠縣？我們兩個一起？」韓雲清驚喜地問。他當然想單獨和柳嫣在一起，再好好的哄哄她。

「嗯，現在就走。爹，咱家的戶籍文書放在哪？」

「在炕櫃那個黑匣子裡。嫣兒，妳真的要去啊？」

柳嫣要幹什麼，柳成源如今是攔不住的。

「嗯，我早去早回。爹，您也把三姑在清遠縣的住址告訴我，我有時間就去看看三姑，旁人要是問起，您也說我去看三姑了，別說去書鋪。」柳嫣一一交代。

柳嫣安排好，拿了東西，便和韓雲清出了家門。

一出來，便看見那個柳藥豬竟還站在她家不遠處，他身邊多了一個人，竟是錢春花。

這兩人怎麼湊到一塊去了？

柳嫣不想搭理他們，對韓雲清說道：「走吧！」

兩人到了村口，真是巧了，就看見周老蔫的馬車晃晃悠悠地過來了。

周老蔫見到柳嫣，這回竟主動打招呼。「姑娘，妳今日還去永平府啊？」

「不去了，要去清遠縣。」柳嫣笑道。

「那你們上車吧！」

上車？

「我這馬車是雙數日去清遠縣，單數日去永平府。」

喲，這生意做的真是面面俱到啊！

柳嫣忙交了兩文錢，和韓雲清上了馬車。
今日車上人少，只有兩、三人坐在那裡打盹。
柳嫣坐在車上，也沒和韓雲清說話，腦袋裡想的還是話本子的事。
忽然，一具溫熱的身子靠了過來，耳邊是韓雲清纏綿的低語。「嫣兒，我買的簪子妳可喜歡？」
柳嫣感覺到韓雲清灼熱的氣息拂在她的頭髮和頸間，她忙想側頭躲開，就聽韓雲清又帶著委屈道：「嫣兒，妳剛才怎麼對我那麼凶，我的心妳還不知道嗎？嫣兒，我一直都想著妳，我……」
說著，他的一隻手藉著寬大袍袖的掩飾，竟伸進她的袖中，握住她的手，不住的揉捏著。
青天白日的，車上還有其他人，這韓雲清也太大膽了吧！
柳嫣微微側臉，看向韓雲清，就見他眼角帶著淡淡的桃花粉，眸光閃亮，竟是情動了的模樣。
柳嫣心一沈。難道原主和韓雲清已到了肌膚相親的地步，她不會被這個韓雲清給……
柳嫣抽出手，往旁邊挪了挪身子，嘴裡喚了聲。「韓公子！」
柳嫣本意是提醒韓雲清，但韓雲清竟跟著又靠了過來，嘴裡呢喃道：「嫣兒，我知道妳在生我這麼長時間沒來看妳的氣，其實，我一直都想著去永平府找妳，可我娘總是看著我，讓我念書，之後我再去找你們，就找不到了。妳不知道我有多著急，還好，老天憐我心意，竟然讓我碰到了妳，這說明我們兩個的緣分是老天爺定好的。嫣兒，妳心地那麼好，就原諒我吧，好不好？求求妳了，好嫣兒……」

真是逆天了，這情話說得……柳嫣只覺得身上冒出一片雞皮疙瘩。

如果她還是原來的小柳嫣，說不定早就被哄得倒在韓雲清懷裡，郎情妾意上了。

可她的心經歷過兩任男友的劈腿，早已是鋼鐵。

這韓雲清是喜歡柳嫣，但喜歡到什麼程度，還是要畫個問號。

今天，他一直在逃避她追問他們成婚的事，直到剛才也沒給個準話，什麼他娘說中舉之後再成親，那如果沒中呢？

柳嫣想到，她剛才把話題轉到話本子上時，韓雲清明顯鬆了一口氣，這傢伙一定有什麼地方沒說實話。

不過先不急，反正她也沒準備嫁給他。有了一個柳成源這樣的爹已經讓她夠受的，這韓雲清分明就是柳成源的翻版，若她再找這麼一個小老公……呵呵，這日子沒法過了。

而且無論在哪個世界裡，「貧賤夫妻百事哀」這句話都是有道理的。韓家和柳家都這麼窮，成親後過的可不是風花雪月、甜言蜜語，而是柴米油鹽醬醋茶，哪樣不需要錢？

連維持基本生活的錢都沒有，難道一家人一起喝西北風嗎？

哼，她可沒時間陪韓雲清在這裡談情說愛，現在對她來說，掙錢才是最要緊的。

想到這裡，柳嫣用手指抵住韓雲清靠過來的身子。「你好好坐著，讓我靜一會兒，不然我就真生氣了！」

韓雲清打量柳嫣的神色。如果在之前，此時的柳嫣早就應該被他哄乖了，可面前這個柳嫣，他卻一點都看不出她在想什麼？

怎麼經過這段時間，柳嫣竟然變化這麼大？

韓雲清想起他在墨香齋前，看到柳嫣和那個柳叔說的什麼小山子親密的樣子。難道柳嫣忘記原來的事，也把他們兩個山盟海誓的感情也忘了？

再聯想起今天早上柳嫣說的話，難道她不是在向他逼婚，而是真的想解除婚約？她……她喜歡上那個小山子了？

韓雲清的心沈了下去，訕訕地往旁邊坐。「好，阿嫣，我不打擾妳了，要不妳靠在我肩膀上睡一會兒？」

柳嫣搖了搖頭，不再理他，閉上眼睛，閉目養神。

馬車走了大約一個時辰，就到了清遠縣，清遠縣雖趕不上永平府氣派，但也算得上是大縣城，街上很是熱鬧。

周老蔫還是那句老話，午時三刻在縣門口集合。

柳嫣無視韓雲清扶她下車的手，自己跳下馬車，活動了手腳，對韓雲清道：「那書鋪在哪裡？我們快點過去吧！」

韓雲清有些失望地收回手，努力擠出笑容。「就在西鼓樓街。阿嫣，街上人多，妳好好跟著我。」

柳嫣點點頭。「走吧！」

不到半盞茶的時間，就看到「墨香齋」的牌匾。
柳嫣走進去，格局倒與永平府的墨香齋差不多，這回，韓雲清領著柳嫣上了二樓，進了一個單間。
柳嫣見單間正中央放了一面黑色描漆屏風，窗邊放著兩把海棠椅和高几，另一邊擺著一張黃梨木的大書案，上面放著筆墨紙硯等物。
夥計給兩人上了茶，說了句「稍等」就出去了。
過了一會兒，一個掌櫃模樣的四十多歲男子走了進來。
韓雲清忙站起身，拱手施禮。「黃掌櫃。」
黃掌櫃也一拱手。「韓公子，書帶來了？」
「帶來了、帶來了！」韓雲清打開包裹，從裡面拿出話本子。
黃掌櫃翻開，仔細瞧了一盞茶的時間，道了句「可以」，朝外面喊道：「來人！」
一位夥計走了進來。
「給韓公子拿十兩銀子。」
夥計點頭，退了出去。
十兩銀子就這麼到手了？柳嫣心裡一陣激動。
黃掌櫃道：「韓公子上回寫的話本子賣得不錯，如果再寫，我這邊還能給你再加些錢。」
韓雲清陪笑道：「謝謝掌櫃的抬愛，不過我要讀書，暫時寫不了了，但我可以給黃掌櫃介紹人，他們能寫。」說著回頭對柳嫣道：「阿嫣，這是黃掌櫃。」
韓雲清又對黃掌櫃道：「黃掌櫃，這位是我……」
柳嫣沒等他說完，便搶上前，向黃掌櫃施了一禮。「掌櫃的，我是韓公子先生家的女兒，我姓柳。」
黃掌櫃其實早就注意到柳嫣，這麼個大美女，坐在那委實太顯眼了。
黃掌櫃連忙還禮。「柳姑娘是想寫話本子嗎？」
柳嫣看著黃掌櫃懷疑的目光，忙道：「是我爹想寫，不過我可以給書畫插畫。」
畫插畫？黃掌櫃上下打量著柳嫣。「這麼說，柳姑娘還是才女了！」
柳嫣一笑。「才女說不上，只不過和家母學過一些。掌櫃的，我能畫一下讓您看看嗎？」
柳嫣指著書案上的筆墨紙硯，對黃掌櫃笑。
伸手不打笑臉人，笑總是沒錯的，而且漂亮女孩臉上的笑就不僅僅是笑了，而是一種殺傷力極大的武器。柳嫣深諳這點，於是她向黃掌櫃笑得很甜。
果然，黃掌櫃被柳嫣的燦笑晃了一下，不禁脫口而出。「那柳姑娘就請吧！」
柳嫣坐到書案前，筆架上放著粗細不同的七、八支毛筆。
她發現有支毛筆長得與其它的不一樣，筆頭兩端微削，腰部鼓壯。她摸了摸，別的毛筆都是柔軟的筆毛，這支竟是硬的。
柳嫣忙拿起這支筆，問旁邊正給她磨墨的韓雲清。「這是什麼筆？」

「這個是棗心筆，它不用蘸太多墨，它筆芯中是有墨的。」
不用太多墨，筆頭還是硬的，這不就是古代的鉛筆嗎？
柳嫣用筆頭輕輕沾了點墨汁，畫在紙上，一條直線細而勻，簡直是太好了！
前世，柳嫣興致好時會作畫，但也是偶爾為之；到了這古代，更是沒有畫過。她這些日子見過的就是母親的「十里荷香」，柳嫣憑著記憶，在宣紙上畫了一朵荷花。
她抬眼，就見黃掌櫃臉上沒有什麼表情。古代在書畫上厲害的人太多了，看來她這幅畫並沒有入人家的眼。
柳嫣想了想。「黃掌櫃，您這邊有沒有比宣紙厚些、硬些，可以作畫的紙？」
「那個徽紙呢？」黃掌櫃指了指書案另一邊的一摞紙。
柳嫣拿了一張，倒有些像後世的A4紙。她取了棗心筆，在徽紙上畫了起來。
隨著柳嫣落筆，黃掌櫃的眼睛越睜越大。
柳嫣畫的是他，不過用筆卻不是時下畫人物的工筆白描，而是一種奇怪的畫法。她雙指握著筆頭，筆尖是斜的，在紙上勾勒幾下，就出現他的輪廓，畫得很像，又特意突顯黃掌櫃的大眼睛和圓肚子，看上去既生動又可愛。
這種畫，黃掌櫃可是第一次見到。
旁邊的韓雲清也看呆了，他小聲地問柳嫣。「阿嫣，妳畫的是什麼畫，怎麼看上去這麼有意思？」
「這叫卡通畫。」柳嫣放下筆，笑道。

她想過，如果畫國畫，她沒有優勢，所以只能另闢蹊徑。果然，這黃掌櫃的卡通Q版畫像一出，黃掌櫃眼中便冒出驚豔的光芒。

「柳姑娘，您還會畫別的嗎？」黃掌櫃驚喜地問道。

「會，我再給您畫個十二生肖吧！」

柳嫣拿了十二張徽紙，依次畫出卡通版的鼠、牛、龍、蛇等。

等她畫完，黃掌櫃略帶激動地道：「柳姑娘，您的這十二幅畫，可否交給我這墨香齋，替您裝裱售賣呢？」

這是意外的收穫啊！柳嫣忙笑道：「可以的，您看著安排吧！」

「那我等會兒和柳姑娘簽契約，本店代賣是三七分成的。」

喲，這代理費要的還不是很高。她在原來世界開的畫廊是五五，甚至是六四呢。

「行，您看著辦吧！」柳嫣一口應承。

黃掌櫃心想，她倒是個爽快的姑娘。「那我等會兒就和柳姑娘簽契約。」

「對了，掌櫃的，那話本子呢？」柳嫣更關心這個。

「話本子需要試筆，柳姑娘能寫些章節出來嗎？」

她可不會寫，她哪有那文筆！

柳嫣忙笑道：「掌櫃的，這話本子是由我爹來寫，我畫插畫，不過我爹跟我說了，他想了大概的故事內容，我和您說說看成不成？」

「那柳姑娘請講吧！」

「這是講師徒四人到西天取經的故事，經歷了九九八十一難，路上遇見了……」柳嫣將《西遊記》的內容講給黃掌櫃聽。

黃掌櫃聽了個大概。「這故事倒是有些意思。」

當然了，古典四大名著之一呀！這黃掌櫃今天可是占大便宜了。

柳嫣在心中唸了聲佛。對不起了，吳承恩老先生，這裡沒有明朝，江湖救急，盜用您的名號了，回去就給您上香燒紙，以表感謝。

不過黃掌櫃看上去還是有些猶豫。「沒試過筆，我們一般……」

這時韓雲清拉住黃掌櫃的衣袖，兩人到窗邊嘀咕了兩句。

黃掌櫃略有些驚訝地回頭看了柳嫣一眼，接著和韓雲清一起走回來。「既然韓公子願意為柳姑娘擔保，那就簽契約吧！」

沒想到竟然如此順利！柳嫣心裡歡呼一聲。

一會兒，夥計拿了四份文書進來，兩份是畫的，兩份是書的，她和店家各留存一份。

柳嫣看了看，她的話本子居然給了一百兩銀子！

她指著條款，不解地問：「這個……」

「柳姑娘的話本子附上插畫，價格自然要高些。今日我們會給十兩銀子的潤筆費，不過柳姑娘必須在十日內送來至少兩冊書，然後我們會再預付十兩，十天一結帳。」

這流程倒是十分合理，兩冊書大約是五萬字，應該能寫完。

柳嫣給黃掌櫃看了她家的戶籍文書，黃掌櫃拿筆登記在他留存的契約書上，柳嫣簽了字，按下手印。

韓雲清也在保人的位置上簽名、按手印。

夥計分別拿來十兩銀子交給柳嫣和韓雲清，讓兩人簽了收據。

「那我就不留二位了。」黃掌櫃見一切都談妥，便向柳嫣和韓雲清一拱手。

柳嫣和韓雲清也忙回了禮。「那就不叨擾掌櫃了，您忙吧！」

兩人走出墨香齋，站在大街上，柳嫣摸了摸懷裡的十兩銀子，只覺得神清氣爽，無比愜意。

第二十九章 購物

「阿嫣，妳想好要去哪裡了嗎？不然我陪妳逛逛街，買些東西給柳叔？」韓雲清在一邊笑著問。

對了，還得把這個小鮮肉打發了。

柳嫣向韓雲清斂袖一禮，鄭重道：「韓公子，多謝你了，如果今日沒有你作保，我也簽不了契約。」

韓雲清立刻又有些慌了。「阿嫣，妳跟我如此客氣做什麼？我們……」

「韓公子，」柳嫣打斷他的話，正色道：「你和我的婚約，以及你家實際上是怎麼想的，我想還是有商榷的地方吧？你和我爹學了這麼久的學問，我爹待你比親兒子還親，我只說一句，『抬頭三尺有神明』，做人要講良心，如果他日，誰要是敢騙我爹，我定然不會善罷甘休。」

韓雲清看著面前目光灼灼的柳嫣，不禁愣住。

這還是他認識的那個柳嫣嗎？

他認識的柳嫣，是個柔弱怯懦的女孩，連說話都不敢太大聲，何時有過如此大方、有主見的時候？

柳嫣看韓雲清張著嘴，呆呆地看著她，便向他施了一禮。「韓公子，今日多謝了，我還要去看我三姑，就此告辭。」

說完，也不等韓雲清再說什麼，轉身就走。

她如今有了錢，可要好好地逛逛街、購購物了。

因為出來得早，柳嫣早就餓了，見前面就是一家小飯館，便進去叫了兩碟醬牛肉、一碗白米飯，先餵飽肚子，

吃完，她去買了肉和骨頭，準備晚上回去給她爹做骨頭湯補鈣。

買不了浴桶，先買個大澡盆，再買些布，家裡的被單都得換了。

喲，這裡還有成衣店！柳嫣給自己和柳成源各買了一套棉布內衣。

柳嫣看了看自己腳上已經快露出腳趾的繡花鞋——買！給她爹也買一雙！

還有筆墨紙硯、香胰子和潤膚膏。她終於可以護膚了。

林林總總一買，柳嫣手裡剩下不到一兩銀子。不過沒關係，她現在是能自己掙錢的人了。

幸虧買了個大澡盆，讓她可以把戰利品放在澡盆裡，請雜貨鋪的夥計幫她送到城門口周老蔫的馬車上。

周老蔫看見了，都有些愣住。「姑娘，妳這可是沒少買啊！」

柳嫣笑道：「好不容易來一趟，怎麼也得多買點。不過，大叔，今天得麻煩您把我往村裡送幾步，要不我怕拿不了這麼多。」

「行！」周老蔫痛快地應下。

果然，到了牛頭村，周老蔫一直把柳嫣送到家門口。

柳嫣搬著大澡盆進了院，柳成源也看得一驚。女兒這是買了些什麼啊！

柳嫣關上院門，進了東廂房，把門關上，小聲地把事情和他說。

柳成源驚訝道：「寫個話本子這麼掙錢？」

「當然了。這是契約，爹，您當年怎麼不知道這事，要是早點寫，家裡不就好了？」

「唉！」柳成源嘆了口氣。「出事後，人情冷暖，都躲咱們家遠遠的，誰還會告訴我這種好事，幫忙作保？嫣兒，雲清能給妳擔保，代表他對我們家還是好的，妳和他……」

柳嫣打斷他的話。「爹，我知道了，咱們現在就得開始寫了，十天後，我還得給人送書呢。您的左手沒事吧？」

「沒事，爹用左手能寫！」

「那我就把故事的大概內容告訴您，您來寫，我負責畫插圖。」

柳嫣把《西遊記》的梗概講給柳成源聽。別說，柳成源還真是個才子，寫出來的雖然和柳嫣在原來世界看到的《西遊記》不一樣，但這個版本也十分有趣，很是吸引人。

父女兩個是什麼也不管了，每天埋頭苦寫。

柳嫣算了算日子，過去七天了，難得那個韓雲清也消停，不見人影，柳成源還提了他幾次。

可是這人真是禁不起念叨，第八天下午，韓雲清便來敲門了。

他一進來，便笑著對柳成源和柳嫣道：「柳叔、阿嫣，我知道你們要趕話本子，這幾日就沒過來，不過這些天讀書有些問題，還得請柳叔指點我一下。還有後日，我還是跟阿嫣一起去書鋪吧，我去能更方便些。」

說著，他從帶來的布包裡拿出一個紙袋。「阿嫣，妳之前不是最喜歡吃我娘做的包子？這是我娘昨晚割了肉，現做的呢！」

柳嫣伸手接過包子，在心裡翻了個白眼。

她如今對韓雲清的母親是一點好感都沒有，外面的包子一文錢三個，韓雲清帶來十個包子，也就三文錢。

拿了這點吃食過來，他家兒子就在柳家又吃、又住、又學習的，這不就是佔人家便宜嘛！

可柳嫣看柳成源開心的樣子……算了，她爹高興就好。

第二天一早，柳嫣三人剛吃完早飯，就聽院門外有人喊道：「阿嫣、柳叔，開門！」聲音很是熟悉，柳嫣打開門一看，竟是杜仲和胡老六！

兩人手裡大包小包，拿了一堆雞鴨魚肉、青菜和蛋。

「怎麼人來還拿這麼多東西？」柳嫣客氣道。

「我們今天是騎馬過來的，沒趕車，只能拿這些了，不多！」胡老六笑道。

「柳叔呢？我們來看您了！」杜仲笑著先進了屋，一進東廂房，頓時一愣。

只見炕上擺著張小桌，柳成源和一個年輕書生分坐兩邊，柳成源正在給那書生講解什麼。

一見杜仲進來，柳成源笑道：「杜神醫，你怎麼有空過來了？」

年輕書生聞言，回頭站起身。

喲，長得倒是挺俊俏啊！杜仲打量韓雲清一眼。「柳叔，這位是？」

柳成源笑著介紹道：「雲清，這位是杜神醫，之前給我和嫣兒治過傷。」

韓雲清忙向杜仲施禮。「韓雲清見過杜神醫。」

杜仲向韓雲清回了禮，就聽柳成源又道：「雲清是嫣兒的未婚夫婿。」

什麼?!杜仲立刻睜大眼睛，又打量韓雲清一遍。這麼個小白臉，竟是柳嫣的未婚夫?!

杜仲忙回頭看向門口，就見柳嫣站在門外，低著頭，看不清表情；而一旁站著的胡老六，臉色十分不好。

杜仲走出去，拽了拽柳嫣的衣袖。「阿嫣，我問妳一些事。」

柳嫣當然知道他想問什麼，便跟著來到院子。

胡老六心裡罵了一句娘，也想知道到底怎麼回事，便也跟了出來。

杜仲開門見山地問：「阿嫣，那個韓雲清是怎麼回事？」

這話問得怎麼像是捉姦一樣？

柳嫣看了杜仲一眼，大大方方道：「我爹剛才不是說了，名義上算是我的未婚夫。」

「真是妳的未婚夫？妳什麼時候有未婚夫的？」杜仲有些急了。那穆廷算什麼？

柳嫣便把韓雲清的事簡單說了一遍。「不過我如今什麼都想不起來了，有些事以後再論。」

杜仲還要再問，被胡老六拽住了胳膊，使了個眼色。

柳嫣看他倆像是有話說，便先進了屋。

杜仲對胡老六抱怨道：「你剛才怎麼不讓我繼續問了？這、這阿嫣怎麼能找這麼個小白臉！」

胡老六這時稍微冷靜下來。「你別著急，我看這小白臉的事也不一定有譜。」

「怎麼沒譜了？」杜仲忙問。

「你沒聽柳姑娘說，兩家只是口頭婚約，而且柳姑娘還說這事以後再論，我看她未必同意這樁婚事。」胡老六分析道。

「這婚姻之事是父母之命，阿嫣得聽她爹的，我看那個柳叔可是願意的樣子！」

胡老六心裡也是著急。穆廷對柳姑娘如何好，他是知道的，本來他以為柳嫣和穆廷的婚事是板上釘釘的事，沒想到今天竟冒出一個韓雲清，真是迎頭一棒，一下子就把人打暈了。

胡老六摸著下巴，穩下心神。「不急，咱們再想想。穆老大傳信說這一、兩天就會回來，咱們還是等老大回來再商量，如果柳姑娘真沒嫁給這姓韓的心，這事還好辦！不行就想辦法逼著這姓韓的退婚，他們這幫人還解決不了一個小白臉？反正柳嫣當他們大嫂這事，是絕對不能變。

「嗯，不過我看這小白臉長得還不錯，就怕姊愛俏，阿嫣再被他給迷惑了！」

「這樣，老杜，你在這裡看著他們，別讓柳姑娘和那個姓韓的單獨在一起，我這就回永平府給穆老大留個口信，明天早上再過來。」

兩人分工好後，胡老六便進屋，先和柳成源打過招呼，又和韓雲清說了兩句話。

韓雲清其實還記得胡老六，他們之前在永平府的墨香齋前見過。

這胡老六就是那個小山子的兄弟，看樣子與柳叔和阿嫣的關係還挺好的，這麼看來，那個小山子和柳家的關係應該更好。

胡老六和韓雲清是各懷心思，互相套了會兒話，不過到底還是胡老六老練，講了幾句，便將韓雲清家裡的情況摸了個清楚。

胡老六也不繼續待下去了，和柳成源打個招呼，就回永平府。

杜仲又給柳成源和柳嫣看看傷口，開了藥。

韓雲清是第一次看見柳嫣頭上的傷，雖然傷已經好了，傷疤也掉了些，但還是能看出原來受的傷很重。

「阿嫣，妳竟然受了這麼重的傷，這……」韓雲清很是心疼。

「柳叔和阿嫣都快病得不行了，你竟然現在才知道？」杜仲看著韓雲清。這未婚夫當得可真好，連鄰居都趕不上啊！

「我、我前段時間一直在家用功讀書，所以……」韓雲清也覺得自己的話說得有些蒼白無力。怪不得阿嫣對他的態度變化這麼大，他的確是……

「喲，是嗎？這岳丈家出了這麼大的事，你還有心思讀書？」杜仲故意揶揄道。

韓雲清臉有些脹紅，不知該說什麼好？

最後還是柳成源開口替他解圍。「杜神醫，我受傷和搬家的事，雲清不知道。」

……這還不如不解釋呢。

杜仲還要出言諷刺，就聽柳嫣道：「杜神醫，你是今晚走嗎？」

我哪裡能走，我還得看著這小白臉呢！杜仲笑道：「我要在這裡住幾天，上山採些草藥，再給柳叔好好醫治醫治，讓柳叔下個月就能正常走路！」

柳成源一聽，高興道：「那就謝謝杜神醫了！」

「不客氣，晚上我再給您號脈。」

「那……」柳嫣看看屋裡的小炕。「那你們睡覺時就得擠一擠了。」

「沒事。」杜仲滿不在乎地搖搖手。「擠一擠就不冷了。」

……看我擠死那個小白臉！

看完傷，柳嫣就要回屋畫插畫了。杜仲一聽，鬧著要看，柳嫣便把書稿和畫拿給他看。

杜仲翻了翻，覺得挺有意思的，一下子竟看得入迷。

柳嫣一見，就把屋裡的桌案拿出來，她在院裡畫，杜仲在旁邊看書。

杜仲是打定主意，一直黏著柳嫣，不給韓雲清半點單獨和她說話的機會。

晚上吃飯時，杜仲知道柳嫣和韓雲清明早要去清遠縣交書稿，便也嚷著要去；柳嫣正好也不想單獨和韓雲清在一起，便同意了。

睡覺時，杜仲說自己睡相不好，怕擠到柳叔，所以要靠另一邊牆睡，韓雲清只好睡在他和柳成源中間。

一夜無話。

第二天早上吃飯時，柳嫣就見韓雲清眼底掛著黑眼圈，眼裡還有血絲。這是沒睡好？再看杜仲精神抖擻，他爹瞅著也沒什麼事。

吃過早飯，柳嫣用布包好書稿，放在懷裡，又揹起竹簍，三人一起出了門。

杜仲和柳嫣並肩走著，一路走，一路說笑，韓雲清插了幾次話，都沒插進來，便被擠到兩人身後。

韓雲清不禁鬱悶。這個所謂的杜神醫，昨晚豈只睡相不好。一會兒橫過來，一會兒豎過去，臭腳丫都放在他臉上了，他也不敢去擠另一邊的柳成源，只好挺著，沒想到更過分的還在後頭，磨牙又放屁，弄得他一宿都沒睡好。

這杜仲是馬神醫的大弟子，長得眉清目秀的，看這架勢，難道他對阿嫣也起了心思？想到這裡，韓雲清連忙振作精神，跟了上去。

第三十章　重逢

三人坐了周老蔫的車來到清遠縣，一進墨香齋，那黃掌櫃便迎了上來。

「柳姑娘，您可來了！」

柳嫣一笑。不是約好的嗎？她當然得來了！

「柳姑娘，妳離開的第三天，那十二生肖就賣出去了，賣了五十兩銀子呢！」

五十兩？那她豈不是能得三十五兩？真是發財了！

「柳姑娘今天來，就再畫一套十二生肖。客人說，還想買財神爺和灶王爺的，最好是有上色，柳姑娘，您看可以嗎？」

柳嫣笑著答應。

黃掌櫃忙讓夥計去準備顏料、畫筆等物。

柳嫣又把寫好的兩冊書稿拿給黃掌櫃。黃掌櫃翻看，字體非常漂亮，故事也寫得十分不錯，真是意外的驚喜。

柳嫣又去了上回的單間，書案上，作畫的物品都準備好了。她拿著畫筆，伏在案前，專心作畫。

杜仲和韓雲清站在兩旁看著，屋裡開著窗，風從窗外吹來，吹起柳嫣鬢角的髮絲，柳嫣卻心無旁騖，垂眸專注於畫紙上。

這一刻的柳嫣，讓杜仲和韓雲清都感到有些新奇。這世上怎麼會有這樣的女孩？會醫術、會作畫、會寫書……如此的多才多藝。杜仲有些看呆了。

韓雲清看了看一旁呆住的杜仲。哼，他的嫣兒會畫畫有什麼稀奇的？嫣兒的外公曾是閣老，嫣兒也說過，她母親也是才女，不過，那時因為家裡窮，嫣兒從沒畫過畫，說要省著筆墨，留著給他學功課用。

不過今天也是他第二次看柳嫣作畫，沒想到這樣認真的她，竟更有一番風韻。

柳嫣畫了一個時辰，終於畫完了。

黃掌櫃看著上了色的卡通畫，是連連稱讚，直接讓夥計拿了一百兩銀子的銀票過來。

「柳姑娘，這銀票包括上回賣畫的三十五兩，還有書的十兩。剩下的五十五兩，還請姑娘再畫一些畫，下回帶過來，這銀子就算定金了！」

黃掌櫃打的一手好算盤，這樣的人才，他是一定要抓住的。

柳嫣心裡明白，笑道：「掌櫃的，那我六天後就把畫給您送過來。」

黃掌櫃大喜。「好，柳姑娘爽快！」說完殷勤地送柳嫣三人出了書鋪。

柳嫣懷裡揣著一百兩銀子，是瞅什麼都順眼。

「走，我請二位吃館子去！」柳嫣一揮手。終於找回原來做大姊大的感覺了。

杜仲笑道：「好，找一間好酒樓，好好吃一頓！」

韓雲清卻上來阻攔，含情脈脈道：「阿嫣，這銀子是妳好不容易賺來的，怎麼能這麼大手大腳的花？我們吃些便宜的就好，妳留著給自己和柳叔買點好東西。」

喲，說得真貼心啊，竟然讓這小白臉裝好人。杜仲撇了撇嘴。不過這的確是阿嫣辛苦賺來的錢，省著花也是應該的。

柳嫣一看，正好街邊有一間賣牛肉麵的大排擋，那麵條看上去也很誘人，便道：「那我請你們吃麵吧！」

三個人走進麵攤，韓雲清搶著跟攤販老闆要了幾張草紙，替柳嫣擦拭長凳子和桌面。

杜仲看韓雲清小意殷勤的樣子，撇了撇嘴。真是會搞花樣，柳家出事時不見他，這時候就在小事上獻殷勤。

「阿嫣，都擦乾淨了，妳坐吧！」

三碗麵很快就上桌，柳嫣挾了一筷子。真香啊！

正吃著，就聽杜仲驚喜地叫道：「穆廷！」

柳嫣就覺舌尖一疼，她竟咬到自己的舌頭。

杜仲放下筷子，站起身，跑出了麵攤。

柳嫣停箸，看著碗裡的麵，咬了咬唇，深吸一口氣，才慢慢轉過頭。

穆廷就站在麵攤前，身後跟著幾個牽著馬的隨從。

距離他們上次見面，已經過了半個多月。穆廷衣襟下沾著黃土，下巴上的鬍鬚又變得亂糟糟，眼窩有些深陷，竟是一副風塵僕僕的樣子。

杜仲站在穆廷旁邊，不知說些什麼，兩個人一起看向了柳嫣。

柳嫣扯了扯嘴角，向穆廷笑了笑。

穆廷大步走進麵攤，來到柳嫣的桌前。

柳嫣站起身。「穆大哥，你、你吃過飯了嗎？今天我請客，你也來碗麵吧！」

穆廷看著柳嫣，剛要開口，就見旁邊的韓雲清也站起身，向他施禮。「穆大哥，又見面了，小弟叫韓雲清，是阿嫣的未婚夫婿。」

穆廷打量了韓雲清一眼。這人心機不淺啊，竟然搶著向他介紹自己的身分。

穆廷也拱了拱手。「韓公子。」

韓雲清一笑，轉頭從袖裡掏出一塊手帕，對柳嫣溫柔道：「阿嫣，妳看妳，多大的人了，竟然吃到臉上，快擦一擦！」

穆廷眼尖，韓雲清拿出的帕子竟是粉色的，帕子的一角繡了個「嫣」字。

穆廷的心驀地如針扎一般。他昨天接到胡老六的傳信，剛才杜仲也和他說了，眼前這個俊雅的白面書生，竟是柳嫣已經訂了親的未婚夫。

他和阿嫣到底分別了太長的時間，滄海桑田，世事無常……

柳嫣有些煩躁地躲開韓雲清想為她擦臉的手，往旁邊退了一步，向穆廷一笑。「穆大哥，你坐吧，我去給你端麵。」

「不了，阿嫣，我還有公事在身，要趕過去查案。」穆廷伸手攔住柳嫣。

「查案？」

「是的，妳最近也要小心些。」穆廷小聲叮囑。「這兩日清遠、青山兩縣都上報有女孩子失蹤的案子，妳最好不要一個人出門。」
柳嫣看著穆廷依舊像以前一樣對她關切的神色，鼻子驀地一酸。這十幾天來，她心中所有糾結彷彿都消失了。「穆大哥，我知道了，你……你也不要過於勞累了，我看你……你好像都瘦了！」
穆廷聽著柳嫣發自內心的關心，笑了笑。「我還好，是昨日剛從外地回來，不然這些時日我就去看妳和柳叔了。」
其實穆廷是今日剛到永平府境內的，一早胡老六又傳了信，說阿嫣來了清遠縣，正好這裡發生了案子，他便直接過來了。
他自己也明白，他這樣匆忙趕過來，到底是為了案子，還是為了眼前這個令他出門在外，沒有一天不朝思暮想的女孩。
穆廷低頭看著柳嫣黑葡萄般的大眼睛，柔聲道：「等會兒吃過飯，讓杜仲陪著妳回家；也告訴柳叔，我這幾日就去看他。」
柳嫣看著穆廷，點了點頭。
穆廷又看了柳嫣一眼，向韓雲清一抱拳。「韓公子，告辭了。」
韓雲清笑道：「穆大哥，不吃口麵嗎？他家的麵很好吃呢！」
「不了，我還有事，韓公子請便。」
穆廷轉身出了麵攤，又和杜仲耳語了兩句，才接過隨從牽來的黑玉，翻身上馬，帶著人走了。

柳嫣目送穆廷離開，才又重新坐下，不過看著碗裡的麵，她卻沒有了食慾。

「阿嫣，妳吃啊，不然麵涼了就不好吃了。」韓雲清說道。

「你吃你的吧，吃飯都堵不住你的嘴！」柳嫣當然知道韓雲清剛才那番做派是想幹什麼，心裡不由湧起一股怒火，忍不住就想遷怒。「韓公子，你今天是不是得回家看看你娘了？我們家地方小，今日人多，就不留你了，我現在要去看我三姑，你自便吧！」

韓雲清看柳嫣神色不善，忙道：「阿嫣，我正好今天打算回去看我娘，後天我再去看妳。我……我這就送妳去三姑家。」

「不用了，你吃你的，這麼好吃的麵，你就多吃點吧！」柳嫣沒好氣的回了一句，站起身。

「阿嫣，我送妳去吧！」杜仲想著剛才穆廷囑咐他一定得保護好柳嫣的話，但他一個外男，跟著柳嫣去她三姑家不好，便忙道：「我把妳送到三姑家，我在外面等妳，妳出來後，我們再一起坐車回家。」

柳嫣點了點頭。「走吧！」

柳嫣三姑家在清遠縣開了一家米行，也算是比較大的店鋪了。柳嫣一問路人，便打聽到位置。

柳嫣看著「崔記米行」的牌匾，進了店。

「阿嫣？」從櫃檯內跑出一人，正是柳嫣三姑的獨子，她的表哥崔大虎。

崔大虎長得人如其名，虎頭虎腦的，比柳嫣大三歲，見到柳嫣，十分高興。柳嫣穿越過來、摔破頭時，柳三姑和崔大虎曾來柳家看過兩次，還留了錢物，柳嫣對他們母子很是親近。

「阿嫣，妳今天怎麼過來了，自己一個人過來的嗎？舅舅如今身體怎麼樣了？」崔大虎笑著，一口氣問道。

「正好到清遠縣買些東西，就來看看你們。三姑呢？」

「哎呀，阿嫣，不知道妳要來，我娘和我爹去三叔公家喝喜酒了！」

「哦，沒事，我就是來看看。」說著，柳嫣從揹著的竹簍裡拿出剛才買的兩包點心。

「這是我給三姑買的，你留著給姑姑。」

「阿嫣，妳怎麼還花錢買這些！」崔大虎知道自己舅舅家有多窮。「妳拿回去給舅舅吃吧！」

「讓你留，你就留下吧，這是我對姑姑的心意。」柳嫣把點心塞到崔大虎的手裡。

柳嫣和她爹曾在崔家住過三年，崔大虎對柳嫣從來都是疼愛和言聽計從。這時見柳嫣態度堅決，他怕柳嫣生氣，忙道：「好、好，我收了，我收了！」

崔大虎又馬上問道：「阿嫣，妳吃過飯沒有？我帶妳出去吃好吃的吧！」

柳嫣笑道：「我吃過飯了，我這就要趕回村的車走了！」

「這就要走？」崔大虎有些失望，不過他也知道，那馬車是不等人的。「阿嫣，妳稍等一下。」

崔大虎回到櫃檯裡面，拿了東西出來，把柳嫣拽到一邊。「阿嫣，這個給妳。」

柳嫣一看，竟是一塊銀子。她忙拒絕道：「表哥，這個我不能要，你怎能從櫃檯拿錢給我，到時對帳，不就款項不清了嗎？」

「沒事，妳就留下吧，我自己還有私房錢，添進去就行了。」

「那我也不能要，我走了！」柳嫣繞開崔大虎，快步走出米行。

「阿嫣！」崔大虎有心去追柳嫣，但店鋪沒人看著也不行。

他有些洩氣地看著柳嫣回頭笑著向他揮了揮手，然後轉個彎，不見人影了。

柳嫣和杜仲回到家，吃過晚飯，柳嫣躺在床上，想著今日見到穆廷時的情形，一幕幕就像在腦中放著膠片一般。

這十幾天裡，她心裡想的都是如何疏遠他，畢竟他身邊已有了人；可是當她再看到穆廷，感受他對她一如既往的關心時，她便知道自己是在自欺欺人。

好了，不要再想了，妳什麼時候變得如此不灑脫了？就把他當做親哥哥一般吧，親情會比愛情更牢固的。

柳嫣拿出今天得的一百兩銀票，放在唇上吻了吻。這才是真正讓人有安全感，又不會背叛她的東西。

杜仲本來想在柳家再住幾天，一是探探柳嫣的口風，二是好防著那個小白臉韓雲清。

沒想到第二天下午，胡老六騎著馬來了，說是汪夫人犯了舊疾，讓杜仲趕緊回去醫治。

柳嫣一聽也有些著急，便也催促他趕快回去。

柳嫣把杜仲二人送走，剛要關院門，就見這段時間老實了許多的錢寡婦，又從隔壁冒出了頭。

「阿嫣呀，別急著關門啊，嬸子問妳一點話。」錢寡婦滿臉帶笑，擋住了柳嫣要關上的門。

這些日子，她也知道柳家防她像防賊一般，一直苦於無法進柳家門。今天她在自家門縫裡瞄了好久，總算找到個機會和柳嫣說兩句話，那臉上就像笑開了花一般。

柳嫣根本不想理她，便用力一關門，就聽錢寡婦慘叫：「哎、哎！阿嫣，夾到手了，夾到手了！」

柳嫣不知真假，只好停住了手，錢寡婦便把一隻腳伸進門裡，訕笑道：「阿嫣，嬸子就是想和妳說兩句話，妳看妳，別急著關門啊！」

柳嫣見她的腳都伸進門裡了，也知道這錢寡婦今天是死皮賴臉也要和她說句話，便道：「錢嬸子要說什麼就快點說吧，我屋裡還有事呢！」

「嬸子就是想問妳，前兩天來妳家那個書生是誰呀？瞅著和妳真般配！」

柳嫣板起臉。「錢嬸子，什麼般配不般配的，您說話注意點，那是我爹以前的學生，如今來找我爹做學問的！」

「哎喲，阿嫣，妳看嬸子不會說話，妳別介意啊。對了，剛才來的是小山子的兄弟吧，怎麼最近沒看到小山子來啊？」錢寡婦覥著臉又問道。

柳嫣手扶著門，臉上似笑非笑。「許是穆大哥有事吧，不過錢嬸子如果急著見他，可以去永平府找他啊！」

錢寡婦心裡這個氣啊，她知道這是柳嫣在諷刺她去永平府找穆廷的事呢。哼，她要是能找到，何苦在這裡問這個死丫頭？

錢寡婦訕訕道：「嬸子我就是隨便問問……」

「那您問完了吧？我要關門了。」柳嫣拿眼神示意錢寡婦挪開腳。

哼，這個死丫頭片子不知在哪學了一身做派，像變了個人似的，是越來越難對付和拿捏了。錢寡婦在柳嫣冷冷的目光下，不情不願的拿開了腿。

柳嫣「咣噹」一聲，關上了門。

錢寡婦在門口愣了下，才狠狠啐了一口。別看妳現在張揚，等有機會，老娘一定狠狠弄妳一把！

錢寡婦走進家門，錢春花便湊了上來。「娘，那個書生到底是誰啊？」

「那個死丫頭片子如今嘴嚴著呢，她才不會說實話呢！對了，妳打聽這個做什麼？」錢寡婦瞥了她一眼。

「那個書生長得真好看！」錢春花一臉花癡。

錢寡婦氣道：「妳這眼皮子淺的，妳是盯上老柳家，看人家什麼都好啊？我告訴妳，妳給我老實點，我看那小山子過兩天就會過來，妳給我精神些，別想東想西的，把小山子給抓住了才是正經的！」

錢春花不耐煩。「我知道了，娘，這不是老見不到小山哥嘛，妳教我的那些我都記著呢！」

「還有，我怎麼看這幾天那個柳耀宗總找妳？」錢寡婦黑著臉問錢春花。

「沒啥事，就是隨便說兩句話！」錢春花把臉側到一邊，不看她娘。

「妳跟他有什麼可聊的？我告訴妳，那小子可是五毒俱全，妳給我離他遠一點！」錢寡婦吼了她一句。

「我知道了，我又不是小孩子！」錢春花也不理她娘了，扭著腰進了屋。

第三十一章　被抓

過了三天，出乎意料的是，韓雲清竟然食言沒有來柳家。柳成源問了兩次，柳嫣只說自己也不知道。

第六天早上，又到了給墨香齋送書稿的時候了，這一回是柳嫣自己去，柳成源很是擔心，叮囑了一遍又一遍。

柳嫣一一應了，剛要出門，就見胡老六騎著馬過來了。

柳嫣很是驚喜。「胡大哥，你怎麼過來了？」

「杜仲說妳今天要去清遠縣，穆哥怕路上不安全，讓我陪著妳一塊去。」

又是穆廷的安排。這人為什麼要對她這麼好啊？柳嫣的心被甜蜜和酸澀浸潤著，一時竟不知說什麼好了。

柳成源倒是高興。有胡老六陪著，女兒的安全就不成問題了。

柳嫣坐了周老蔫的車，胡老六騎馬跟著，一路到了清遠縣。

今日柳嫣再進墨香齋，就發現整間店鋪冷清得很，夥計看她的眼光也有些奇怪。

柳嫣笑道：「黃掌櫃在嗎？我來給他送畫和書稿了。」

夥計一縮脖，一副害怕的樣子看著她身後。

這是怎麼了？

柳嫣一回頭，就見她身後竟站了四個膀大腰圓的官差。

「妳就是柳嫣嗎？」其中一個官差厲聲喝道。

「我是。」柳嫣看著這些人黑著臉的樣子，不明所以。「各位官爺，你們有什麼事嗎？」

「哼，妳自己幹的好事，還來問我們？來，帶走！」

說著，另外三個官差就撲上來，往柳嫣身上戴鐐銬。

柳嫣大驚失色。「你們這是幹什麼？怎麼能隨便抓人，快放開我！」

這幾個人根本不聽柳嫣的喊叫，三下五除二給柳嫣上了鐐銬，拖著便往外走。

柳嫣拚命掙扎，連踢帶踹，可她的力氣怎麼比得過四位壯漢，立刻被拖出墨香齋。

胡老六在門口牽著馬等柳嫣，柳嫣焦急大喊：「胡大哥，快救救我！」

胡老六見柳嫣披頭散髮的被幾個官差拖出來，也是大吃一驚。

他立刻上前攔住這些人，大聲喝道：「你們是什麼人，怎麼敢在光天化日之下綁人？」

這幾個官差看面前這漢子一副精幹強壯的樣子，便停住腳。「你又是何人？竟敢阻攔官差辦案，不要命了嗎？」

「官差？你們是哪來的官差？我為什麼從來沒見過你們？冒名官差可是死罪！」胡老六肯定在清遠縣沒見過這幾人。

「官差辦案，憑什麼要告訴你？你再不閃開，連你也一塊抓了！」

胡老六從懷中拿出腰牌，向前一舉。「我是永平府六扇門的捕頭，清遠縣歸永平府的管轄範圍，我當然有權問你了！」

其中一人上來看了看胡老六的腰牌，然後一拱手，打了個哈哈。「原來是大水沖了龍王廟！」

他從懷裡也掏出一塊腰牌遞給胡老六，胡老六仔細一看，心中便是一驚。

竟是金州府六扇門的人！

永平府歸金州管轄，理論上這些官差是可以來清遠縣抓人辦案的，但實際上卻都沒有這麼做。一般都是上級州府下文書給下一級州府，由下面州府的人來執行，很少有這樣不打招呼就直接抓人的，柳嫣這是犯了什麼罪了？

胡老六忙一拱手。「這位大哥，你們抓的這位姑娘與我有些淵源，就是不知道她犯了什麼錯，竟然煩勞到幾位大哥？」

那人見胡老六很是客氣，又都是衙門的，便輕聲道：「這位兄弟，這人犯既然與你熟悉，我就多一句嘴。她被人告了，說她的書和畫裡有誣枉皇族、誹謗朝廷之處，是大不敬之罪！」

柳嫣寫的話本子和畫，竟然有大不敬的內容？

胡老六心中一驚，待要再問，就見那官差向後退了一步，向胡老六一拱手，大聲道：「這位兄弟，我們也是奉了上面的命令來抓人的，還請兄弟諒解！」說著一揮手。「走！」

幾個人帶著柳嫣，就要上外面停著的馬車。

這時墨香齋門口已經圍了一群看熱鬧的人，有人驚慌地叫道：「這是怎麼了！你們憑什麼抓人？阿嫣……」
柳嫣望去，正是柳三姑和崔大虎。
她叫道：「姑姑、大虎，去告訴我爹，讓他別著急！」
崔大虎待要上前，就被官差一把推倒在地。
胡老六見狀，連忙上前。「各位兄弟，我能跟著你們一起走嗎？行個方便吧！」
「你自便吧！」
官差把柳嫣塞進馬車裡，一路向金州而去，胡老六則騎馬跟在後面。
這邊，崔大虎急得眼淚都快流出來了。「娘，阿嫣……這可怎麼辦？」
柳三姑把崔大虎從地上扶起來。「還能怎麼辦？趕快回家駕車去你老舅那，問問你老舅到底是怎麼回事？阿嫣不回家，你老舅不得急死！」
母子倆回到家，套了驢車，就去了牛頭村。

柳嫣戴著鐐銬，被關進馬車裡。
裡面黑漆漆的，還有一股酸臭且令人作嘔的氣味，差點沒把柳嫣熏吐了。
她用手緊緊摀住口鼻，從車廂縫隙看到胡老六跟著的身影，心才踏實了一些。
等柳嫣又聞到新鮮的空氣，好不容易清醒過來時，她已經到了金州府的公堂之上。
公堂肅穆，正前方高掛「明鏡高懸」的牌匾，牌匾下是公案，公案後端坐穿青色官袍、頭戴烏紗帽的大人。

「威武——」兩邊羅列的衙役口中高喊，驚堂木一響。「升堂——帶人犯！」

柳嫣就見衙役又帶了三個人上來，走在最前面的是墨香齋的黃掌櫃，跟在他後面的竟是韓雲清，他旁邊還跟著一個四十多歲的婦人。

這三人上了大堂，撲通一聲就跪倒在地。

就聽上面的大人問道：「下面的爾等可知罪否？」

柳嫣剛想問為什麼抓她，就聽那黃掌櫃大聲叫道：「大人啊，小民冤枉啊！」

「你有何冤屈？」

「小民一直在清遠縣和永平府開書鋪，這麼多年奉公守法，沒有一點做錯的地方。前些日子，韓公子帶了這位姑娘來，說是他的未婚妻，求我幫他收了這位姑娘的畫和話本子。這韓公子在我家寫過話本子，我一時心軟，就同意了，這裡有契書為證，那畫就是小人替他們代賣，小人絕沒有對朝廷不敬之意，我做了這麼多年的生意，大人可以問問我的口碑，我、我就是幫些忙罷了！」

「你說的可屬實？」

「大人明鑒，小人所說句句屬實，不敢有一句謊言！」

「來人，先把他帶下去！」那大人又一拍驚堂木。「你們三個人犯，還不老實交代，不然本大人就要用刑了！」

交代什麼？她連為什麼被抓都不知道！柳嫣就要喊冤，可她的話還未出口，就又被堵住了。

「大人啊，您可不能用刑啊！您聽我說啊！」韓雲清身邊四十多歲的婦人，跪著向前爬了幾步，哭喊道：「大人啊，這件事和我兒子沒有關係，那話本子和那畫都是這個、這個柳嫣自己弄的，我兒子根本不知道她寫的是什麼、畫的是什麼啊！」

「妳兒子不知，就敢為她擔保，妳兒子不是說她是他的未婚妻嗎？」

「不是未婚妻！沒有婚約的，這都是幾年前的事了。當時我們兩家是鄰居，後來看兩個孩子年歲相當，就口頭訂了親，沒有下聘禮、交換婚書，後來我們家搬走了，這事就黃了！只不過我兒子心地善良，和這位柳姑娘她爹一起做過學問，就抹不開面子，這柳嫣求他幫忙，他糊裡糊塗就答應了！這柳姑娘真不是他的未婚妻啊！」

說著回手狠狠打了韓雲清幾下。「你這個死孩子，你倒是說話啊！叫你離柳家遠一點，你偏不聽，非要幫他們，這下好了，你是要考秋闈的人了，你還怎麼去趕考？你真是太不省心了，你說話啊！」

韓雲清縮著身子，一動都不敢動，後來被他娘連哭帶打的，到底抬眼看了看柳嫣，終低下頭，唯唯諾諾道：「大人，我、我和這柳姑娘的確沒有婚約，我就是為了幫她才那麼說的……」

那韓嬸子忙又向上磕了一個頭。「大人，您看我兒子都說了，我們家和她的確沒有任何瓜葛！」

說著又向柳嫣這裡爬了幾步，哭道：「阿嫣啊，嬸子和妳家做鄰居時，一直對妳很好，可沒害過妳，妳要和大人說實話啊！我家雲清可是要考秋闈的，妳可不能把他害進監牢裡。

妳告訴大人，妳家可曾收過我家雲清的庚帖嗎？沒有吧。沒有庚帖，兩家就是沒有訂過親的，求求妳了，妳和大人說實話啊！」

呵呵……柳嫣的目光越過韓嬸子，看向韓雲清，感覺到自己的心縮成了一團。難過、悲傷、失望、不甘……她似乎看到原主小柳嫣在她心頭流下的一滴淚。

韓雲清頹喪的跪在地上，縮著身子，頭抵在胸前，淚洶湧而出，一點也不敢去看柳嫣的臉。

「大人，民女當年確實與韓家只是口頭婚約，後來兩家分開後，婚約便作廢了，民女與韓雲清實無任何瓜葛！」柳嫣清晰地說道。

「大人，您聽，她自己都承認了，這事真的和我兒子無關啊，我兒子就是幫個忙而已！」

「本官自會審理明白。來人，把他們兩個帶下去！」

「大人，民女今日被帶到這公堂，可民女不知自己到底犯了什麼罪，還請大人告知！」

這是柳嫣現在最想明白的事。

「妳竟不知妳犯了什麼罪？來人，把東西給她看！」

一名衙役端著一個托盤走到她面前，柳嫣一看，上面放著的是她爹寫的《西遊記》，以及她畫的Q版十二生肖中的龍！

「這可是妳寫的、妳畫的東西？」

「正是，大人。」

「哼，龍乃皇族之象徵、天地之靈物，尊貴而威嚴，妳卻把它污穢成如此形象！另外，妳的話本子中，一隻猴子就敢去砸龍宮，還去大鬧天宮，這不就是想造反嗎？妳竟然如此誣枉皇族，蔑視朝廷，妳還不知罪?!」

《西遊記》可是四大名著之一，沒聽說它在明朝被當成禁書啊！柳嫣看著那擬人的、粉色的卡通龍。她當時只想把它畫的可愛一些……

不過柳嫣就是再沒有歷史知識，也知道「文字獄」，如果她的罪名真的成立，她……她可能會被砍頭啊！

她穿越過來就是為了這麼死的嗎？

柳嫣忙向上磕頭。「大人，冤枉啊，民女實不敢蔑視朝廷，這……這龍生九子，民女記得第六子是專門馱石碑的呢，民女畫的這個不是龍，其實就是蚪，您看它……它上面都沒角。還有那話本子，其實還沒有寫完，後來那隻猴子知道錯了，皈依了佛門，跟龍王和玉皇大帝關係很好，他們還幫著這猴子降妖除魔呢，大人明鑒啊！」

「哼，妳倒是口齒伶俐，狡辯得很，看來只能用刑，妳才會說實話了！」那大人拿了令籤擲了下來。「給她上拶刑！」

拶刑？這是什麼刑？

柳嫣就見兩名衙役拿著一個刑具上來，那刑具是用繩子將五根圓木豎著穿在一起，中間有空隙。

……這、這不就是周星星的電影「九品芝麻官」中，用來夾女犯人手指用的嘛！

她的手如果被夾，非得斷了！這大人不聽她解釋，上來就用刑，分明就是想廢了她，她到底是得罪了誰？

柳嫣驚慌地向公堂外看去，就見開著的大門外，有幾個老百姓在看熱鬧，卻不見胡老六的身影。

這可怎麼辦？

柳嫣一狠心，用力咬破舌尖，噗的一聲，向外吐出一口血，然後向下一倒，昏了過去。

一名衙役上來摸了摸她的鼻息。「大人，人犯暈過去了！」

「拿水把她潑醒！」

柳嫣心裡一急。那她不是白白裝暈了嗎？

這時就聽公堂上一靜，有人從她身邊走過。

就聽那大人問道：「你是永平府的捕快？到我這裡來有什麼事嗎？」

「大人！」竟是胡老六的聲音。「這女人犯在永平府也有些案底，故我家大人說要把案子送過來，請大人過目，一起審理！」

「是汪柏林大人讓你過來的嗎？他消息倒是靈通，我到這金州府還沒見過他呢。汪大人雖是我的下屬，不過我和他還是故交，如今汪大人既然這樣說了，那我就等著你們永平府的案底，數案並審。來人，把人犯先收監。退堂！」

——未完，待續，請看文創風669《撩夫好忙》下

撩夫好忙

文創風 668~669

身為柳家獨生女，柳嫣肩負起一家生計，
家裡窮得揭不開鍋，她去山上採野菜，
差點失足落崖，被個大鬍子男人摟腰救起，
誰知這大鬍子找上門來，一臉笑意……
完了，該不會一個摟腰，他就說要對她負責吧?!

大城中的小愛，許諾下的長情／七寶珠

鮑岩穿越到古代，成了十五歲的小姑娘柳嫣，
有一副天仙般的容貌，身材還前凸後翹，真是天上掉下來的禮物！
美中不足的是，母親早逝，家裡一窮二白，還有個受傷的父親。
沒想到家窮還能惹出事，鄰家寡婦覬覦俊秀的父親，不時上門擺出主母架子，
就在她煩不勝煩時，柳嫣的青梅竹馬小山哥哥回來了！
當年一場天災，讓他家破人亡，被柳家好心收留一陣子，
他自己卻堅持要上戰場，如今衣錦還鄉，長成高大英俊的男子，
不僅功夫超群，還是軍中男神，搶手到不行，
最重要的是對她溫柔如昔，讓柳嫣的少女心直冒泡！
這種好男人天生惹眼，那鄰家寡婦的女兒也看上他，
豈料她柳嫣也桃花朵朵開，竟不知從哪冒出個未婚夫婿？
看來她除了要保護這盤天菜不落入他人手裡，還得讓身邊的桃花退散！

9月 PUPPY 收藏愛的果實

DoghouseXPUPPY

愛上你

人生何處不相逢，
相逢未必會相愛，
想愛，得多點勇氣、耍點心機；
愛上的理由千百種，
堅持到最後，幸福才會來……

NO／527
心懷不軌愛上你 著 宋雨桐
她不小心預知了這男人未來七天內會發生的禍事，
擔心的跟前跟後，卻被他當成了心懷不軌的女人！
她究竟該狠下心來不管他死活？還是……繼續賴著他？

NO／528
果不其然愛上你 著 凱琍
寶島果王王承威，剛毅正直、勇猛強壯，無不良嗜好，
是好老公首選，偏偏至今未婚，急煞周遭人等！
只好辦招親大會徵農家新娘，考炒菜、洗衣、扛沙包……

NO／529
不安好心愛上妳 著 辛蕾
他對她的興趣越來越濃厚，對她的渴望越來越強烈……
藉口要調教她做個好秘書，其實只是想引誘她自投羅網，
好讓他在最適當的時機，把傻乎乎的她吃下去！

NO／530
輕易愛上你 著 蘇曼茵
對胡美俐來說，跟徐因禮的婚姻就像一場賭局，
她沒有拒絕的餘地，既然沒有愛情，她不必忙著經營，
可沒想到她很忙，忙著跟他戰鬥，別讓自己輕易愛上他——

Hi-Life

9/21 到萊爾富體驗愛的震撼 單本49元

為流浪貓狗加油 和貓寶貝 狗寶貝 廝守終生(一定要終生喔！)的幸福機會

對人來說，貓寶貝狗寶貝只是生活的一部分，但妳（你）對牠們來說，卻是生活的全部，領養前請一定要考慮清楚——

▲ 古錐又愛乾淨的乖寶寶　元旦

性　　別：男生

品　　種：米克斯

年　　紀：約3～4歲（預估2015年生）

個　　性：乖巧穩重、生活習慣良好

健康狀況：已結紮，愛滋陽性，有定期施打預防針

目前住所：新北市蘆洲區

『元旦』的故事：

中途是在今年一月一日的大半夜，在住家附近發現元旦的，那時的牠正因為肚子餓，在路邊輕聲地喵喵叫著。中途以往沒有見過元旦，是張新面孔，她擔心元旦是走失，或是被人遺棄的貓咪，就將牠帶去動物醫院做檢查，這才知道元旦有愛滋。但是由於元旦很親人，所以中途沒有原放，而是希望可以為牠尋找新的避風港；也因是一月一日撿到，中途便將牠命名為「元旦」。

中途表示，元旦健康狀況良好，個性相當穩重、乖巧，不會調皮搗蛋，也不挑食；而且生活習慣良好，很愛乾淨，上完廁所都會記得要把貓砂撥一撥。另外，不論是洗澡、刷牙、剪指甲等，元旦也都會好好配合，沒有問題，適合新手、單貓家庭，或是家中已有愛滋貓的認養人。想為家中添一個乖寶寶同伴嗎？請趕快來信找元旦吧！dogpig1010@hotmail.com（林小姐）。

認養資格：

1. 認養者須年滿23歲，有獨立經濟能力。
2. 須同意簽認養寵物切結書，
   並能讓中途瞭解元旦以後的生活環境。
3. 同意送養人日後之追蹤探訪，對待元旦不離不棄。
4. 同意做門窗防護措施，以防元旦跑掉、走失。
5. 以雙北地區優先認養，第一次看貓不須攜帶外出籠，
   確認領養會親自送達。

來信請說明：

a. 個人基本資料：姓名、性別、年齡、居住地、
   同住者、職業與經濟來源等。
b. 預定如何照顧元旦，以及所能提供之環境和承諾
   （如：食物、飼養方式）。
c. 請簡述過去養貓的經驗、所知的養貓知識，
   及簡介一下您的飼養環境。
d. 若未來有結婚、懷孕、出國或搬家等計劃，
   將如何安置元旦？
e. 是否同意中途作日後追蹤（家訪、以臉書提供照片）？

文創風
668

撩夫好忙 上

國家圖書館出版品預行編目資料

撩夫好忙 / 七寶珠著. --
初版. -- 臺北市 : 狗屋, 2018.09
冊 ; 公分. --（文創風）
ISBN 978-986-328-905-0（上冊：平裝）. --

857.7 107011708

著作者 七寶珠
編輯 王冠之
校對 于馨 簡郁珊
發行所 狗屋出版社有限公司
地址 台北市104中山區龍江路71巷15號1樓
電話 02-2776-5889～0
發行字號 局版台業字845號
法律顧問 蕭雄淋律師
總經銷 知遠文化事業有限公司
電話 02-2664-8800
初版 2018年9月
國際書碼 ISBN-13 978-986-328-905-0

本著作物由北京晉江原創網絡科技有限公司授權出版

定價250元
狗屋劃撥帳號：19001626
網址：love.doghouse.com.tw E-mail：love@doghouse.com.tw